LA SIRÈNE DU BOURILLON

Un grand merci à Danielle et Michel, Édith et Jean-Pierre, Sylvie, Philippe et Yves pour leurs précieux conseils et leurs encouragements.

Du même auteur :

    La sirène du Bourillon   2020

    D'un bois à l'autre   2021

    La terre de nos ancêtres   2022

© Michel Barbe
Édition : BoD – Books on Demand, info@bod.fr
Impression : BoD – Books on Demand, In de Tarpen 42,
Norderstedt (Allemagne)
Impression à la demande
ISBN : 978-2-3222-3459-2
Dépôt légal : juin 2020

La sirène du Bourillon

MICHEL BARBE

Février 2000

Des gyrophares bleus illuminèrent le ciel. Comme un coucher de soleil sur Mars ! s'émerveilla un instant la jeune femme. Elle baissa le volume de l'autoradio et se plaça derrière un pick-up qui roulait au pas. Elle avait aguiché le pharmacien dans les règles, mais avait-elle commis une erreur en se procurant dix litres d'alcool éthylique d'un seul coup ?

Plusieurs voitures de police bloquaient le boulevard Talbot au niveau d'une aire de services située entre Québec et Saguenay. Des agents munis de bâtons fluorescents s'entretenaient avec les conducteurs avant de les autoriser à poursuivre leur route. En arrivant à leur hauteur, ils l'orientèrent vers la bande d'arrêt d'urgence.

Un flic lui fit signe d'avancer jusqu'à une rangée de barrières amovibles. Elle pensa forcer le barrage, mais ses collègues, pistolets mitrailleurs plaqués contre leurs gilets pare-balles, veillaient au grain.

Le type examina la Toyota avec une lampe torche, et lui demanda d'abaisser sa vitre :

— Le blizzard frappe le nord des Laurentides. Votre véhicule n'est pas équipé de pneus neige ! Faites demi-tour ou passez la nuit à l'Étape.

La météo lui avait filé une sacrée trouille !

Le ministère des Transports leva les restrictions de circulation à neuf heures du matin. La jeune femme boucla sa valise, rendit la clé de sa chambre et rejoignit sa voiture. Distance 126 km / Arrivée 11 : 08, indiqua le GPS, soit une cinquantaine de minutes avant le grain de sable. Jouable ! jugea-t-elle.

Le compte à rebours reprit !

Après Chicoutimi, la chaussée surplomba la vallée du Saguenay. Un paysage de cartes postales, mais elle n'avait pas traversé l'Atlantique pour compléter ses albums photos.

Elle se gara sur le parking désert d'un restaurant, attrapa son sac de sport dans le coffre et marcha vers le chalet. Un menu alléchant s'affichait sur la porte : de la cuisine française pour dix-huit dollars. En pénétrant dans l'établissement, elle remarqua les têtes d'orignaux accrochées aux murs. Leurs yeux noirs ressemblaient à des objectifs de caméras, leurs ramures promettaient de l'embrocher au moindre faux pas. La méfiance s'insinuait dans tous ses nerfs. Elle devait se calmer ! Elle vérifia néanmoins si des fils courraient le long des poutres.

La patronne, une brune proche de la cinquantaine, arborait un décolleté censé fidéliser la clientèle, comme le Beaujolais-Villages tiré d'un tonnelet perché sur le zinc.

— Je reviens dans deux minutes ! lança-t-elle en allant placer les pichets sur les tables.

La jeune femme posa son sac sur un tabouret, s'assit sur un autre et dressa un inventaire des lieux. La porte de la cuisine comportait un verrou, le tableau électrique se dissimulait derrière des digestifs. Le compteur d'eau devait se planquer sous l'évier ! estimait-elle quand la patronne la rejoignit :

— Le service débute dans trois quarts d'heure. Un kir pour patienter ?

— Volontiers !

— Vous parlez sans accent. Française ?

— Je viens de Paris.

— Le tourisme ou le boulot ?

— Toute petite, je rêvais de séjourner dans une cabane de trappeurs.

Pour leur part, la patronne et son conjoint avaient déserté leur Auvergne natale dix ans auparavant. Leur affaire prospérait, ils se félicitaient de s'être lancés dans la restauration après avoir émigré au Canada.

Elles discutèrent climat, chaussures de randonnées, paysages à couper le souffle, mais une odeur envoûtante se répandit dans la salle.

— Mon mari prépare une blanquette de veau. Vous m'en direz des nouvelles !

— Me révélerait-il sa recette ?

Cette Parisienne constituait-elle une concurrence déloyale avec son châssis à lester l'addition d'une tablée de bonzes ? s'inquiéta la patronne. S'établir dans ces confins du monde réclamait un effort d'adaptation insurmontable pour la plupart des étrangers tentés par l'aventure. Elle l'emmena voir son homme.

La cuisine recevait la lumière du jour par deux Velux motorisés, inaccessibles sans échelle et, pour le moment, fermés. La porte représentait la seule issue, se réjouit la jeune femme. Son sac de sport en main, elle se dirigea vers un ventru vêtu d'un tablier blanc. Un regard lubrique s'attarda sur le haut de ses jambes. Ce type en était réduit à reluquer les clientes dès que sa mégère lui tournait le dos, compatit-elle. Pendant qu'il lui délivrait les secrets d'une béchamel sans grumeaux, elle plongea ses doigts à l'intérieur du sac et dévissa le bouchon d'un bidon en plastique.

Au fond de la pièce, la patronne ceinturait une tranche de foie gras, l'entrée du jour, avec un coulis de figues à l'Armagnac. Elle demanda à son mari de valider le dressage.

Seule devant le plan de travail, la jeune femme saisit l'occasion. Elle bascula le sac sur le sol. L'alcool se répandant vers un rayonnage en bois, elle frotta trois allumettes, les lança près du meuble et sortit de la cuisine. Des nappes et des serviettes en papier s'enflammaient lorsqu'elle manœuvra le verrou.

Elle appuya sur le disjoncteur. La VMC et les Velux hors service, elle coupa l'arrivée d'eau pour empêcher le couple d'éteindre le feu.

La fumée raviva les remords.

Des cris désespérés s'échappèrent par les interstices.

Ces supplications d'usage la laissèrent de marbre. Elle regagna la Toyota, jeta un dernier coup d'œil sur le bâtiment en flammes. Et tourna la clé de contact.

Mathilde

Marcilly, sud d'Orléans, mars 2010

Derniers clients de la soirée, un couple minaudait entre deux ronds de fumée. L'homme, un rottweiler travesti en dandy, tortillait une mèche de ses cheveux bruns entre ses doigts. Il buvait les paroles de la rousse assise en face de lui, mais le cuir de ses semelles battait des rythmes asynchrones sur le carrelage. Une envie irrépressible de raccourcir les préliminaires l'amena à réclamer l'addition. Un sourire malsain en guise de politesse, il tendit sa carte bancaire.

Mathilde frissonna en l'introduisant dans le lecteur.

— Une facture au nom de *La Folie douce* !

Ce mal poli aurait pu se fendre d'un « s'il vous plaît » ! s'indigna-t-elle en tamponnant la note de frais.

Christophe Verges, le chef étoilé de *La Tuilerie*, approcha du bar.

— Combien en ont-ils ?

— Trois cent quatre-vingts euros !

— Offre-leur un digestif avec les compliments de la maison. Et nettoie la salle après leur départ. J'y vais. À demain, Mathilde.

Son contrat ne mentionnait pas le ménage, mais la perspective de se retrouver au chômage lui courba l'échine :

— Je m'en occupe, monsieur Verges.

Elle posa la carte bleue sur une soucoupe, prépara deux Marc de Champagne, glissa le reçu et la facture à l'intérieur d'une pochette publicitaire, apporta le tout sur un plateau à la table du couple.

Après avoir vidé leur verre en se regardant dans les yeux, le dandy vérifia la note et la femme se rendit aux toilettes. Lorsqu'elle réapparut, ses lèvres charnues maquillées d'un pourpre provocant, il se précipita derrière ses talons aiguilles.

Mathilde donna un coup de serpillière. Dans le vestiaire réservé aux employés, elle troqua sa tenue de service contre un pantalon kaki, un sweat blanc et des tennis. En passant par la cuisine, elle aperçut, posée près du vinaigrier, un Clos des Épeneaux 92. En œnologue autoproclamé, le dandy avait trouvé ce millésime « un soupçon madérisé » ! Elle enfourna la bouteille dans la poche de son caban, activa l'alarme et emprunta le chemin de halage en direction du parking municipal.

Les mains agrippées au volant de sa Renault Kangoo, elle commença à râler. Les clients exigeaient d'être servis avant d'avoir commandé ; Verges la payait une misère ; le dandy l'avait déstabilisée ! Elle plaqua sa nuque contre l'appui-tête et porta le goulot à sa bouche. Gorgée après gorgée, le Pommard lui procura ce réconfort que les hommes lui refusaient. Ces dernières années, les sucreries et l'alcool compensaient ses désillusions, mais elle attirait toujours les regards. Ses relations basées sur le sexe se résumaient à des coquilles exposées dans une vitrine. Jolies, mais vides, comme la bouteille qu'elle jeta sur le tapis de sol.

Elle piquait du nez quand, bras dessus bras dessous, la divine rousse et le dandy passèrent devant sa camionnette. Ils s'embrassèrent avec fougue entre un cabriolet Peugeot 407 et une Nissan Patrol.

Le type grimpa dans son 4x4. Il recula pour faire demi-tour, mais la femme lui cria de s'arrêter. Il abaissa sa vitre pour lui en demander la raison. Pour toute réponse, elle avança vers la Nissan en sortant un pistolet de son sac à main. Il ouvrit sa portière, s'éjecta de son siège. Elle tira pendant qu'il fonçait sur elle. Elle s'était entraînée sur des cibles en carton, pas sur un type fou de rage en mouvement. La balle transperça l'épaule du dandy avant de finir dans un arbre. Elle rappuya sur la gâchette, mais le Colt 45 s'enraya. Il en profita pour lui décocher un crochet au menton. Sonnée, elle tomba à la renverse, sa nuque heurtant au passage un plot de stationnement.

Le dandy observa son visage inerte et lui donna un coup de pied dans le bassin. Elle paraissait morte. Il s'en assura en visant les côtes.

Cette guenon s'était présentée comme une journaliste spécialisée dans les musiques actuelles, ricana le dandy en se tâtant l'omoplate. Elle avait voulu le flinguer et gisait maintenant sur l'asphalte. Il s'apprêtait à fouiller son manteau afin de récupérer ses papiers, mais le grondement d'un moteur résonna. Il se contenta de photographier la plaque minéralogique de la 407 avec son smartphone, remonta dans sa Nissan et démarra en trombe.

Mathilde suffoquait. Comme un étau, l'habitacle du Kangoo comprimait ses os. Elle descendit de la voiture, mais ses jambes ne la soutenaient plus. Elle s'accrocha à la portière, le temps de maîtriser sa respiration, et s'aventura jusqu'au cabriolet. Une perruque rousse, le pistolet et une besace en cuir reposaient près du corps. Elle s'agenouilla et retira la calotte élastique plaquée sur le crâne de la femme. Des filets de sang coulèrent sur le visage d'une pâleur alarmante. Elle saisit un poignet. Son pouce appuyé sur les vaisseaux, elle fixa la trotteuse de sa montre durant une minute, compta trente-huit pulsations. Elle composa le numéro du SAMU, mais son appareil ne captait pas et la cabine publique de Marcilly servait de poubelle aux pique-niqueurs.

Elle envisageait d'utiliser le téléphone du restaurant lorsque la femme reprit connaissance :

— Amène-moi chez moi !

— Je préviens l'hôpital d'Orléans ! répliqua Mathilde.

— Oublie les médecins et la police ! Six mille euros pour toi, grimaça-t-elle en pointant son sac.

Mathilde crut à une plaisanterie. Elle ouvrit néanmoins le portefeuille et récupéra dans une pochette douze coupures de cinq cents euros pliées en quatre. Elle n'avait jamais tenu autant d'argent liquide entre ses mains, les billets lui brûlaient les doigts.

La femme ajouta :

— Si tu m'aides, je t'en filerai dix fois plus !

La calculette tourna à plein régime. Cinq ans de salaire pour une promenade en voiture et deux ou trois semaines à badigeonner du mercurochrome et laver des bandelettes. Une telle chance ne se représenterait pas !

Mathilde approcha sa camionnette. Elle hissa la femme, un véritable poids mort, jusqu'à la plateforme arrière. Elle l'allongea avec délicatesse, installa un chiffon sous sa tête et lui demanda son adresse.

— Caportino, souffla la Faucheuse.

Un dernier soubresaut agita son corps. Sa joue bascula sur le plancher.

Mathilde pensa l'abandonner sur le parking. Elle rendrait sa blouse d'aide-soignante et garderait l'argent. Ni vu ni connu. Mais soixante mille euros supplémentaires l'attendaient ! Elle rouvrit le portefeuille et examina les papiers de l'ex-beauté fatale du Bourillon. D'après la carte d'identité, Florence Doriani, née à Vichy trente-trois ans auparavant, résidait au 19 allée des Provenchères, à Ardon. Mathilde connaissait ce village. Elle le traversait lors de ses déplacements entre Beaugency et le restaurant. Elle ramassa la perruque, le revolver, la besace, et mit les voiles.

Elle roulait en compagnie d'un cadavre, une idiotie dont un gamin de quatre ans se serait abstenu. Mais l'adrénaline redescendit au fil des kilomètres. La départementale était dégagée, le moteur tournait comme une horloge, le chauffage emplissait la Renault d'une chaleur lénifiante.

Ses paupières tombaient de fatigue quand deux ampoules à iode l'éblouirent. Elle donna un coup de volant, le Kangoo se déporta, des brindilles accumulées sur le bas-côté se soulevèrent, un klaxon affolé retentit, la carrosserie écrabouilla des branchages en tremblant. La pédale de frein enfoncée jusqu'au bitume, la camionnette s'arrêta au bout d'une trentaine de mètres. Le conducteur de l'autre véhicule lui signifia qu'elle était zinzin avant de poursuivre sa route.

Mathilde sortit de l'habitacle et s'allongea sur le dos. Elle constata le tourbillon incessant des étoiles tout en priorisant ses prochaines activités : vomir, s'oxygéner en accéléré, amener Florence Doriani à Ardon.

Ses circuits neuronaux rétablis, elle se rassit derrière le volant. Elle roula une cigarette et s'en voulut de ne pas avoir laissé la rousse macérer dans ses globules. Les policiers l'accuseraient du meurtre si elle la déposait au commissariat.

Les soixante mille euros se mirent à danser dans sa tête. Cet argent lui permettrait de quitter l'appartement de son père où elle s'était réinstallée après son hospitalisation. Elle emménagerait à Orléans. Dans une maison. Transformerait le rez-de-chaussée en galerie. Finirait ses études d'histoire de l'art abandonnées après le décès de sa mère.

De toute façon, elle n'avait pas trimballé le corps jusqu'ici pour le donner en pâture aux sangliers. Elle abaissa la vitre et reprit la route.

Elle parcourut l'allée des Provenchères en jetant un œil dubitatif sur les dix-huit pavillons construits à l'identique dans les années soixante. L'impasse débouchait sur une placette. Elle contourna le réverbère à trois branches servant de rond-point et stoppa devant la dernière habitation. La propriété de Florence Doriani se cachait des regards par un mur en pierre haut de deux mètres. Une porte en fer et un garage y donnaient accès.

Elle coupa le moteur et marcha jusqu'au portillon. Ce modèle plein offrait une visibilité réduite sur le jardin et la baraque. Agrippée aux montants, elle hissa son mètre soixante-douze au-dessus de la traverse supérieure. Nulle lueur ne filtrait de la maison de plain-pied. Elle enfonça le bouton de la sonnette, mais, à part le grésillement de la ligne haute tension, aucun signe de vie ne perturba la quiétude des lieux.

Elle pesa le pour et le contre une dernière fois avant d'actionner la télécommande pendue au trousseau de clés. Le rideau métallique du garage enroulé sur son axe motorisé, elle rangea sa camionnette, et partit explorer le jardin en évitant d'aplatir le parterre de tulipes qui garnissait le prolongement du garage. En contournant un chêne dressé à côté d'un puits, elle remarqua une remise en bois adossée à l'arrière de la baraque.

Elle monta ensuite sur la terrasse, ouvrit la porte d'entrée et appuya sur l'interrupteur. Des spots disséminés au plafond illuminèrent une cuisine ultramoderne. Elle en admira l'agencement rationnel, longea l'îlot central, laissant ses doigts en apprécier la texture inoxydable, et pénétra dans la salle de séjour. Un canapé en cuir gris, un plaid en mohair, une table basse en aluminium et une bouteille de Cognac témoignaient du goût de Florence Doriani pour le home cinéma – au chaud dans un design aux lignes épurées, un digestif à portée de main. Elle regarda avec envie l'écran plasma qui recouvrait la hotte anthracite d'une cheminée contemporaine et essaya le fauteuil à roulettes encastré dans un bureau en U dédié à l'informatique. Confortable ! jugea-t-elle.

Entre deux bibliothèques surmontées de masques africains, un couloir desservait les toilettes, la salle de bain et l'unique chambre. Elle pensait tester le futon enfoncé dans une épaisse moquette beige, mais la penderie qui courait du sol au plafond retint son attention. Des robes et des tailleurs de grands couturiers recouvraient une vingtaine de tringles ; des dessous affriolants débordaient des tiroirs ; des paires d'escarpins et de bottes italiennes reposaient sur le plancher. Il y en avait pour des millions ! s'ébahit l'abonnée des soldes.

Un engin diabolique conçu pour façonner n'importe quel muscle ramolli fanfaronnait devant la fenêtre. C'était pas compliqué de garder la ligne avec un matos pareil ! bisqua Mathilde.

Elle décrocha une jupe, mais n'arriva pas à la boutonner. Les kilos en rabe ? Un mois !

La séance d'essayage sur pause, elle rejoignit le salon, embrasa du petit-bois avec un soufflet et s'étendit sur le canapé.

Pelotonnée sous la couverture, elle scanda les dernières syllabes de Florence Doriani : « Ca-por-ti-no » !

Florence avait-elle prononcé le nom de son meurtrier avant de mourir ? Mais pourquoi l'avait-elle aguiché toute la soirée ? Ce détraqué avait-il abîmé d'autres filles ? Empêchait-il sa pouliche la plus rentable de prendre sa retraite ? Ou alors, elle était sa maîtresse et patientait entre deux chambres de bonne depuis des années. Il n'avait pas enclenché la procédure de divorce, elle s'était échauffée, il l'avait envoyée balader... Et boum !

Quoiqu'il en était, mademoiselle Doriani avait renoncé à porter plainte et le dandy commettrait une grosse bourde en se dénonçant. Si son matelas recelait un tas de biftons, le sujet ne méritait pas de s'y attarder ! Bercée par le crépitement du feu, elle s'endormit comme une masse.

Joris et Thomas, deux lycéens en terminale friands de résine de cannabis, fuyaient les grandes villes et les patrouilles de la BAC. Affalés dans l'herbe, ils assistèrent au premier festival du film policier en plein air subventionné par le Conseil Général du Loiret. Au programme : *La Sirène du Bourillon*. Une bonne sœur éméchée au volant d'une ambulance improvisée restait en course pour le César du second rôle féminin.

Les deux garçons se levèrent comme un seul homme et Thomas regarda sa montre :

— La nonne a embarqué miss France dans sa camionnette il y a une heure et les flics ne se sont toujours pas radinés. C'est louche !

— Tu as raison. D'habitude, ils sortent la cavalerie dès qu'ils repèrent un jeune avec une capuche ! La vamp s'en est tirée, d'après toi ?

— Vu l'état dans lequel elle a rejoint les loges, ça m'étonnerait !

— Dommage. Elle avait la classe ! On jette un œil à la bagnole ?

Ils approchèrent de la Peugeot en agitant leurs membres ankylosés. Hypnotisés par le sang coagulé, ils observèrent une minute de silence avant de monter dans le cabriolet.

— Thomas, regarde la stéréo. Elle est hyper stylée !

Comme des gamins avec leurs nouveaux jouets, ils manipulèrent toutes les manettes, appuyèrent sur tous les boutons. L'engouement initial retombé, Thomas retira de la poche arrière de son jean un étui à cigarettes. Il laissa son surpoids épouser l'assise généreuse du fauteuil en cuir rouge et roula un joint. De son côté, Joris enclencha le lecteur de CD. Un tube d'Eminem déferla des huit haut-parleurs répartis dans l'habitacle.

— Elle déchire, cette chaîne !

— Le rap américain, ça déménage, compléta Thomas.

— On regarde ce que le moulin a dans le ventre ?

Joris tourna la clé insérée dans le Neiman et donna un coup d'accélérateur. Les six cylindres en V développèrent leurs deux-cent-dix chevaux.
— Miss Monde a rempli le réservoir.
— On inaugure ton permis ? s'excita Thomas.
— Tu m'étonnes ! Elle a dû cacher les papiers derrière le pare-soleil, prédit Joris.

La carte grise en leur possession, de nouvelles perspectives s'ouvraient pour le week-end. La veille, ils avaient dragué deux filles au bowling d'Orléans. Si elles étaient partantes, direction Deauville, la musique à fond.

2

Verges et le dandy draguaient la Joconde
Ça prenait des plombes !
Mathilde actionna sa ceinture d'explosifs.
Fin du cauchemar !

Blottie sous la couverture, elle recomposa la suite d'évènements qui l'avait téléportée sur ce canapé. Le grand cru de Bourgogne dans le Kangoo, le coup de revolver sur le parking, le trajet avec un macchabée à l'arrière, les robes de folie un rien serrées, les rêves de châtelaine devant le feu de bois.

La cheminée dégageait une odeur de cendres froides. Elle aéra la pièce, versa du lait en poudre dans son thé et repensa aux soixante mille euros. Si Florence Doriani détenait un magot, il ne se dissimulait pas sous le futon. Ni dans l'armoire à pharmacie, ni dans un sachet hermétique au fond de la chasse d'eau, ni dans le congélateur, ni derrière la télé, ni entre les bouquins de la bibliothèque.

Elle s'accorda une séance cinéma. Dans une tour réservée aux DVD, elle saisit un film à gros budget. D'après la jaquette, Bruce Willis (moyennant des dizaines de millions de dollars) rempilait pour sauver le monde. Curieuse de voir s'il arriverait à intercepter une nuée de soucoupes volantes à bord desquelles huit cents milliards d'extraterrestres malintentionnés fonçaient annihiler le moindre ranch des États-Unis, elle ouvrit le boîtier. Vingt billets de cinq cents tombèrent en virevoltant sur le carrelage.

Mais Bruce Willis n'était pas l'unique héros en qui Florence Doriani avait placé sa confiance. Clint Eastwood maintenait au chaud dix-sept mille euros – Harry Potter, douze mille – les James Bond successifs, vingt-cinq mille... En tout, la vidéothèque cracha deux cent trente-huit mille euros !

Les mains repues de cash, elle s'assit sur le canapé et remit de l'ordre dans ses idées : si Florence avait eu l'intention de refiler ce pognon à ses proches, il garnirait déjà leurs coffres !

Les biftons étalés sur la table basse, elle frémit en pensant aux chapardeurs qui avaient le chic pour repérer les baraques sans système d'alarme. Elle les sécuriserait dans une consigne automatique ! Et si un procureur lui cherchait des poux, elle plaiderait la compensation d'un préjudice moral et financier : scènes de violence réservées à un public averti, frais de transport et de pressing, récurage à la Javel de la fourgonnette...

Le pognon en de bonnes mains, elle s'intéressa aux obsèques de la dépouille, toujours à l'arrière du Kangoo. Brûler Florence Doriani dans la cheminée comportait des avantages : délocalisation évitée, matériel fourni par la défunte, une ou deux pelletées de résidus à répandre sur la pelouse, et basta ! Mais les relents de grillade prendraient des mois pour s'estomper. Et elle devrait la découper, se taper le lessivage ! L'ensevelir dans le jardin ? Loin d'ici ? Son corps finirait par être découvert. Tard. Ou tôt !

Sa famille se débrouillera ! statua Mathilde. Le mobile de Florence exigea un code de déverrouillage. Elle se rabattit sur le carnet d'adresses et y trouva les coordonnées d'hôtels de luxe, de restaurants hors de prix, ainsi qu'une vingtaine de numéros précédés par deux ou trois majuscules. Mais aucun Doriani ne figurait au catalogue !

Florence ayant coupé les ponts avec les siens, une reconversion immédiate dans le terrassement s'imposa. La remise pourvut à l'équipement : bottes et gants en caoutchouc, pelle, râteau et pioche. Mathilde déposa le tout dans une brouette qu'elle amena près des tulipes. Un labourage conséquent y passerait inaperçu.

Elle extirpa les fleurs, veilla à ne pas en abîmer les bulbes, mais l'ambiance « potager chez les bobos » dériva en parcours du combattant. Creuser un trou de dix centimètres est une chose. Déplacer un mètre cube de terre compacte s'avéra une autre paire de manches. Quand un rocher refusa de coopérer, elle l'attaqua avec une pioche. Au bout de vingt minutes, ses gestes maladroits avaient fragmenté l'équivalent d'un bol de riz. Elle appliqua alors la tactique du contournement. Deux heures de pelletées rageuses, illustrées de jurons à dépolir un charretier, dessinèrent une tranchée en forme de « S » prête à recevoir son obole. Elle amena ensuite la brouette à l'arrière du Kangoo, y transvasa le corps et s'en retourna à la fosse avec sa cargaison funèbre.

Florence Doriani rejoignait son ultime destination lorsque la roue dérapa. Ombrelle version Castorama, la brouette la protégeait désormais des ultraviolets. Mathilde aurait souhaité l'honorer d'un discours chargé de solennité, tout au moins d'une phrase chaleureuse, mais les banalités s'entrechoquaient le long de sa langue. Elle abrégea la cérémonie d'une oraison sommaire : « Au plus tard possible, ma vieille. Et merci pour le blé ! »

La terre remplit le trou, les tulipes garnirent la tombe, le râteau égalisa les mottes et le tuyau d'arrosage humidifia le tout.

Elle accusa un gros coup de barre en début d'après-midi. Endormie sur le canapé, elle rêvait d'une suite impériale sur la Croisette. Elle montait les vingt-quatre marches du Palais des Festivals en robe fendue de chez Dior. Sa parure de diamants étincelait de mille éclats sous les feux des projecteurs, mais le cauchemar déboula sans prévenir. Deux gendarmes la menottèrent sur le tapis rouge avant de la traîner à l'intérieur de leur fourgon. Les billets avec lesquels elle avait payé le bijoutier sentaient la photocopieuse.

Elle se réveilla en nage ! Et fit couler un bain.

Son nez au-dessus de la mousse, elle passa en revue les éventuels empêcheurs de tourner en rond. Elle n'avait pas aperçu de portrait accroché aux murs. Aucune photo ne jaunissait dans un album. Aucune lettre ne se languissait dans un tiroir secret. Florence et sa famille semblaient ne pas entretenir de liens. Quant au dandy, il avait rectifié une réincarnation de Vénus et n'avait aucun intérêt à sortir de son trou.

Qui d'autre s'émouvrait de son sort ? La police ? Si Florence était une prostituée, Mathilde ne voyait pas ses clients appeler le service après-vente : « Allô, monsieur le commissaire, je devais batifoler cet après-midi avec mademoiselle Doriani, mais elle m'a posé un lapin ! Vous pourriez prévenir sa remplaçante ? »

Personne ne s'apercevrait de sa disparition. Elle en aurait parié un resto ! À propos de bonne chère, repaître ce microcosme de nantis avec autant d'oseille dans les poches s'apparentait à du pur masochisme. Mais changer son mode de vie du jour au lendemain éveillerait des suspicions. L'abus de prudence nuit, mais on parle d'un meurtre, de deux cent quarante-quatre mille euros et d'un possible rêve prémonitoire ! Elle renfilerait sa tenue de serveuse et en profiterait pour tester les billets dans le détecteur du restaurant.

Restait le cabriolet stationné sur le parking. Ce genre de bagnole, si ça ne roulait pas, ça rouillait ! Elle regarda dans le portefeuille et refouilla la demeure de fond en comble, mais sans trouver les papiers du véhicule. Demander une nouvelle carte grise impliquait le risque d'une exploration faciale. Si les services préfectoraux gobaient la supercherie, le duplicata lui parviendrait quinze jours après. Laps de temps suffisant pour qu'un passionné de belles voitures prévienne les flics, qui débouleraient à Ardon. Ils établiraient un lien avec le resto de Marcilly, et Verges ne louperait pas l'occasion de jouer les cafteurs : « Accompagnée d'un homme, cette femme magnifique est venue dans mon établissement. Mathilde assurait la fermeture, ce soir-là ! »

Rien de dramatique, mais allez savoir ? Une empreinte mal effacée, un voisin réveillé par un coup de pioche.

Conclusion : le paysage routier hexagonal se priverait de la 407. Un étang d'une profondeur supérieure à deux mètres conviendrait.

Mathilde s'habilla d'un jogging plus ample que les toilettes de mannequins au garde-à-vous dans la penderie et se rendit à Marcilly.

Trois voitures et un camping-car se répartissaient le parking. À l'évidence, le cabriolet Peugeot avait disparu ! Son pouls accéléra, des gouttes de sueur perlèrent de son front, ses jambes flageolèrent.

Elle s'assit en tailleur sur la pelouse. Les eaux paisibles du Bourillon scintillaient au soleil. Elle vérifia si la flotte s'écoulait toujours de l'amont vers l'aval, et réajusta le déroulement du script : quelqu'un avait déplacé la 407 ! Les rois de la pièce détachée devaient la désosser dans une casse. Ou elle séjournait à la fourrière ! Les flics avaient-ils interrogé Verges et ses employés ?

Mathilde se rendit au restaurant. Elle remisa ses sapes au placard et enfila une robe noire et des mocassins vernis avant de se renseigner en cuisines. Le chef et ses commis n'évoquèrent aucune visite particulière. Il en alla de même pour le personnel de salle.

La barmaid l'envoya servir trois tasses de thé et un jus d'abricot en terrasse. Mathilde encaissa les boissons, et en profita pour introduire plusieurs billets dans le détecteur. Une diode verte les authentifia.

La police se désintéressait de la bagnole et le gros lot était homologué. Le pognon appartenait à Bibi ! se frotta-t-elle les mains.

Dès son retour à Ardon, elle dégusta un verre d'Armagnac. Elle n'avait pas chômé, ces derniers temps. Un meurtre en direct, un macchabée à enterrer. Deux cent quarante-quatre mille euros en espèces !

Mais la garde-robe et la voiture lui passaient sous le nez.

Quoique pour les fringues, elle attaquerait un régime dès le lendemain !

Cette résolution avait beau stimuler Cendrillon, le carrosse s'était fait la malle. Si un truand avait volé la Peugeot en vue d'un hold-up, les flics la retrouveraient sous peu. Ils rappliqueraient chez Florence et constateraient son absence prolongée !

Pourrait-elle les devancer en publiant une annonce ?

« Florence Doriani souhaiterait récupérer en bon état son cabriolet. Prière de contacter la jeune fille au pair qui arrose les tulipes ! »

Elle reporta la prise de tête…

Artenay, nord d'Orléans

D'emblée, une minorité d'humains en imposent. Ils mesurent plus de deux mètres et vous lancent un regard dédaigneux en surplombant l'inanité des sentiments qui vous animent ici-bas.

D'autres privilégient le volume. David Cheng, par exemple, un trentenaire d'origine chinoise court sur pattes, mais taillé dans du granite. Au début de sa douzième année, David avait arrêté de grandir. Depuis, il compensait son mètre soixante-trois par une extension latérale.

Cheng révérait deux principes élémentaires : une discrétion de tous les instants et l'effacement des traces de son passage. Il se gara sur le parking de *La Folie douce*, une discothèque au nord d'Orléans, contourna le bâtiment par la gauche et longea le mur extérieur jusqu'à une porte blindée dont il déverrouilla la serrure électronique avec un badge. Lui, Dominique Caportino et son associé – qu'il n'avait jamais rencontré – étaient les seuls à en posséder un exemplaire.

Il monta un escalier en colimaçon, poussa une porte antifeux et emprunta le couloir du premier étage. Il tapa trois coups secs sur du frêne, entra sans attendre l'accusé de réception. Un moribond prêt à se confesser d'un lourd péché geignait sur un sofa.

— Ça fait mal ? s'enquit Cheng en approchant un fauteuil.

— La balle a déchiré le deltoïde, répondit Dominique Caportino, le patron de la discothèque. Avec les cachets du toubib, c'est supportable. Tu imagines, une gonzesse a failli me faire la peau ! J'en ai la chair de poule !

Cheng acquiesça d'une mimique respectueuse des traditions. On ne pouvait souhaiter un déshonneur de cette ampleur à quiconque !

— Et toi, la tournée des hôpitaux ? reprit Caportino.

— Elle n'a pas été admise aux urgences, sa voiture a disparu et les flics n'ont pas l'air de se remuer.
— Elle n'était pas en état de conduire quand j'ai quitté Marcilly !
— Un complice a dû l'emmener.
Une idée germa dans les méninges de Caportino :
— Tu penses aux Staviani ?
— Ils ont trop la trouille pour déclarer les hostilités.
— Si cette garce ne travaille pas pour eux, pourquoi m'a-t-elle tiré dessus ? Je t'assure, David, je ne l'avais jamais rencontrée avant le vernissage. Elle s'est bien foutue de ma gueule avec son article sur les musiques amplifiées. En tout cas, ça ne ressemble pas aux méthodes des poulagas !
— Elle dirige la branche armée du mouvement de libération de la femme et vous l'avez vexée avec votre envie de partouzer avec l'autre fille.
— Marre-toi, David ! J'ai photographié la plaque minéralogique de sa bagnole. Dès que le gus des immatriculations m'aura refilé son adresse, j'irai lui arracher les vers du nez !
— Les flics attendent peut-être que vous commettiez une erreur. Ici, personne ne me connaît. J'éclaircis ce micmac et vous débarrasserai des Staviani.

3

Mathilde prenait son petit-déjeuner sur la terrasse. Entre deux tartines, elle observa un écureuil dressé sur une branche du chêne. Ce n'était pas la saison des glands ! se moqua-t-elle en faisant fuir l'animal. La cheminée dans le salon, la terrasse abritée du vent, la proximité de la forêt, les écureuils, l'arbre centenaire, le chant des oiseaux. L'appartement de Beaugency lui parut bien tristounet en comparaison.

Elle n'avait pas imaginé s'installer chez Florence Doriani, mais l'examen attentif de sa carte d'identité entraîna une crise existentielle. Elles avaient le même âge et la même taille.

Mathilde joua ensuite aux sept erreurs devant la glace de la salle de bain. Un peu de maquillage masquerait ses traits plus prononcés. Elle couperait ses cheveux d'une vingtaine de centimètres, se payerait une permanente de star, se résignerait à porter des lentilles de contact. Et avec un programme minceur efficace, elle perdrait les kilos superflus en moins de deux !

Elle enclencha le répondeur. Le message ne proposait rien d'original. La voix non plus, suave et sans accent, avec un débit posé, presque lancinant.

Elle repensa à la famille de Florence et consulta un site de généalogie sur Internet. La seule Doriani née en France après la fin du Second Empire était décédée en 1988.

Avant de résoudre cette énigme, Mathilde se rendit à l'hôpital d'Orléans. Pascal Buchet, son père, avait subi un triple pontage coronarien. L'opération s'était déroulée sans encombre, mais il essuyait des terreurs nocturnes et son moral déclinait depuis que le professeur Portman l'emmurait dans une camisole pour l'empêcher de dégringoler du lit.

Elle suffoqua en entrant dans la chambre. Le thermomètre dépassait les 30° et le radiateur irradiait la pièce comme un volcan ! Drogué par un cocktail à base de benzodiazépine, le menton de son père reposait sur un plateau-repas inentamé.

Elle partit à la recherche du personnel hospitalier, mais les infirmières et les internes étaient sur les dents, ou planqués dans un coin en train de fumer une clope. Elle grimpa au dernier étage et tambourina à la porte du chef du service jusqu'à ce que le professeur Portman ouvre sa tour d'ivoire. Elle poussa une gueulante et le toubib la supplia de ne plus les harceler. L'équipe mettait tout en œuvre pour guérir son père, mais ne pouvait surveiller les patients vingt-quatre heures sur vingt-quatre. Surtout s'ils retiraient leur goutte-à-goutte à la moindre occasion !

Elle quitta l'hôpital en rogne. Si son vieux sortait de cette mauvaise passe, elle l'emmènerait aux Buisseaux, la baraque de famille, du côté Buchet. Elle engagerait une aide-ménagère pour qu'il finisse ses jours à la campagne. Non dans un mouroir, entre quatre murs couverts de salpêtre et deux intraveineuses en guise de gueuleton !

Elle se dirigea vers le centre-ville.

Le clonage n'avait pas traîné. Sa coupe de cheveux lui convenait, elle supportait les lentilles. Seuls bémols : ces foutus kilos en trop ! En rejoignant le Kangoo, elle téléphona au restaurant de Marcilly. Verges en prit plein la poire. Elle avait trouvé un boulot mieux payé ; elle ne respecterait pas le préavis puisqu'il avait prolongé sa période d'essai ; il recevrait sa démission par lettre recommandée ; elle ne lui faisait pas cadeau du mois écoulé !

Soulagée, elle passa à Beaugency récupérer des affaires et son chat – vu la surreprésentation canine dans l'impasse, elle avait hésité à l'amener –, et rentra à Ardon.

Le matou cloué devant sa gamelle, elle s'installa dans le fauteuil à roulettes. L'ordinateur portable posé sur le bureau lui délivrerait peut-être le complément psychologique nécessaire à une bonne interprétation de son personnage.

Windows démarra, et l'image d'un homme cadré des pieds à la tête s'afficha. Habillé de chaussures vernies, d'un costard bon marché et d'une chemise blanche, le gars déployait un sourire de représentant de commerce résolu à vendre des chasse-neige à un état africain. Le meurtrier de Florence Doriani avait rajeuni d'une vingtaine d'années ! Mathilde se demanda pourquoi elle avait mis le dandy en fond d'écran. Le connaissait-elle à l'époque ? Quoi qu'il en soit, elle avait tenté de le tuer !

Elle déplaça le curseur sur *mes documents*, ignora les courriers administratifs et ouvrit *La partie continue*, un dossier contenant sept fichiers : *Le bluff – La cage – La cabane au Canada – Le figurant – L'arnaqueur – Le macho – Le ripou*.

Elle cliqua sur *Le figurant* :

Samedi 8 octobre 2005. Mon pauvre Sylvain, j'en viendrai presque à te plaindre. Comme si enfiler un blouson en cuir et ânonner des répliques cultes faisaient de toi une vedette !

Ton principal fait d'armes ? Avoir fait pleurer des bonnes femmes désœuvrées avec des téléfilms dont la seule originalité consiste à avoir gâché de la pellicule avant le passage au numérique.

Afin de dévoiler l'unique aspect positif de ta personnalité, parlons de ton romantisme prépubère ! Un espiègle cache-cache derrière les colonnes de Buren, un tee-shirt trempé moulant mes seins dans les fontaines du Trocadéro, un baiser enflammé sur le pont de l'Alma, et voilà monsieur qui roucoule à genoux, tel un preux chevalier devant sa quête inaccessible.

Mais un léger couac va perturber l'existence d'un grand acteur du petit écran (pour te citer). Au départ, tu interpréteras un pétillant hardeur dans une féerie érotique avec suite dans un palace, magnum de Roederer, salope à croquer, piment des menottes. Puis l'intrigue basculera en un banal règlement de comptes. Le phénobarbital agit, tu t'endors, je plaque un oreiller sur ton visage et fin du CV !

Si la rubrique nécrologique d'un canard de province t'accorde un entrefilet, ce sera le bout du monde. C'est normal : de toute la bande, tu as le moins d'envergure !
Quelle robe vais-je porter pour aller au Louxor ?
Elle poursuivit avec *L'arnaqueur* :

Vendredi 9 novembre 2007. Que de mois perdus à essayer de t'alpaguer ? Sans l'aide inconsciente de ce brave Sébastien, je n'y serais parvenue. Un nombre inadmissible de contretemps providentiels t'ont sauvé la mise. Réunions annulées, problèmes de santé, grève des aiguilleurs du ciel...
Mais demain, fini l'improvisation ! Paré des emblèmes de tes pairs, tu iras affronter dans un combat inégal un chevreuil dont la majesté t'échappe.
Je m'égare et tu voudrais savoir comment je vais m'y prendre. Tu te tiendras près du château d'eau, ton poste habituel. Avant le carnage, tu t'avachiras dans l'herbe, car tu as de plus en plus de mal à sortir indemne des ripailles qui rythment ces génocides hebdomadaires. Les plus délabrés rentrent cuver chez eux. Mais toi, tu détiens la trempe des capitaines. Malgré la débâcle, Louis Courtanche garde sa position !
Tu ne m'entendras pas arriver, mais sentiras ma main gantée ouvrir ta braguette, envelopper ton sexe. Tu te demanderas si tu es en train de rêver ou si je me redonne à toi après ces interminables semaines d'abstinence. Tout en attisant ton désir, je te tendrai une flasque de bourbon que tu boiras jusqu'à la dernière goutte. Je saisirai ton fusil et caresserai avec dévotion ce phallus géant jusqu'à ce qu'il décharge sa semence. « *Il s'est encore enivré, mais la chance a tourné !* » *penseront tes compères en apercevant la bouteille vide.*
Après cette dernière offrande, je rejoindrai mon VTT dissimulé dans les sous-bois. Mon sac à dos contiendra deux litres de plomb pour simuler ton poids et je porterai des bottes identiques aux tiennes. Tu vois, j'ai tout prévu.
Le plus réjouissant dans tout ça ? Tu ne manqueras à personne ! Tu as délégué l'éducation de tes enfants à tes serviteurs, ta

femme te trompe avec Franck Marthouret. Eh non, mon pauvre Louis, elle ne passait pas ses journées à tricoter des écharpes pour les pouffiasses que tu tringlais dans des chambres à l'heure, comme celle de Lamotte-Beuvron !

Je me vois déjà fredonner en boucle l'épilogue de ce cauchemar gravé dans la pierre : « Louis Courtanche 1957-2007 ».

Elle enchaîna avec *Le macho* :

Jeudi 15 avril 2010. Je regardai un « Nu » d'influence cubiste (réalisation maîtrisée, mais sans une once d'originalité) lorsque Dominique Caportino m'a accostée. Tel un nobliau, il brigua les faveurs de sa reine : « Madame, si vous avez servi de modèle, l'artiste ne vous a pas rendu un hommage mérité. » Il a dû la ruminer un moment, celle-là, avant de me la sortir !

Il m'a baratinée dans cette veine un bon quart d'heure, mais j'ai réussi à placer que mes travaux de sociologue reliaient la montée de la violence chez les jeunes à leur style musical de prédilection. Comme je l'espérais, il m'a proposé de l'accompagner dans sa discothèque, pour approfondir le sujet !

Je le faisais mariner, mais une girafe siliconée s'est ramenée. Il a chuchoté à mon oreille qu'il aimerait terminer la soirée à trois. Ben voyons ! De toute façon, je n'avais pas prévu de buter la fille. J'ai noté son numéro de téléphone et, ma main traînant dans la sienne, je lui ai promis de l'appeler pour fixer un rendez-vous.

Cette fois, pas de report !

Mardi 20 avril 2010. Caportino pensait me sauter sur le Dunlopillo miteux de son bureau, mais son amour-propre a subi une grosse décote : il a accepté de rouler une soixantaine de bornes et de me payer un trois étoiles au Michelin. J'imagine que je l'excite, ce bâtard !

Le restaurant de Marcilly est parfait. Mon petit papa, je te promets qu'il va cracher le maximum pour son dernier repas !

Si tu tiens un homme par la queue, c'est facile de le mener jusqu'à sa tombe !

« Dominique Caportino ! » Florence Doriani avait bien prononcé le nom de son assassin avant de mourir.

Ce type entretenait un rapport avec La Folie douce. Ce rapport, Mathilde le chercherait après une bonne nuit de sommeil.

4

Les tulipes appréciaient le récent apport d'engrais naturel. En contrepartie, Mathilde logeait gratis chez la défunte. Après son petit-déjeuner, elle déplia une chaise longue sur la terrasse. Le chat couché sur ses jambes, elle dévora un magazine de déco. Une vocation d'architecte d'intérieur se dessinait, mais le moindre abat-jour sympa coûtait une fortune.
À ce propos, estimons celle de Florence. Mathilde ouvrit le caisson du meuble ordinateur. Il contenait quatre classeurs. Dans celui intitulé *Banque*, le dernier relevé du compte courant de Florence présentait un solde positif de quinze mille trois cent douze euros, son livret A dépassait le plafond grâce aux intérêts.
Mathilde se plongea dans *Bourse*. Le portefeuille d'actions s'élevait à six cent mille euros. *Habitat* contenait des actes de propriétés concernant la maison d'Ardon et un appartement à Paris, boulevard du Montparnasse.
Entre les titres et l'immobilier, on approchait les deux millions. Devait-elle risquer de les convertir en liquide ou se contenter de l'argent récupéré dans les DVD ? Avant de se décider, elle consulta le dernier classeur. *Ordi* regroupait les disques d'installation et les modes d'emploi d'une vingtaine de logiciels. Sur un bristol, Florence avait inscrit leurs clés de produit. Parmi les sésames, cinq comportaient quatre chiffres. L'un d'entre eux correspondait-il à la Visa ? Mathilde se rendit à Orléans pour obtenir la réponse.
« Code erroné » s'afficha sur l'écran du distributeur du Crédit lyonnais, place du Martroi. Il restait deux tentatives. Elle récupéra une pièce dans sa poche et la lança en l'air. Face, elle entrerait la deuxième et la troisième série de chiffres. Pile retomba sur le trottoir et le premier essai fut le bon.
Un billet de vingt en main, elle s'installa à la terrasse de La Chancellerie. Elle serait assise aux premières loges si le retrait provoquait de l'agitation. Invitation au farniente, l'été

avait pris de l'avance. Sur le terre-plein central, des joueurs de foot atteints par la limite d'âge commentaient l'adresse de leurs cadets ; des passereaux virevoltaient au-dessus des parasols rectangulaires qui ombrageaient les clients du café ; les feuilles des platanes frissonnaient au gré d'une brise légère et rafraîchissante. Elle commanda un Ricard, mais il manquait le chant des cigales et la senteur des lavandes pour se croire en Provence.

Deux mioches à la dérive regardaient de travers l'antivol d'une Kawasaki. Elle les observa avec une pointe d'envie et s'irrita en remarquant, à une table voisine, une fille vêtue du minimum légal qui draguait le copain de son mec. Elle injuria un livreur : en garant sa camionnette sur le trottoir, ce jem'en-foutiste obligeait une mère et sa marmaille à emprunter la chaussée. Les gouvernements successifs la déprimaient avec leur « Faites des gosses ». Les nourrir et les garder en vie relevaient du sacerdoce. Et ça donnait des paumés, des allumeuses ou des sans-gêne. « Ne comptez pas sur moi ! » jura-t-elle.

Un deuxième retrait bancaire la réconforta. Elle disposait des quinze mille euros crédités sur le compte de Florence et la carte bleue s'avérerait un bon moyen d'égarer les flics à l'autre bout du pays.

De retour à Ardon, elle posa les points sur les « i ». Sa ressemblance avec Florence achoppait au niveau du ventre, des fesses, des cuisses, des bras... Après un examen attentif placé sous le signe d'une objectivité sans concession, elle établit le constat : douze mille grammes de graisse squattaient ses muscles atrophiés. Les lipides en liberté étaient priés de dégager sans trouver de repreneurs !

La séance aviron démarra en fanfare, mais l'acide lactique imposa une pause. Elle se prépara un jambon beurre cornichon, se servit un verre de vin, posa son plateau-repas sur la table basse et alluma la télé. France 3 Centre diffusait un reportage sur un futur parc de loisir. Jacques Demorel, maire de La Ferté et président de la communauté de communes des Portes de Sologne, dévoilerait une maquette au public. Seraient présents les époux Marthouret, responsables du projet initié par Louis Courtanche, un promoteur immobilier décédé deux ans auparavant.

Louis Courtanche ! N'était-ce pas le nom de *L'arnaqueur* ? Mathilde sortit Google de sa léthargie, mais la sonnerie du téléphone de la maison interrompit la vérification. Une voix de baryton teintée d'un accent auvergnat retentit dans le haut-parleur :

— Qu'est-ce que tu fous, José ? On t'attend devant le stade !

— Je ne connais pas de José !

— Excusez-moi, madame.

Saisie d'un mauvais pressentiment, elle éteignit les lumières et se posta derrière le rideau de la fenêtre du salon d'où elle pouvait surveiller le mur d'enceinte. Toujours aux aguets, elle médita sur sa déraison grandissante. Si les flics recherchaient l'effet de surprise, ils ne se déguiseraient pas en supporters, ils défonceraient la porte avec un bélier. Un faux numéro ! jugea-t-elle.

Elle alla néanmoins vérifier. L'impasse était déserte, les voisins s'assoupissaient devant leurs téléviseurs, les cerbères patentés n'avaient plus la force d'aboyer du fond de leurs niches.

Elle se dérouilla les guibolles le long des clôtures, comparara la pente des toitures, la couleur des crépis et des volets, l'agencement des jardins (avec ou sans nain). Elle imagina la situation des résidents, la décoration intérieure entretenant leurs souvenirs.

Elle retourna chez Florence. Près du massif de tulipes, elle remarqua la pioche, la ramassa… Et un méchant coup de cafard s'abattit sur ses épaules.

Le frémissement du vent dans les feuilles.

La nuit obscure, épaisse et fraîche.

La pioche, lourde comme un menhir.

La fatigue accumulée de ces derniers jours.

La sonorité caractéristique d'un Diesel ! Accrochée aux montants de la porte, elle reluqua une Mercedes noire immatriculée dans l'Allier qui gravitait autour du réverbère. C'était quoi ce trafic ?

La berline rejoignit la départementale et le calme environnant reprit soudain son refrain. Après vingt heures, les aléas de la circulation se percevaient à un kilomètre à la ronde. Et là, arrêt moteur ! Elle colla sa pupille au trou de la serrure et aperçut un individu râblé, vêtu de couleurs sombres, qui avançait vers la place. Le type sortit de la poche de sa veste un pistolet muni d'un silencieux. Ce gus n'était pas un flic et son carton d'invitation augurait une perturbation de niveau douze quant au bon déroulement de la soirée.

Lui demander s'il venait se recueillir sur la tombe de Florence Doriani ou bien dézinguer le croque-mort de service était inopportun. L'urgence consistait à se maintenir en vie jusqu'à l'arrivée des secours. En fait, le combat aurait lieu en un seul round et elle ne pourrait compter que sur sa pomme ! Des rainettes de bénitier lui reprocheraient les obsèques de la propriétaire, bâclées sans respecter le rituel. Mais qui l'enterrerait, « Elle » ? Un vulgaire loubard de province ?

Dissimulée derrière le volet de la cuisine, elle s'attendait à ce que le mastodonte escalade le portillon, mais elle s'interdit de pousser un cri en le voyant sauter sur la pelouse à partir du toit du garage.

Le type se rendit à pas feutrés sur la terrasse, colla une oreille contre la porte d'entrée. Sans aucun doute sur ses intentions, elle positionna la pioche à hauteur d'épaule, et enchaîna avec une rotation du buste. Il s'effondra sur les marches. Emportée par son élan, elle se retrouva plaquée contre son dos.

L'acier galvanisé avait transpercé la boîte crânienne du bonhomme. Son inconscient en charpie garderait de leur rencontre un souvenir confus. Surnagerait l'angoisse du travail inachevé, une sorte de névrose réactionnelle causée par un traumatisme à fortes connotations professionnelles. En clair : le paradis des tueurs à gages lui offrait l'éternité pour débattre « tactiques et approches sécurisées » avec ses pairs !

Dominique Caportino avait envoyé ce colosse chez Florence. Il avait donc son adresse ! Sans nouvelles du sumo, il dépêcherait un autre gars. Elle devait se remuer avant son arrivée.

Le type pesait trois tonnes. Redoublant d'efforts, elle comprit l'expression « buté comme un âne ». Elle eut beau retirer de sa tête l'objet du délit afin qu'il soit plus présentable, le macchabée refusa de lui prêter main-forte.

Et la brouette se la coulait douce au fond du trou ! De toute façon, elle n'aurait pu soulever ce malabar. Elle pensa le découper et l'enfourner pour un gratin, d'après la recette de ce cher Landru. Mais l'évocation de sa mère en train de flamber les volailles au-dessus de la cuisinière lui provoqua un haut-le-cœur.

Il convenait de requérir de l'aide. Les flics et les voisins s'excluaient d'office, son père se confinait dans les vapes et les compétences du chat se restreignaient à celles d'un tube digestif. Quant à ses copines, elle ne se voyait pas amorcer ce genre de collaboration. Elle imagina l'effacement des empreintes et un repli en laissant le sumo se putréfier sur les marches. Avec de la chance, il s'écoulerait des semaines avant que les aboiements d'un cabot renifleur attirent l'attention.

L'évidence lui sauta aux yeux : les actions, la baraque, l'appart' à Montparnasse. Faudrait pas la prendre pour une cruche !

Le spectre de Landru encensa les mérites de la scie circulaire. Comme à un incorrigible témoin de Jéhovah, elle lui claqua la porte au nez. Accoudée sur l'îlot central, elle songea à Archimède, capable de soulever le phare d'Alexandrie d'une pichenette si on lui fournissait un levier digne de ce nom. Elle le supplia de propulser le sumo dans l'hyperespace avec le balai de la cuisine. Le spécialiste de la balistique refusa de se déplacer pour des broutilles, mais lui conseilla de revenir aux fondamentaux. C'est-à-dire au ras du sol ! Elle envisagea l'utilisation d'un treuil. Mais où en dégoter un ? Et comment le fixer à la camionnette pour y déposer le sumo ? Le n'importe nawouak avança une ultime proposition : emballage, ficelage, halage et largage du paquet cadeau dans la première décharge venue. Si les flics l'arrêtaient, elle plaiderait la vilaine blague d'une bande de mômes.

La remise prodigua une bâche, six tendeurs, une corde, une planche de surf, deux paires de patins à roulettes, un tournevis et une chignole. Elle retira la poignée d'un placard de la cuisine, démonta les seize roulettes des patins, boulonna le tout sur la planche, attacha la corde à la poignée. Elle positionna la remorque de poche ainsi réalisée au bas de l'escalier de la terrasse et la recouvrit de la bâche.

La mission suivante consistait à basculer la carcasse étalée en travers des marches. Elle s'assit sur les fesses et poussa sur le buste du type avec ses pieds. La planche était solide, les seize galets en caoutchouc encaissèrent les quatre-vingt-dix kilos sans piper. Elle rabattit les extrémités de la bâche sur le corps et la cercla à intervalles réguliers avec les tendeurs. La corde par-dessus son épaule, elle tracta le colis-sumo jusqu'au garage et l'arrima d'un double nœud au châssis de la camionnette. Elle apporta dans le Kangoo l'ordinateur, les classeurs et l'appareil de musculation qu'elle entendait rentabiliser après ce fâcheux contretemps. Quant à la pioche, elle lui donna un coup de jet avant de la déposer sur le siège passager !

Feux éteints, le convoi se mit en route. Mathilde regarda ses rétros. Le sumo maintenait le cap sur ses roulettes ! Soulagée de s'en être tirée à si bon compte, elle rejoignit la départementale…, et repensa à la garde-robe : les tailleurs la transformeraient en femme du monde ! Les fringues et la prudence livrèrent un combat inégal. Elle rebroussa chemin !

Elle était revenue à une centaine de mètres de l'impasse quand une paire de phares embrasa son pare-brise. Elle monta sur le bateau d'une maison et éteignit le moteur. Ses mains crispées sur le volant, son anxiété grimpa en flèche : un 4x4 se garait derrière la Mercedes du sumo ! Le conducteur descendit de son véhicule et fit le tour de la Mercedes. La lumière d'un réverbère éclairait son visage. Aucun doute possible, le dandy en personne ramenait sa fraise ! L'occasion d'en finir, estima-t-elle en redémarrant. Alerté par le bruit du moteur, Dominique Caportino se retourna. Un utilitaire fonçait sur lui ! Il évita le pare-chocs du Kangoo en plongeant sur le trottoir. Il se releva, sortit un pistolet de sa poche et tira plusieurs coups. Mathilde roulait en zigzaguant. Deux balles perforèrent la carrosserie du Kangoo sans l'atteindre. Il monta dans sa Nissan avec l'intention de la poursuivre, mais le temps de faire demi-tour, elle avait pris le large.

Si Dominique Caportino – ou le macho, comme l'avait surnommé Florence – réalisait que son pote était parti en pèlerinage avec un aller simple, il ne lâcherait pas le morceau. Ce type travaillait à La Folie douce, la société titulaire de la carte bleue dont il s'était servi pour payer le restaurant. Mathilde n'avait pas apprécié qu'il la prenne pour cible. Elle se promit de le retrouver et de lui rendre la pareille. En attendant, priorité au champion de surf accroché à l'arrière du Kangoo.

Dommage pour les fringues !

5

Bannon, sud de Sancerre

Les Jeantier avaient rayé du dictionnaire le verbe « moderniser ». Si l'on retirait le composteur en plastique près de la mare aux canards, leur ferme comblerait le décorateur d'un film de cape et d'épée.

Mathilde frotta ses chaussures sur le gratte-pieds galvanisé et poussa la porte. Le Berry Républicain étalé sur la table, Yvette et Henri commentaient les nouvelles du jour.

— Bonsoir. Je viens vous prévenir de mon arrivée.

Ils soulevèrent leurs paupières alourdies de vinasse, sans la reconnaître.

— C'est moi. Mathilde... Mathilde Buchet !

Le nom de famille finit par atteindre une strate non imbibée dans le cerveau du cultivateur. Il s'empara d'un dessous de plat en liège, le lança vers la chaise attitrée d'un vieux chat tigré et indiqua du menton le siège libéré à contrecœur. Mathilde se posa face au couple et Henri demanda à sa femme d'apporter de quoi fêter l'évènement avec dignité, une bouteille de chardonnay et un saucisson qu'il découpa à même la table avec son Opinel.

Il était dix-sept heures trente. Ça paraissait tôt pour arroser de la charcuterie avec du vin blanc, même dans ce bastion de la résistance aux sodas et aux amuse-gueules surgelés où l'on attaquait l'apéro après la traite des vaches. Le repas du soir, un potage épais agrémenté de vermicelles pendant les actualités régionales, s'achevait avec l'immuable pousse-tisane, une eau-de-vie aux herbes apparentée aux antiseptiques. Jusqu'à sombrer dans une léthargie comateuse avant la fin du téléfilm.

Mathilde se serait bien dispensée de cette halte courtoisie, mais elle ne souhaitait pas les froisser, car le chemin qui menait aux Buisseaux, la propriété de son père, traversait leur exploitation. Elle mâcherait donc du pur porc et boirait un verre ou deux, qu'ils lui fichent la paix durant son séjour et n'assouvissent leur curiosité sous un quelconque prétexte.

La santé et la météo eurent raison de la bouteille et Yvette aborda l'aspect économique du bon voisinage :
— Tu es venue pour des vacances ou tu t'installes là-haut ?
— Je vais rester le temps de trier les affaires de papa et d'astiquer la baraque.
— Si tu as besoin de te ravitailler, les produits d'chez nous, z'ont meilleur goût et sont moins chers qu'à la supérette de Vernon !

La promotion du terroir accomplie, Yvette enfourna une bûche dans le poêle sur lequel mijotait la soupe du soir.

Jusque-là, Henri avait parcouru d'un œil le programme télé, l'autre se perdait dans l'échancrure du chemisier de Mathilde. Il déboucha de quoi alimenter la conversation, un litre du légendaire pousse-tisane.
— Un malheur, ce qui est arrivé à ta pauv' mère. Si elle avait pu décrocher le téléphone ! Mais y avait plus rien à faire quand ton père l'a retrouvée sur les tomettes. Au fait, y tient le coup, le Pascal ? On n'a pas eu d'ses nouvelles ça fait une éternité !
— Son moral varie d'un jour à l'autre, résuma Mathilde.

De retour à table, Yvette confia :
— Il nous achetait des œufs, du beurre et du fromage en revenant de la messe. L'occasion de discuter. Ta mère, c'était pas pareil. On n'osait pas monter de peur d'la déranger. Une rondelle ?
— Non merci, répondit Mathilde en remettant son caban. EDF rebranchera le compteur demain. Je dois m'installer avant la tombée de la nuit.

Sur le pas de leur porte, elle ajouta :
— Je descendrai vous voir. Promis.

Mathilde s'accrochait au volant comme si le Kangoo franchissait un trou d'air. Parsemé de rigoles creusées par les pluies, le chemin serpentait à travers un petit bois avant d'atteindre les Buisseaux, un plateau hexagonal tapissé de buissons, d'où le nom.

Une longère en torchis et une grange aux briques effritées, bâties l'une en face de l'autre, délimitaient une courette où les orties proliféraient. Elle se gara devant la grange et y déposa le rameur. Son père l'avait réaménagée en caverne des particuliers, le classement par thème et les passages piétons en moins. Les étagères croulaient sous le poids de pièces détachées pour téléviseurs, postes de radio, robots ménagers… Dans des sacs à gravats, une cargaison de bouteilles vides attendait d'être recyclée. Après le décès de sa femme, Pascal Buchet s'était adonné à ses deux péchés mignons : le dépeçage de tout engin à base de bobines électriques et la découverte des nombreux vignobles de la région.

Elle ouvrit la baraque. L'authenticité du lieu ne perturberait pas sa concentration.

Sébastien

Ménestreau, sud d'Orléans

Avec ses baskets grises, son jean et son col roulé noir, Sébastien Courtanche évoquait le gendre idéal pour des parents qui souhaitaient caser leur fille avec un big boss de l'informatique. Là s'arrêtait la comparaison !

Il franchit les grilles du domaine familial sur les coups de midi et pesta en apercevant la trentaine de véhicules alignés dans la cour. Le repas dominical avait mué en journée portes ouvertes. Il rangea sa DS décapotable entre deux berlines et se rendit au salon. À travers une fenêtre donnant sur la terrasse, il observa les invités collés au buffet. Des boulimiques à la fin d'un régime ! ironisa-t-il avant de descendre à la cuisine semi-enterrée.

Un tablier en toile cirée noué autour de la taille, la grisaille de ses cheveux dissimulée par un foulard orné de motifs floraux, Suzanne, son ancienne nounou, touillait ses sauces.

Il l'embrassa avec tendresse et murmura à son oreille :

— Que nous concoctes-tu de bon ?

— De quoi accommoder les restes ! Hier soir, Madame s'est mise à organiser une garden-party. Les commerces fermés, elle s'en fiche. « Débrouille-toi, ma pauvre Suzanne ! » Elle est folle, ta mère !

— Je peux aider ?

— Dis à René de renouveler les amuse-gueules et occupe-toi du barbecue. Mais d'abord, recoiffe-toi. Tu la connais !

Sébastien avait beau avoir vingt-neuf ans, Hélène ne pourrait s'empêcher de critiquer son laisser-aller devant tout le monde. Il chassa de son front une mèche rebelle et rejoignit la terrasse.

Il répartissait les braises avec une pince quand, parée d'un sari rouge et or, elle l'interrompit :

— Sébastien, j'aimerais te présenter Franck.

Une gavroche à chevrons sur la tête, un costume en velours dont le pantalon tombait sur des chaussures en daim, le tout dans les bruns foncés, un gentleman, main tendue, s'avança vers lui.

Franck Marthouret avait arpenté le domaine comme s'il évaluait la possibilité de le transformer en centre commercial. Quel rôle tenait-il dans cette comédie champêtre ? Habitué aux frasques de sa mère, Sébastien reporta la réponse.

— Ravi de te rencontrer, Sébastien. Hélène me parle souvent de toi ! Nous gardons un excellent souvenir de notre croisière sur le Nil, s'épancha Marthouret.

Devant le manque de réaction de son fils, Hélène rembobina le film :

— Nous participions à un tournoi de bridge, mon chéri ! Je t'ai montré des photos des pyramides et du bateau à vapeur. Franck est un partenaire merveilleux. Et si attentionné ! précisa-t-elle en appuyant son épaule contre la sienne.

Sébastien se demanda si elle évoquait la partie de cartes ou une troisième mi-temps plus intime.

— Nous allons être amenés à concilier nos points de vue. En attendant, tu peux m'appeler Franck et me tutoyer, proposa le roi de cœur.

— Avec plaisir, Franck ! consentit Sébastien en récupérant sa main.

L'essentiel formulé en bonne et due forme, les tourtereaux se dirigèrent vers un groupe de convives.

Après sa croisière en Égypte, Hélène avait teint ses cheveux d'un blond lumineux et exhibait le visage serein d'une femme épanouie. Son mari était décédé deux ans auparavant. Elle avait le droit de s'amuser avec ce gars ! agréa Sébastien.

Il n'avait jamais rencontré Franck Marthouret. Mais son père avait mentionné son nom en parlant de ses affaires. Marthouret faisait-il désormais partie des meubles ? Et que signifiait cette conciliation de points de vue ?

René le releva de l'opération barbecue et il courut jusqu'à sa voiture récupérer un paquet de cigarettes. Affalé sur la banquette arrière, son neveu écoutait du Jimmy Hendrix.
— Salut Manu. Ça roule, la guitare ?
Le garçon se redressa.
— Bonjour tonton. Avec mon copain batteur, on a trouvé un bassiste.
— Génial !
— Oui, mais papa nous a interdit de répéter dans le garage. Et quand je parle de devenir musicien, il pique sa crise !
Ces paroles rappelèrent à Sébastien les disputes interminables avec ses parents qui lui reprochaient de souffler dans sa trompette des week-ends entiers sans sortir de sa chambre au lieu de finir ses devoirs.
Une onde ironique parcourut ses cordes vocales :
— Il s'inquiète pour ton avenir.
— Tonton, épargne-moi la tirade sur le chômage !
Sébastien s'abstint d'énumérer les tournées minables avec la camionnette en rade sur une route paumée, les tauliers marchandant le cachet convenu, les chanteuses munies d'un ego démesuré...
Il implora une fée compréhensive de réaliser le vœu de son neveu.
— Si tu t'accroches, il changera d'avis ! dit-il d'un ton qu'il espérait convaincant.
Manu exprima une moue avertie. Il se renfrogna en le voyant extirper de la boîte à gant une cartouche de Camel :
— Tu avais juré d'arrêter !
Mais le manque de nicotine flirtait avec l'hypertension :
— J'ai tenu quinze jours !... T'en as pas marre de zoner dans ma caisse ? Les brochettes nous attendent, rejoignons les autres !

Les desserts engloutis, Hélène sollicita l'attention générale :

— Il y a deux ans, une tragédie a frappé notre famille de plein fouet. Vous nous avez témoigné votre soutien bienveillant à maintes occasions, et je vous en remercie. Les merveilleux moments passés avec Louis resteront gravés dans nos cœurs. Mais qui ne l'a entendu dire « La vie continue coûte que coûte ». J'en suis persuadée, Franck et moi partons nous marier aux Açores avec sa bénédiction. La semaine prochaine !

Suivit le plus long baiser du septième art sous un tonnerre d'applaudissements. Le champagne coula à flots et un discjockey sublima la terrasse.

Au milieu de l'après-midi, la fête battait son plein. Sébastien n'aimait pas danser. Appuyé contre la rambarde, il fumait une cigarette lorsqu'il aperçut son beau-frère. Roland Crozier arpentait la pelouse d'un pas soutenu comme s'il désirait se tenir à l'écart. L'annonce du mariage venait-elle de changer la donne ?

Les derniers invités partis, Suzanne servit un bouillon dans la salle à manger. Sébastien partagea ce souper décisif avec Sophie (sa sœur), Roland Crozier, sa mère et Franck Marthouret. Manu s'était confectionné un sandwich au chorizo avant de retourner dans la DS de son oncle écouter un bon vieux Ten Years After.

Sébastien reprit un morceau de Chavignol pour finir le Sancerre. Roland – malgré son physique de catcheur, ses traits s'étaient creusés au cours de l'après-midi – plomba l'ambiance :

— Hélène, j'ai téléphoné au notaire. Il a réuni tous les documents. Puisque vous partez en voyage de noces mercredi, nous pourrions nous retrouver à son étude lundi ou mardi.

Le plissage du front d'Hélène, le sourire crispé de Sophie, le toussotement discret de Franck Marthouret et le tapotage nerveux du couteau de Roland sur la nappe alertèrent Sébastien. En équilibre sur les pieds arrière de sa chaise, il s'accorda un maximum de recul.

— Ce projet ne remporte pas l'unanimité autour de cette table (Hélène se tourna vers son fils). Cependant, votre père (elle engloba Sophie dans son champ de vision) était persuadé que sa réalisation nous mettrait à l'abri du besoin. Son décès a chamboulé le calendrier, je le reconnais. Mais le chantier va redémarrer. N'est-ce pas, Franck ?

— L'inauguration est prévue le 8 mai, confirma Marthouret.

— Maman, Sébastien et moi devions…

Roland ne voyait pas d'un bon œil sa femme se mêler de son bizness. Il lui coupa la parole :

— Oui, vous envisagiez une donation au profit de vos enfants.

— Nous avions évoqué le partage du Clos, soupira Hélène. Mais ce n'est plus d'actualité !

Sophie, Roland et Sébastien exhumèrent des souvenirs agréables auxquels se raccrocher. Un silence de mort régnait autour de la table. Hélène avait intérêt à leur présenter des arguments-chocs si elle ne voulait pas goûter le dessert en tête à tête avec Franck Marthouret.

— Mes chéris, malgré l'optimisme dont faisait preuve votre père, notre situation s'est dégradée à un point inimaginable, reprit-elle. Sa dernière réhabilitation d'usine a tourné au fiasco, je me retrouve avec quatre-vingts logements sur les bras. J'ai utilisé l'argent de l'assurance vie pour payer les entreprises, l'architecte et le bureau d'études. Quant à nos placements boursiers, ils ont fondu lors du récent crash. Les liquider serait catastrophique. Si les cours ne remontent pas, nous sombrerons dans le rouge d'ici la fin de l'année ! L'offre de Franck nous sort du pétrin, je vous le garantis.

Sophie et Sébastien étaient abasourdis. À grand renfort d'experts, les médias n'avaient cessé d'expliquer les conséquences de la crise des subprimes. De là à dépenser les six millions de l'assurance ! Ils considéraient leur père comme un baron de la finance qui jonglait avec les milliards des autres, jusqu'à ce qu'ils retombent dans ses poches. Apparemment, elles étaient percées ! Et leur mère, avec ses réceptions et ses croisières, n'allait pas les recoudre !

— Cela vous reviendra un jour, ajouta Hélène en couvant sa descendance d'un regard protecteur.

La donation passée à la trappe, leurs plans sur la comète se reportaient aux calendes grecques !

La famille Beaumont détenait un terrain en bordure d'un lac en forme de haricot alimenté par le Cosson (un sous-affluent de la Loire) sur lequel croupissait une grange. Au fil des opportunités, Henri Beaumont, le père d'Hélène, avait acquis les bois et les prés avoisinants. Situé entre Sennely et Vienne-en-val, le Clos du lac s'étendait sur trente-huit hectares. Henri y lançait des hameçons avec Sébastien, dans la barque qu'ils avaient restaurée tous les deux. Il immortalisa ces brefs répits dans une vie consacrée à évincer des concurrents tenaces en lui léguant sa Citroën décapotable, ainsi que la parcelle avec la grange.

Sébastien comptait y aménager un studio d'enregistrement. À deux heures de Paris, un équipement dernier cri, un piano à queue et des chambres avec vue sur le lac offriraient des prises de son de qualité dans un cadre idyllique. Mais cette profusion de hautes-fidélités frôlait les quatre cent mille euros. Si sa mère ne lui refilait pas la moitié du terrain, adieu les albums de légende !

Le directeur de la banque lui accorderait-il un prêt ? Il anticipait cette entrevue quand son beau-frère enchérit :

— Hélène, je ne vois aucun inconvénient à ce que vous restiez propriétaire du Clos. Cette mise de fonds correspondrait à un vingtième du capital.

— Cinq pour cent ! releva Franck Marthouret. Faute de moyens, vous et votre partenaire – qui sort d'on ne sait où, soit dit en passant – ciblez une clientèle populaire. Vous serez obligés de serrer les prix. Je vous octroie six mois pour déposer le bilan ! Notre complexe est doté d'une somme quinze fois supérieure à ce que vous avez eu tant de mal à provisionner. En termes de rentabilité, nous tablons sur douze pour cent dès la deuxième année d'exploitation avec consolidation autour de vingt dans cinq ans !

Roland Crozier venait de se faire virer de la cour de récréation par un géant. Avec jubilation, Sophie et Sébastien avaient contemplé son visage se décomposer au fil du réquisitoire. Cela dit, la débâcle des uns a tendance à desservir les desseins des autres : Franck Marthouret avait subtilisé leurs parts du gâteau !

— Vous recherchez un directeur ? tenta Roland.

— Nous avons déniché un responsable animations et une chargée de communication. Je m'occuperai du pan administratif. Le parc ouvrira ses portes en février 2012 ! annonça Marthouret.

— Si j'ai bien compris, soupira Sébastien, je vais être cerné de tous côtés !

— Nous te proposons une somme conséquente en échange de ta parcelle, mon chéri.

— Maman, je ne changerai pas d'avis. Tu imagines la tête de grand-père si on défigurait son coin de paradis avec une réserve de gogos en phase terminale !

Un sourire crispé contracta les bajoues de Franck Marthouret :

— Sébastien, le devenir de ton terrain t'appartient. Ton choix nous complique la vie, mais nous finirons par trouver un accord !

2

La Défense, Hauts-de-Seine

Il ne manquait pas d'air, l'apprenti beau-père ! grommela Sébastien, effondré sur son siège tel un rat de laboratoire à qui l'on aurait administré la dose de trop. Il avait passé une nuit blanche à se triturer les méninges, la matinée à téléphoner. Ses potes étaient fauchés !

Il peaufinait l'argumentaire de sa demande de prêt, mais Bertrand Rouquier le ramena à des pensées plus prosaïques :
— Je paramètre une mise à jour. Tu peux me garder des lasagnes ?

Sébastien appréciait les blagues de ses collègues, un humour de potaches devant une assiette de céleri rémoulade. Mais il foulerait une autre fois le lino gris acier de la cantine. Un rendez-vous crucial l'attendait.

Il enfila sa veste et rejoignit le centre-ville de Courbevoie. Il franchit le sas de la Société Générale à midi tapant, pénétra dans le bureau du directeur. Et se retrouva à l'air libre après un remonte-bretelles solennel.

Le soleil projetait ses rayons d'apparat, mais il n'en avait cure, un épais brouillard obscurcissait sa vision du monde. Des pantins articulés poursuivaient leurs objectifs comme si le futur du cosmos en dépendait. Fuyant leur regard suspicieux, il rechercha un passage tridimensionnel réservé aux égarés de la vie.

Il atterrit devant une roulotte à sandwichs, commanda un panini et se dirigea vers le square Charras, l'espace vert le plus proche. Assis dans l'herbe, à l'ombre d'un marronnier, il observa l'agitation autour d'un manège. Une mère souhaitait photographier sa gamine perchée sur un cheval, mais la petite baissait la tête en arrivant à sa hauteur. Une autre criait à son chérubin de décramponner les mains du volant de sa formule 1 pour attraper le pompon. Le gosse levait enfin les bras lorsqu'un barbu dans la quarantaine, habillé d'un pantalon en velours jaune et d'une chemise à fleurs, posa sa guitare sur la pelouse, à côté de Sébastien. Le hippy ôta sa casquette de base-ball et une épaisse chevelure plus sel que poivre tomba sur ses épaules. Il retira de son sac à dos un saucisson beurre, remplit deux gobelets avec une brique de gamay, et en proposa un à Sébastien. Ils mangèrent en regardant des pigeons se disputer les morceaux de pain rassis que leur envoyait une mamie tassée sur un banc.

Le hippy prit des nouvelles :
— Ça baigne ?
— Une vraie inondation !
— Problèmes de fric ou de cul ?

Sébastien ne tenait pas à déballer ses salades. Mais si ce gars consultait à titre gracieux :
— Je voulais emprunter quatre cent mille euros, mais le type de la banque m'a servi un sermon de folie.

Ses déconvenues trouvèrent un écho compréhensif chez le hippy :
— On ne prête qu'aux riches, mon pote ! Au fait, je m'appelle Serge.

Serge séjournait dans des domiciles indéterminés et ses revenus dépendaient du nombre de nostalgiques disposés à se délester d'une pièce jaune en l'écoutant marmonner un vieux tube de Bob Dylan.

L'état des lieux tournait court. Serge relança la conversation par une question de fond :
— La donation, c'est râpé ?
— Râpé et fondu ! Je vais reprendre de ton picrate de contrebande avant de retourner pouponner des systèmes d'exploitation, dit Sébastien en tendant son verre.
— Quel métier exerces-tu ?
— Analyste-programmeur.
— Moi aussi j'ai travaillé dans l'informatique...
— Et alors ? fit Sébastien.
— J'avais le sentiment de contribuer au progrès. Mais je me suis vite rendu compte du danger. Dès que j'installai un

ordinateur, un chômeur partait gonfler les rangs de l'ANPE. Tu imagines le carnage avec les bécanes de dernière génération ! Le machinisme a supprimé la quasi-totalité des paysans et des ouvriers. Les cols blancs sont à la merci d'un développeur efficace. Le jour où les logiciels deviendront autonomes, tous les secteurs seront affectés. Crois-moi, dans un futur proche, nous servirons de laquais aux androïdes !

— Tu oublies la zéroième loi d'Asimov, se moqua Sébastien. « Un robot ne peut nuire à l'humanité ou, par son inaction, permettre qu'elle soit blessée. »

— Des prédictions utopiques ! Nos dirigeants ou leurs simulacres installent des caméras partout. Des intelligences artificielles analysent nos comportements en temps réel !

Ce gars avait dévoré les romans de Philip K.Dick sans s'en remettre ! compatit Sébastien.

— J'ai fini par m'enfuir de la matrice, ajouta Serge.

— Cette idée me travaille depuis mon embauche ! Si je trouvais un boulot payé un max, je pourrais monter mon studio d'enregistrement.

— Tu envisages une piste ? Ça serait le minimum pour un ingénieur du son !

— C'est malin ! Non, j'ai nada ! Et je n'irai pas élever des escargots en Bourgogne, ou vendre des pizzas sur une bande d'arrêt d'urgence !

— Demande une augmentation. Ou remplace le big boss ! proposa Serge.

Sébastien rejoignit l'immeuble de la TPIC (Texas Private Investment Company) avec la ferme intention de bousculer son plan de carrière. Le palier du dernier étage comprenait un espace réservé aux distributeurs de boissons et de friandises. Il savoura un cappuccino, et frotta le dessus de ses chaussures sur ses bas de pantalon avant de longer le couloir circulaire jusqu'au secrétariat des ressources humaines, un goulot d'étranglement conçu pour filtrer le bon grain de l'ivraie !

Une femme proche de la soixantaine tapait du courrier en attendant son pot de retraite. Derrière les dix-sept pouces d'un écran plat, une adepte des mini-jupes se peinturlurait les ongles. Attiré par ses jambes cuivrées, il se positionna devant la midinette.

Elle finit par lever un cil de sa messagerie personnelle :
— Je peux vous renseigner ?

Les seins de la fille distendaient les mailles d'un tee-shirt à manches longues. Les forces vives de son esprit envoûtées, il articula avec peine :
— Je m'appelle Sébastien Courtanche et travaille au service informatique. Je souhaiterais m'entretenir avec monsieur Frémont.
— Vous candidatez au poste de responsable réseau ?

Ça ne la regardait pas ! pensa-t-il. Mais si elle exerçait de l'influence sur le directeur, se la mettre à dos serait contre-productif. Il se contenta d'un nasillement affirmatif et elle consulta un agenda en ligne.
— Demain, huit heures trente ! trancha-t-elle.

Il préférait en fin de matinée, mais obtenir une entrevue avec le DRH tenait du miracle. Quitte à avoir de la chance, il la tenta une deuxième fois :
— Ça vous dirait de voir le dernier Woody Allen, un soir de cette semaine ?

Elle fit mine de réfléchir tout en le détaillant de la tête aux pieds.
— Après la séance, on pourrait dîner chez un vrai Japonais, ajouta-t-il. Celui près de l'Opéra ne plaisante pas avec la fraîcheur. Je vous déposerai ensuite devant votre immeuble.

Elle lui adressa un sourire ravageur. Le poisson cru à peine sorti de l'océan venait d'emporter le morceau ! Monterait-il authentifier ses estampes ?

Il pénétra dans la salle des ordinateurs en sifflotant. Sa morosité s'était évanouie dans l'espoir d'un bon film, d'un

sushi fondant, d'une nuit chaude et apaisante, récompenses de pourparlers qu'il entrevoyait sous les meilleurs auspices.
Bertrand Rouquier l'accosta :
— Tu sembles bien joyeux, aujourd'hui.
— J'ai pris rendez-vous avec Frémont. J'en ai profité pour draguer la playmate du secrétariat. Tu connais son nom ?
— Nicole Baudry. Elle nous a rejoints il y a six mois et s'est déjà tapé la moitié des cadres. Si elle pense remplacer l'assistante du DRH, elle va déchanter !
— Possible... Mais sa paire de montgolfières incite à se prélasser sur un nuage !
Bertrand Rouquier esquissa un sourire de connivence avant de revenir à des préoccupations d'adultes :
— Que voulais-tu demander à Frémont ?
— Une augmentation. Mais la fille a mentionné le poste de responsable réseau à pourvoir. J'ai candidaté !
Bertrand Rouquier se méfiait des enthousiasmes juvéniles. Il venait d'un milieu où une morne réalité prévalait sur un rêve inaccessible, où le quitte ou double n'avait pas cours. Pour miser, il fallait posséder des jetons, mais pas ceux de perdre son pécule.
— Et le comité de direction te déposera la bourse, la donzelle et le fiacre sur un plateau ! Mais tu planes à quinze mille, mon vieux ! Tu te contentes du minimum, tu loupes trois réunions sur quatre. Et quand tu nous honores de ta présence, tu bayes aux corneilles. Dès qu'on ne parle plus de musique, une marée de cérumen t'isole du monde extérieur ! Ton obsession d'enregistrer le jazz du vingt et unième siècle en utilisant une table de mixage analogique, nos supérieurs s'en contrefichent. S'ils n'avaient eu le souci de chagriner ton père, ils t'auraient lourdé avant la fin de ta période d'essai ! Pour ta gouverne, on est cinq à avoir postulé. La décision se joue entre Cyril et moi !
Cette société du profit le percevait comme un parasite, il en avait conscience. Mais même si les marchés financiers ga-

gnaient du terrain, les coupes débordaient encore sans leur permission :

— Si je ne t'avais pas prévenu que nous recherchions un programmeur, tu n'aurais jamais contacté la TPIC. Et maintenant, tu t'arranges pour devenir mon chef. Derrière mon dos ! Elle est belle ton amitié ! râla-t-il en se tournant vers la sortie.

Bertrand le retint par la manche :

— Dès que Monsieur Saury a annoncé son intention de quitter la boîte, les ressources humaines ont placardé un avis de recrutement. Nous en avons discuté je ne sais combien de fois à la cantine. Tu ferais mieux de réfléchir au lieu de débiter tes âneries !

Sébastien se rua vers l'escalier de secours.

Le carillon électronique l'avertit qu'un enquiquineur piétinait son paillasson ! Il baissa le volume de la chaîne hi-fi avant d'aller ouvrir. Gérard Bradeau, un grand gars avenant avec une queue de cheval, se tenait devant la porte, la sacoche de son saxophone en bandoulière.

Sébastien affichait les traits du type dérangé dans une mission capitale, mais Gérard lui rappela leur rendez-vous. L'accueil frisquet se réchauffa autour d'un pack de bière. Au fil des canettes, Sébastien exposa les derniers évènements.

Gérard essaya de le remotiver :

— Ils ne l'ont pas encore construit, ce parc.

— Une question de mois ! Une maquette sera présentée aux journalistes, le 8 mai. Tu parles d'un armistice !

— Tant que tu gardes ta parcelle, ça restreint les dégâts.

— Et comment je vais les payer, les travaux de la grange et le matériel ?

— Le prêt, il reste un espoir ?

— Je ne gagne pas assez, Gérard. Un poste important s'est libéré à la TPIC. Demain, le directeur des ressources humaines me reçoit. Mais je ne me leurre pas !

— Négocie de bosser à domicile et reviens habiter chez ta mère. Tu économiserais le loyer de cet appart. Quant au studio, tu mets en veilleuse tes rêves de Bösendorfer Impérial et de bain bouillonnant dans chaque chambre, et tu commences petit, le temps de voir si ça tourne. Tu as combien sur ton compte ?
— Deux mois de découvert !
— Dans ces conditions, oublions le retour sur investissement ! Si ça te dit, cet été, on pose un bout de moquette, on termine la cabine et le câblage et on récupère le quart de queue de ma tante qui moisit au garde-meuble. En échange, tu enregistres notre prochain concert et tu nous mixes une démo correcte, qu'on puisse démarcher.

La proposition de Gérard eut le mérite de le sortir de sa torpeur. Commencer petit. Pourquoi pas ?

Un chilom de népalais scella leurs accords et ils passèrent la soirée à disséquer un solo mythique de Coleman Hawkins.

3

Sébastien toussota pour signaler sa présence.

— Ne me dites pas que vous avez déserté votre poste dans l'espoir d'une augmentation ! lança le DRH, sans l'inviter à s'asseoir. Quant au remplacement de monsieur Saury, une éventuelle candidature de votre part ne saurait être retenue.

Son ascension hiérarchique enfouie au fond d'un précipice, Sébastien ne se démonta pas. Il détailla le plan B :

— Monsieur Frémont, je souhaiterais travailler chez moi et ne venir au siège qu'un après-midi par semaine.

Le minimum en chaussons n'évoquait en rien la devise de la banque américaine. Si Sébastien avait placé dans son argumentaire une référence porteuse du genre « tendre des passerelles entre les différents services pour croiser les expériences et fertiliser les compétences » au lieu de dénoncer l'absence du free-jazz sur les chaînes publiques, un signe de compassion aurait probablement traversé le visage du DRH. Hermétique à toute considération d'ordre artistique, Frémont lui indiqua la sortie.

Tiraillé entre l'envie de poser une bombe et le soulagement d'avoir échappé à un licenciement, Sébastien retourna au secrétariat. La pin-up de la TPIC se badigeonnait les lèvres devant un miroir de poche. Il la relança pour confirmer leur soirée cinoche, mais Nicole Baudry prétexta un mal de ventre dont elle ne se remettrait pas avant vendredi. Ce week-end ? Elle partait chez ses parents !

La veille, elle l'avait allumé au chalumeau. Mais là, elle le fuyait comme s'il avait attrapé la gale ! Une aura de perdant devait planer au-dessus de sa tête !

L'ascenseur le ramena au rez-de-chaussée, un niveau plus à sa portée.

Muni d'un croque-monsieur, il pénétra dans le square et s'assit à côté du hippy.

Serge lui tapota la cuisse avec affection :

— Alors, Iznogoud, tu es le nouveau calife ?
— Non. Et ce n'est pas près d'arriver ! Serge, tu crois au complot mondial ?

Le roi du country lui tendit un verre de vin :
— Mon gars, tu as besoin d'un fortifiant ! Allez, raconte.

Le litre de gamay y passa et Sébastien tira à boulets rouges.

Sur son banquier, un ennemi du jazz !
Sur Bertrand Rouquier, un traître nommé directeur du service !
Sur le DRH, un prédateur des travailleurs à domicile !
Sur la sculpturale secrétaire, une négociante en pétards mouillés !

Il enchaîna avec les gagnants de la mondialisation. L'ambition d'accroître leurs privilèges extravagants trouvait son pendant dans l'énergie déployée par ces nantis afin de maintenir le peuple dans l'ignorance, la peur de l'autre et une précarité sans fin.

Vers quatre heures de l'après-midi, Serge, bourré comme un coing, s'écroula dans l'herbe. Sébastien soliloqua une petite heure avant de rejoindre son logement. Il s'enfouit entre les draps sans retirer ses pompes.

4

Sébastien avait passé un tour de cadran à ressasser ses contrariétés. Sa gueule de déterré pénétra dans la salle informatique.

Bertrand Rouquier souhaitait renouer après leur altercation :
— Tu es malade ?
— J'ai mal dormi. Tu avais raison, Frémont m'a rembarré. Tu n'aurais pas une idée ?
— Sur quel sujet ?
— Trouver de l'argent !
Bertrand mima une pelle en plein effort.
— Creuse un tunnel sous une banque !
— Le jour où je parviendrai à la salle des coffres, l'agence aura déménagé. Sans rire, j'ai l'impression d'étouffer !
— On a tous nos difficultés, mon vieux. Les syndicats ont déposé un préavis de grève en début de semaine. Ils défendent le bien-être de leurs familles. Cela n'a rien à voir avec ta passion dévorante.
— Un célibataire n'aurait-il pas licence à disserter sur ses projets musicaux ?
— Quand l'intérêt général est en jeu, Sébastien, l'accomplissement personnel doit passer au second plan.
— J'ai l'impression d'entendre un candidat à la présidentielle ! Tes amis syndicalistes n'ont aucune vision politique. Leur mouvement battra de l'aile dès qu'ils auront obtenu dix euros d'augmentation.
— Ils ont besoin de cet argent.
— Des employés de la TPIC qui meurent de faim, j'en connais pas ! S'ils veulent plus de blé, c'est pour se payer la dernière Béhème ou barboter aux Caraïbes pendant que la racaille reste ici à se les peler. Non pour acheter de la viande à leurs mômes !
— Tout le monde a le droit de rêver.
— Vos revendications managériales me font gerber !

Sébastien partit fumer une cigarette dans la salle réservée aux accros de la nicotine. Le distributeur refusa de lui verser une dose de caféine. Il secouait la machine pour récupérer sa pièce lorsqu'un rondouillard dans la cinquantaine punaisa une feuille de papier sur un panneau en liège.

— C'est les soldes ? se gaussa Sébastien en s'approchant du type.

— On n'est pas à vendre, mon gars. Et s'ils croient qu'on va accepter de trimer comme des bœufs et se serrer la ceinture avant de crever comme des rats, ils vont comprendre de quel bois on se chauffe ! Tiens, lis ça ! dit le militant en lui remettant un tract.

L'intersyndicale dénonçait l'assouplissement des trente-cinq heures et l'augmentation du nombre de trimestres à cotiser. L'allongement de l'espérance de vie ? Les plus démunis clameçaient prématurément avec le stress, la pollution et la bouffe industrielle. Et en quoi reculer l'âge de la retraite et inciter ceux qui détenaient un job à travailler davantage diminueraient-ils le chômage des jeunes ?

Le type lança un argument de taille :

— Pour renflouer la sécu, les caisses de l'état sont vides. Mais pour démantibuler un porte-avions rempli d'amiante, les milliards abondent ! C'est pas du foutage de gueule ?

— Ils ont recueilli la majorité des voix aux dernières législatives. S'ils nous prennent pour des cons, ils ont raison !

— Ça n'implique pas de leur signer un chèque en blanc ! On tient une assemblée générale à dix-sept heures. Passe ! l'invita le militant avant d'aller proférer la bonne parole à la cantine.

Sébastien retrouva Serge au square. Le hippy projetait des noyaux de cerises sur un pigeon qui picorait aux abords du manège. Entre deux miettes de pain, le volatile levait un œil narquois vers son agresseur : « Même pas eu ! »

— Tu n'as pas honte de terroriser cette pauvre bête ? ironisa Sébastien en écrasant avec son talon une araignée ridicule.

Serge lança un dernier projectile un bon mètre au-dessus du piaf.

— Je lui apprends à saluer le public ! Où en es-tu avec la TPIC ?

— Mes jours dans la boîte étant comptés, je vais participer au mouvement de grève avant de dégager.

— Et voilà, tu t'es fait avoir comme un débutant. Sébastien, les classes laborieuses rêvent de devenir dirigeantes. Si on veut contrer les excès du libéralisme, on doit d'abord repérer ses failles. Avec la révolution numérique, la faiblesse du poulpe se terre dans son réseau informatique.

— On va enfumer la salle des ordinateurs avec du papier d'Arménie ?

— Je ne te parle pas de bricolage !

Serge sortit de la poche de son pantalon une clé USB et la tendit à Sébastien.

— Tu m'as enregistré une compilation de country ? Tu sais, c'est pas ma tasse de thé !

La part de la musique folklorique dans le dynamisme des civilisations, ils en discuteraient à une autre occasion. En attendant, si Sébastien désirait vraiment mettre le souk à la TPIC, il connecterait la clé sur son poste.

— D'ici quarante-huit heures, tes syndicalistes à la noix pourront remballer leurs piquets de grève. Je vais leur octroyer un chômage technique avec tacite reconduction !

— Tu me proposes d'introduire un programme malveillant ? Mais avec le nombre de polytechniciens employés chez nous, ça va être ma fête en moins de deux !

— Aucun risque, le Rostov est immunisé !

— Tu parles du virus qui a paralysé la banque centrale européenne pendant plusieurs jours ?

Serge hocha la tête.

Sébastien pesa le pour – ça ficherait une sacrée pagaille – et le contre :
— Ils ont trouvé l'antidote, des pare-feux protègent nos serveurs.
— Rien ne peut arrêter le Rostov II. Une offre directe du producteur au consommateur !

À part grattouiller du folk sur un banc public en engloutissant des décalitres de gamay, Sébastien ne voyait pas où voulait en venir son nouveau copain :
— Que sous-entends-tu ?
— Je m'appelle Serge Rostov, mon pote !

De retour à la TPIC, Sébastien introduisit la clé USB sur son poste. Cet acte révolutionnaire accompli, il se plaignit de douleurs intestinales et rentra chez lui.

Le lendemain, il prévint sa direction qu'il avait attrapé une méchante gastro. Il reprendrait le boulot la semaine suivante. S'il se sentait mieux !

5

Le Rostov II somnolait dans un disque dur de la TPIC. À minuit, il prendrait le contrôle des accès Internet et désorganiserait les transactions honteuses du capitalisme triomphant. Avec l'ampleur de la banque d'affaires américaine, Serge prévoyait un cataclysme planétaire.

Sébastien le rejoignit au square en fin d'après-midi :

— Tu as beau dire, Serge, ils finiront par remonter jusqu'à moi !

— Avec les fausses pistes disséminées par mon programme, ils ne sont pas près de relier les faits entre eux. Crois-moi, ils auront d'autres chats à fouetter. Lundi matin, toutes leurs agences seront contaminées. Sur les cinq continents ! Mais si l'enquête les amène par ici, tes collègues confirmeront ton absence le jour de l'attaque. Au fait, tu t'es fait porter pâle ?

— Le toubib m'a arrêté jusqu'à mardi. Serge, la clé USB contenait un pilote. Les cadors du service découvriront à partir de quel poste on l'a copié.

— Leurs drivers capituleront devant le Rostov. Les interfaces de la TPIC confondront les imprimantes et les souris !

Rostov avait beau militer pour la non-violence, la remise en question de ses compétences informatiques augmentait sa température sanguine. Il respira un grand coup avant de vulgariser ses travaux :

— L'autre fois, l'impatience guidait mes actes. Je n'avais pas pris les précautions indispensables. Depuis, j'ai dompté mes pulsions autodestructrices ! Un logiciel de mon cru a généré une partition invisible. Le Rostov s'y dissimule. Dès qu'il se répandra à travers le Net, le programme la reformatera. Dans cent ans, les Américains plancheront encore sur ma première ligne de codes !

— Si ton virus est aussi redoutable, ils vont s'intéresser à toi.

— Ils n'auront jamais l'idée d'autopsier un vieux tas de cendres !

Le trouble s'insinuant chez son nouveau copain, il s'expliqua :

— Après ma sortie de taule, ils ne m'ont pas lâché la grappe : écoutes téléphoniques, enlèvement régulier de mon matériel informatique maquillé en cambriolage, interpellation de mes collègues, de mes amis. J'en ai eu marre et mon enveloppe charnelle s'est consumée dans l'incendie de ma voiture !

Un mort-vivant recherchait un complice pour déstabiliser l'organisation mondiale du commerce. Rostov était-il l'affabulateur du siècle ?

Une bande de psychopathes avait annexé le square ! estima Sébastien.

Mais les évènements refirent surface dans son esprit. *Un célèbre hacker victime d'une collision avec un camion-citerne !* La découverte du corps carbonisé de Serge Rostov avait rempli une à deux colonnes dans les revues spécialisées. Quoi qu'il en soit, Sébastien risquait de se retrouver dans le pétrin.

Il se consolerait en dirigeant un groupe de gospel à la prison de Fresnes, mais Serge lui ouvrit de nouvelles perspectives :

— Des vacances dans un manoir en bord de mer, ça te dirait ?

— Tu serais un copain de Bill Gates ?

— Les multinationales ont saturé mon plan d'épargne logement pendant que je tutoyais leurs rouages. Avant mon tour de passe-passe, j'ai acquis des biens immobiliers. Les apparences sont parfois trompeuses, Sébastien. Je suis loin d'être à la rue ! Le Rostov II en croisade, je préférerais commenter la suite des évènements à partir d'un endroit confortable. Ça fait des semaines que je zone dans ce square. J'en ai ma claque !

Sébastien eut la nette impression d'avoir été manipulé :

— Pendant tout ce temps, tu cherchais un pigeon pour colporter ton virus ! Je peux savoir pourquoi tu m'as choisi ?
— C'est une longue histoire ! Tes projets musicaux s'enlisent faute d'argent. J'aimerais t'aider à créer une maison de production. Accompagne-moi, on examinera tout ça.

Sébastien l'aurait volontiers envoyé balader. Mais si le génial informaticien n'était pas atteint de mythomanie, leur association accoucherait d'un label de jazz indépendant. Il réservait sa réponse quand approchèrent, main dans la main, Bertrand Rouquier et Nicole Baudry.

Bertrand lui demanda :
— Tu ne devais pas récupérer des forces en écoutant du swing sous ta couette ?
— Ce matin, la fièvre est tombée. J'ai eu envie de me promener.
— As-tu posté ton arrêt de maladie ? (Sébastien acquiesça d'un signe de tête) Un employé de la boîte t'a repéré ?
— Ils ne déjeunent pas par ici !

Surtout avec un clodo ! pensa Bertrand en jetant un coup d'œil furtif vers le chevelu qui accordait sa guitare sans lui prêter attention.

Nicole tripatouillait son nouveau téléphone mobile. Elle se pencha vers Bertrand.
— C'est quoi ce bouton ?
— L'appareil photo. Pour viser, tu regardes l'écran.

Sans gêne aucune, elle cadra Rostov et Sébastien. Et se fendit d'un « Cool ! » avant de revenir au programme de la soirée :
— On devrait se dépêcher, mon chou. Sinon on va rater la séance de dix-huit heures !

Sébastien testa une intuition :
— Quel film allez-vous voir ?
— Le dernier Woody Allen, répondit Bertrand.

Ils s'éloignèrent vers une salle obscure, Nicole mitraillant les panneaux de signalisation comme si elle travaillait pour la fondation Albert Kahn.

La bombinette prévoyait de partager l'ironie de Woody Allen et des sushis au lit avec Bertrand. Un vrai monde d'enfoirés ! proféra Sébastien. Si Serge mettait au point le Rostov III, il pourrait compter sur lui pour l'offensive finale.

6

Nicole Baudry et Bertrand Rouquier fréquentaient assidûment les salles obscures de la capitale. Ils poursuivaient la séance avec une relecture du Kama-sutra. Ce soir-là, ils étrennaient le nouveau matelas de la pulpeuse secrétaire. Bertrand ne se berçait pas d'illusions. Lorsque le directeur l'avait nommé responsable réseau, Nicole s'était empressée de sangler celui qu'elle considérait comme le bon cheval. Au lit, il se défendait mieux que la plupart des autres cadres de la TPIC, des quarantenaires phagocytés par leur marmaille et l'immanquable week-end chez les beaux-parents.

À califourchon sur le ventre de son partenaire, elle exposait ses seins en forme de pastèques, des œuvres d'art sensibles aux caresses. D'habitude, un infime regard sur ses mamelons stimulait la libido de son « bout de chou ». Mais elle avait beau se démener dans tous les sens, Bertrand paraissait indifférent.

Une demi-heure d'efforts mal récompensés plus tard, elle regagna sa part de matelas et prit le pouls de leur relation :

— Je ne te plais plus, mon p'tit chou ?

— Non, ma chérie ! susurra Bertrand en pinçant ses tétons encore durs. Le climat tourne à l'orage dans le service. Des bruits circulent, un employé de la TPIC France aurait introduit le virus. Les nouvelles procédures doivent s'appliquer au plus vite et la BFTI a confisqué les sauvegardes.

— C'est quoi la BFTI ?

— Une brigade de la police judiciaire chargée d'enquêter sur les fraudes relatives aux technologies de l'information.

Les agents de la BFTI et le patron de WebSafe, une société américaine spécialisée dans la sécurité informatique, avaient débarqué la veille. Bertrand Rouquier avait reçu la consigne de satisfaire leurs demandes.

Nicole imagina son doudou torturé dans un cachot occulte de la CIA :

— Tu es en cause, mon lapin ?

— Pas du tout. Mais je m'inquiète pour Sébastien.
— Il aurait contaminé nos agences ?
— Il sait à peine partitionner un disque dur, sourit Bertrand. Les ressources humaines n'ont pas reçu la prolongation de son arrêt maladie ! Cette fois, le licenciement lui pend au nez. Je lui ai laissé plusieurs messages pour l'avertir. J'ai même téléphoné à sa mère. Il lui a envoyé une lettre dans laquelle il prétend rompre avec son ancien mode de vie. Mais s'il prévoyait de démissionner, il se serait fendu d'un esclandre ! La fréquentation du clodo a dû lui chambouler le cerveau.

Nicole n'encombrait pas sa mémoire avec des seconds couteaux :
— Quel clodo ?
— Le joueur de guitare assis à ses côtés. Quelques jours auparavant, je les avais aperçus au square Charras. Crois-moi, ils s'enivraient comme des pochtrons ! J'y suis retourné cette semaine. Le type avait disparu. Je me demande s'il a un rapport avec la retraite aux flambeaux de Sébastien.
— Je l'ai pris en photo avec mon nouveau smartphone. Si je n'ai pas commis de bourde, elle est enregistrée sur la carte mémoire.
— Génial ! Grâce à toi, on va le retrouver. Montre ton appareil !

Nicole sentit le sexe qu'elle câlinait de ses mains expertes enfin rivaliser avec un obélisque.
— Il est tout excité, mon gros bout de chou ! s'enflamma-t-elle. Avant de jouer les Nestor Burma, tu vas satisfaire ta jolie secrétaire !

Le Clos du lac

La pluie avait transformé le Clos du lac en un marécage de mauvais augure. Muni d'un porte-voix, l'écologiste Bruno Koch exposait devant une douzaine de militants les conséquences désastreuses de ce futur bourbier historique. Elles pourraient être évitées si le bon sens commun prévalait sur les intérêts à court terme de petites gens embobinés par les belles paroles du maire de La Ferté, rageait le défenseur de la nature.

Mais Jacques Demorel avait mouillé sa chemise pour recouvrir de mortier cette étendue sauvage. Il ne se laisserait pas démonter par un avis de tempête. Il savait nager en eaux troubles et se faufila à travers la foule rassemblée au bord du lac. Quelques clins d'œil et poignées de main plus tard, il resserra son nœud de cravate et gravit les huit marches de l'estrade où se tenaient déjà Hélène, élégante dans son tailleur blanc aux revers bleu marine, et Franck Marthouret. En retrait par rapport à son épouse, Marthouret paraissait mal à l'aise de figurer sur le devant de la scène.

Ce n'était pas le cas de Jacques Demorel. Un compliment à madame, une accolade au mari, un léger raclement de gorge, et le maire saisit le microphone posé sur une perche. Tel un forain avec du stock à écouler, il abreuva son auditoire d'un monologue qu'il aurait dû, sans l'acharnement insensé de ses adversaires, déclamer l'année précédente.

— Mes chers concitoyens, ce moment tant attendu arrive enfin. Je me réjouis de votre présence...

— Il ne craint pas le ridicule ! fulmina Pierre Davaut, l'ancien maire de La Ferté.

Voûté par des décennies d'obligations et de déconvenues, Davaut déambulait devant la fourgonnette du traiteur. Il releva la tête et son quarteron de fidèles approuva ses propos de ricanements toussoteux.

Mais revenons en 2003, lorsqu'une compagnie pharmaceutique allemande annonça son intention de créer une unité de recherche dans la région orléanaise. Pierre Davaut convoqua un conseil municipal extraordinaire pour étudier la candidature de la commune. La mairie embaucherait des jeunes en quête d'un petit boulot de surface ; les artisans, les commerçants se referaient une santé avec des salariés aux moyens supérieurs à ceux des autochtones. Mais les retraités s'effrayèrent de cette arrivée massive d'inconnus et les écologistes dénoncèrent l'inéluctable pollution des nappes phréatiques, malgré les expertises produites par le laboratoire. Attentif aux desiderata de chacun, Davaut tergiversa au-delà du délai fixé et les Allemands portèrent leur choix sur une autre collectivité.

Cette opportunité ratée, il loupa une deuxième fois le coche avec la proposition de Louis Courtanche. Il subit des pressions de la gauche, de la droite, des verts, et même des sans avis ! En désirant calmer les esprits, il parvint à accroître le mécontentement général. Son mandat se terminant par un scandale, la plupart de ses soutiens l'abandonnant dès le verdict des juges. Lors de la dernière élection municipale, Jacques Demorel, nommé maire par intérim, recueillit une majorité écrasante.

Pendant que Pierre Davaut ressassait ses déboires, Hélène et Franck Marthouret découvrirent la maquette sous les chuchotements ébahis de la foule.

Demorel s'exposa aux flashs des photographes. Ses bras autour de leurs tailles, un sourire de conquérant irradiait son visage. Il annonça le point culminant de la matinée :

— Je vous invite à lever nos verres au succès du parc !

Intenses, mais brefs, les applaudissements précédèrent une ruée vers le buffet. Les coupes de crémant et les petits fours pâtirent d'une populace prête à recycler le moindre poulailler en chambre quatre épis. Par Saint Rockefeller, les affaires allaient reprendre !

Redescendu sur terre, Demorel répondit aux questions d'une journaliste de La Dépêche, se fendit d'un mot de remerciement à chacun. L'alcool procurait des ailes, les idées saugrenues fusaient de toutes parts. Il déploya une empathie considérable pour ne pas froisser les plus imbibés de ses administrés :

— Et si on achetait un canon à neige ! avança un coutumier du dernier toast prêt à se lancer dans la location de luges.

Jacques Demorel laissa les délires s'embraser sous les feux de l'ivresse. Il marcha jusqu'à l'orée du bois où se tenait un trentenaire en jogging gris assis sur son VTT. Professeur d'arts plastiques au Lycée d'Olivet, Bruno Koch arborait un physique de sprinter. Mais les grimaces involontaires de son visage et ses paupières tombantes trahissaient une forte nervosité et un manque de sommeil évident.

Vêtu de son habit de rassembleur, le maire le salua :

— Toi et tes amis écologistes n'avez rien d'autre à proposer dans vos cartons à dessins. Cesse de ruminer et viens trinquer avec nous !

Tête de liste des Verts, opposant farouche des bétonneuses, Bruno Koch représentait quatre pour cent des suffrages. Il avait obtenu une enquête d'utilité publique, mais Demorel, créditeur de nombreux renvois d'ascenseur, avait persuadé la commission d'autoriser l'ouverture du chantier.

Bruno actionna la sonnette de son vélo avant de répliquer :

— Un tel gâchis devrait être interdit !

— Tu es fonctionnaire. L'état te procure la sécurité de l'emploi. Mais ces familles subissent la dure réalité du chômage. Tu y penses en recevant chaque mois ta paye d'enseignant ?

S'accommoder ou enfoncer le clou là où ça fait mal, suivant les circonstances. Lors de ces vingt dernières années, Demorel avait révisé sa leçon en frayant avec les notables.

— L'aménagement d'une dizaine d'hectares n'empêchera pas les oiseaux de se reproduire, ajouta-t-il. Et nous avons suivi à la lettre le cahier des charges environnementales !

— Les hectares aménagés, j'en compte trente-huit ! Avec mille six cents places de parking ! Vous appelez ça la préservation de l'écosystème ? L'eau du lac était réputée pour sa clarté et les gens du coin s'y baignaient gratuitement. Quelle somme devront-ils débourser pour patauger dans vos émulsions d'autobronzant ? Vous ne roulez que pour vous et vos compères, monsieur le maire. Mais nous sommes de plus en plus nombreux à condamner vos pratiques !

Celui qui veut percer dans la politique affronte un dilemme : écarter ou disparaître. Après sa défaite de 2002, Demorel avait choisi son camp. Mais on ne tire pas sur une ambulance. Avec ses soixante-trois bulletins de vote, Bruno Koch donnait dans le brancard !

— Bruno, tu réagis comme un adolescent qui fuit ses responsabilités. Si tu discutais avec ces braves gens, tu réaliserais qu'ils redressent la tête avec fierté. Grandis et nous ferons équipe !

D'un œil hagard, Bruno regarda Demorel rejoindre ses troupes. Il pédala comme un enragé en direction de Lapeyre, le café où se réunissaient les sympathisants. Un amateur de havane l'avait démontré : retraiter n'était pas capituler. Il ne l'avait pas encore construit son enclos à ruminants, monsieur le maire !

— On a gagné ! déclara un conseiller municipal en levant son verre à la santé du parc.

Demorel savoura à sa juste valeur la fin des poignées de mains sur le marché, des tournées interminables dans chaque bistrot de la ville. Terminé ce temps perdu à écouter les jérémiades de ces lourdauds ancrés dans leurs univers rétrécis. Les rues mal éclairées, les mobylettes sans pot d'échappement, le petit dernier viré du collège : « Il avait incendié le gymnase en jetant son mégot dans la poubelle ! Et alors ? »

En rejoignant sa voiture, il reçut un message : sa maîtresse s'impatientait dans sa nouvelle guêpière ! Deux ans de travaux, trois avant de revendre ses parts le double. Et tchao bye-bye ! se projeta-t-il en démarrant sa Vel Satis.

Sur ce, la pluie se remit à tomber.

Le chef du service animation éleva la voix :
— Gustave, ne laisse pas la camionnette dans la rue avec le matériel dedans, comme la semaine dernière. Allez, remue tes fesses et dispense-toi de l'étape Lapeyre !
Les supérieurs de Gustave Querbau lui confiaient des missions dites à conséquences limitées. Démonter l'estrade et la ramener à l'entrepôt municipal avec l'utilitaire avant la tombée de la nuit semblaient à sa portée.
« J'y suis passé ce matin, chez Lapeyre ! » marmonna Gustave en sortant de sa poche la fiole des tournées fastidieuses. Elle contenait du calva distillé par Jeannot, le patron du bistrot où il devisait avec qui en tenait une bonne. Des révoltés, comme Bruno Koch. Le jeune homme avait tendance à s'emmêler les pinceaux au troisième verre, mais c'était un brave gars, prêt à rendre service. Bruno avait lancé une pétition quand Demorel avait voulu l'expulser ! En quoi ça pouvait le gêner, le maire, qu'il occupe la bicoque du garde-barrière ?
Parvenu devant l'estrade, Gustave retira les planches, désassembla la structure en aluminium, et rangea le tout à l'arrière du Renault Trafic. Il retourna une dernière fois à l'endroit où Demorel avait discouru pour récupérer sa clé à molette. En revenant, il buta sur une grosse pierre et s'étala dans la gadoue.
Étourdi par sa chute, il agrippa une poigne bienveillante, mais resta allongé. C'était prévisible. Personne n'avait jamais vu une main émerger de terre pour aider un homme à se relever !

L'enquête

La chute mortelle du commissaire Choisy soulevait des interrogations en haut lieu. Sa femme l'avait découvert en bas de l'escalier qui menait au sous-sol de leur pavillon. Choisy ne buvait pas d'alcool. Son médecin traitant avait dépeint un gaillard en forme et au moral d'acier. Au moment des faits, les ampoules des paliers étaient allumées, ses mains n'étaient pas encombrées et il chaussait les godillots munis de semelles antidérapantes avec lesquels il avait l'habitude de crapahuter sur les chemins de randonnée.

Ces interrogations nécessitaient des réponses claires et rapides. Les obtenir sans alimenter un reportage sur les dysfonctionnements de la Police nationale représentait l'objectif du directeur général. Il convoqua son homme de confiance et l'investit d'une nouvelle mission : javelliser leur succursale d'Orléans. Et s'il empêchait le linge sale de s'étaler sur la place publique, le Président en personne lui épinglerait la Légion d'honneur !

Le commissaire divisionnaire hors classe Victor Zépansky avait quitté le ministère avec une pile de documents sur les bras. Sans écarter les flics à la bavure facile et ceux qui faisaient sauter des contredanses ou fermaient les yeux sur des activités prohibées en échange de gratifications en nature, trois dossiers se détachaient du lot.

Le capitaine Jean-Marc Ferrone interprétait suivant son humeur les rapports hiérarchiques. Le comble du représentant de l'ordre ! sourit Zépansky. Selon une psychologue affectée à l'écoute des agents, Ferrone souffrait d'un tempérament cyclothymique, soit une alternance subite de propos virulents ou sarcastiques et de phases d'apathie à déprimer Gaston Lagaffe. Ses primes passaient à l'as, ses changements d'échelons traînaient des pieds, mais trois avertissements n'avaient pas induit de blâme. Choisy l'avait défendu, releva Zépansky.

Le train de vie de Patrick Vernade, le patron de la brigade des mœurs, outrepassait son indice de commissaire. Commanditée par l'ancien directeur de la police judiciaire d'Orléans, une enquête menée en 2003 par l'Inspection générale avait échoué à établir un lien entre ses dividendes officieux et la pègre locale. Je trouverai ce lien ! renifla Zépansky.

Au motif d'insubordination, la commission de discipline avait radié le brigadier-chef Georges Granvin de son statut d'officier. Une attestation notariale datée de 2007 mentionnait qu'il avait vendu une partie de son domaine agricole un million cinq cent mille euros ! Malgré ce qu'il avait encaissé de ses terres, ce gars continuait à travailler pour des clopinettes ! s'intrigua Zépansky.

Un verre de whisky à la main, il sortit sur le balcon du salon. Ni la chape de pollution au-dessus de Paris ni le sort qu'il réservait à ses futurs coéquipiers n'avaient engendré son profond vague à l'âme. Gisèle, sa nouvelle compagne, ne lui avait pas pardonné sa dernière pirouette. Plusieurs fois dans l'année, des week-ends à la mer ou des soirées avec des amis capotaient à cause de missions interminables ou imprévues. Elle s'y était habituée. Mais l'annulation du séjour à Marrakech avait fait déborder le vase. « Des bonobos prêts à arpenter la médina toute la journée avant de copuler dans une chambre climatisée, je n'ai pas à me pourlécher les babines pour en remplir un 747. Soute à bagages comprise ! » Elle avait raccroché en laissant Zépansky disséquer les enjeux d'une vie de couple. Ses cinquante-deux automnes n'arrivaient plus à s'engager et il parvenait systématiquement à la même conclusion : « Je suis le roi des imbéciles ! »

Pourquoi tenait-elle à lui ? Il ne pouvait lui offrir la lune avec sa paye amputée de la pension qu'il versait à son ex. Son charme se situait dans une moyenne basse, et il enchaînait les maladresses comme s'il voulait l'extraire de son quotidien. Qu'elle déboule chez lui pour une galipette informelle, pas de problème. Qu'elle y plante sa brosse à dents, hors de question ! Proche de la quarantaine, Gisèle ramenait sur le tapis son envie pressante de moutards. Zépansky lui avait maintes fois expliqué les risques de son métier, le traumatisme de son divorce avec deux gosses au compteur. Selon lui, mettre un bambin en route dans ce monde en perdition frôlait l'ineptie ! Elle lui claquait la porte au nez. L'orage passé, il l'invitait au restaurant et ça repartait de plus belle. Mais elle paraissait à bout. Venait-il de gâcher la chance de refaire sa vie ?

Plusieurs bouteilles de vin gisaient sur la table basse du salon, des mégots débordaient des cendriers. Prenant son courage à deux mains, Zépansky remplit un sac-poubelle des détritus de ces derniers jours. Verre après verre, il avait attendu un signe. Mais le téléphone était demeuré silencieux. Il avait regardé les heures défiler sans se décider à amorcer le premier pas.

Il expédia le ménage et se rendit à la salle de bain. Un faciès de zombi se reflétait dans la glace. Le lendemain, il ferait la connaissance d'une bande de zigotos. Ça lui changerait les idées.

Du moins, il l'espérait.

2

La direction interrégionale de la police judiciaire siégeait dans les locaux réhabilités d'une ancienne usine, rue du Faubourg Saint-Jean. Les différents services occupaient une dizaine de bâtiments contigus de deux étages.

Zépansky demanda à un agent en uniforme lequel abritait le SRPJ. Le type lui indiqua celui derrière le parking. Zépansky s'assit sur un banc, alluma une cigarette et laissa l'atmosphère imprégner ses sens.

Le brigadier-chef Georges Granvin contemplait sa note sur les incidents du week-end. Même s'il avait perdu la moitié de la matinée à trouver les termes appropriés et à retirer les descriptions superflues, il hésitait entre la remettre à l'accueil ou la déchirer.

À part chasser, pêcher, préparer la bouffe et servir l'apéro, cet ours des cavernes sorti de son contexte semblait inadapté à toute vie sociale. Il ne s'en cachait pas et s'abstenait d'acquérir des notions d'informatique à son âge, un demi-siècle à portée de mois. On pouvait se moquer de ses réflexions hors propos, ou de sa dégaine (cheveux en bataille, chemise en permanence échappée d'un pantalon qu'il remontait sans pudeur), mais à condition d'être membre du cercle restreint des initiés. Les trois gus avec qui il enrichissait le PMU, Dédé, un gars de bonne compagnie pour lancer des hameçons, Bernard, son beau-frère (partager le quotidien de sa sœur méritait une médaille) et ses deux collègues du commissariat. Les autres recevaient ses cent treize kilos sur le paletot s'ils le chambraient !

Il sortit de son antre et longea le couloir tapissé de posters de groupes pop des années soixante-dix qui desservait les bureaux du responsable du SRPJ et du capitaine Jean-Marc Ferrone. Parvenu sur le palier, il contourna une table basse couverte de revues et franchit l'ouverture en forme d'arche par laquelle on accédait à la salle de réunion.

Cerné par divers meubles emplis de son matériel informatique, le lieutenant Antoine Bernoux irriguait d'un alliage de plomb et d'étain la carte mère d'une unité centrale. Granvin hésita à le déranger. Il entrebâilla les trois fenêtres qui donnaient sur la cour du commissariat, mit en route la cafetière perchée au-dessus du frigo et attendit que la photocopieuse accepte de cracher un double de son rapport.

— Antoine, tu veux un kawa ?

Le lieutenant posa son fer à souder et les deux hommes s'assirent autour de la table ronde installée au centre de la pièce. À côté du sucrier traînait le compte-rendu de Granvin.

— Ça sent la grosse prise ! J'y jette un œil avant de transmettre au patron, promit Bernoux en le récupérant.

Débarrassé de ce fardeau, Granvin leva le pouce en signe de remerciements et se dirigea vers l'escalier.

Antoine Bernoux raffolait des aventures d'Arsène Lupin. Ce gentleman cambrioleur franchissait tous les obstacles pour ouvrir des coffres-forts et dévoiler la face cachée de leur propriétaire. Bernoux ne possédait pas ses talents d'équilibriste ou de séducteur. Contourner les sécurités numériques était sa façon de combattre les puissances du mal. À son arrivée au SRPJ d'Orléans, les moqueries ratissèrent large. Sa tignasse rousse et bouclée, ses lunettes rondes sur le bas de son nez, son allure d'asperge intellectuelle à peine sortie du bocal en subirent les frais. Heureusement, Granvin et Ferrone le prirent sous leur protection. Promu lieutenant après sa réussite au dernier concours interne, Bernoux aurait dû récupérer le bureau de Granvin. Mais tant qu'on ne tripatouillait pas ses ordinateurs, il se fichait d'avoir une pièce à lui. Il gérait les mails et dégotait les renseignements dont l'équipe avait besoin. Aux yeux du capitaine et du brigadier-chef, ce sympathique gringalet affichait les symptômes d'un esclave des nouvelles technologies.

Cheveux noirs coiffés en brosse, lunettes de soleil à effet miroir, blouson en cuir, portrait de Malcolm X imprimé sur son débardeur, Jean-Marc Ferrone ne possédait pas le physique de Granvin. Il ressemblait plus à une petite frappe de banlieue résolue à déclencher une guerre des gangs qu'à un officier de la police nationale. Lorsqu'il pénétra dans son bureau, le lieutenant y triait les documents empilés sur la tablette du radiateur.

Bernoux croisa le regard éteint de son supérieur.

— Bonjour capitaine. Nuit agitée de force huit ? Vous auriez dû rester au lit avec un bon roman et une bouteille de Clos Vougeot.

— Le polar et le plumard, je ne dis pas, Antoine. Le pinard, je vais lever le pied ! s'encouragea Ferrone avant d'accrocher son blouson au portemanteau.

Bernoux connaissait son attrait démesuré pour le jus de raisin fermenté. Il préféra bifurquer vers un autre de ses hobbys :

— J'ai écouté votre album de Grateful Dead. Trop baba cool à mon goût, mais le guitariste joue terrible.

— Jerry Garcia. Des solos inoubliables ! Rien à voir avec ces groupes de marteaux-piqueurs qui nous fracassent le cuir chevelu sur toutes les ondes !

— Je vous l'accorde, capitaine.

Le brigadier-chef traversait la cour intérieure du commissariat comme un bulldozer. Ferrone l'observa par la fenêtre :

— Georges a récuré Orléans, ce week-end ?

Bernoux s'empara du rapport de Granvin :

— Commençons par les ravagés de la Place du Général de Gaulle. Le plus érudit des cinq a divagué sur l'univers en expansion. Ces simplets ont alors bloqué la circulation en s'allongeant sur les rails du tramway. Ils regardaient la lune et pariaient avec les badauds sur sa sortie imminente de l'orbite terrestre !... Continuons avec une note de rock'n'roll. Dans la série on bouffe gratis, un gus en Harley-Davidson a explosé la vitrine d'un charcutier avant de repartir avec un assortiment de saucisses et de merguez. Ça sent le barbecue de folie chez les anges du deux roues ! Je vous passe les déclarations de vol de smartphone qui cocottent l'entube à l'assurance, et finis avec un courriel de l'hôtel de ville. Des gamins ont gavé de chewing-gum les parcmètres du centre-ville. Le maire aimerait qu'on se remue ! Comme si on regorgeait d'effectifs !

Un large sourire aux lèvres, Ferrone se détendit. Il adorait attaquer sa journée par les railleries du lieutenant sur ce foisonnement de tarés.

— Rien d'autre ?

— Si vous insistez, il reste le grand gagnant de la semaine. Un dénommé Gustave a téléphoné dans la nuit de samedi à dimanche : « Je pataugeais dans la boue et Belzébuth a agrippé ma godasse pour m'entraîner en enfer. » Texto ! Comme il n'avait pas tété que de l'eau plate, le brigadier lui a conseillé d'avaler du bicarbonate et d'aller se coucher.

— Question bicarbonate, Georges peut en remontrer à tous les apothicaires du coin ! Tu as noté le numéro de ce théologien assiégé par ses démons ?

— Il appelait d'une cabine publique de La Ferté.

— Demande à Georges de se renseigner sur ce gars. Et apporte-moi un flan aux abricots !

Le lieutenant, soucieux de sa ligne, désapprouvait les fringales du capitaine :

— Il est onze heures !

— La baisse fatale de glycémie qui accompagne le petit creux de la matinée, tu connais ?

— Mangez une pomme, sourit Bernoux en quittant la pièce.

— Halte au foie de morue. Vive le barbecue ! scanda Ferrone, le poing levé.

La dernière circulaire du ministère de l'Intérieur trônait sur son bureau. Il la parcourut en diagonale. Illustré de graphiques en couleurs, tout un blabla censé soutenir les forces de l'ordre confrontées aux travers inhérents à leur métier noircissait le document. Des médecins agréés par le préfet préconisaient l'arrêt du tabac, une activité sportive régulière, une alimentation équilibrée. Et un seul verre de vin par repas !

Un compromis s'imposait. Ferrone alluma une cigarette et renonça à la part de flan.

Entre deux ronds de fumée, il spécula sur le plat du jour de Giacomo, un restaurateur italien qui ne transigeait pas sur la qualité des ingrédients.

Antoine Bernoux tapotait sur le clavier de son ordinateur personnel quand une voix grave et posée résonna pour la première fois dans la salle de réunion.
— Cette machine a l'air efficace.
— Le Quad de chez Intel, ça blinde ! confirma le lieutenant en cliquant sur une icône baptisée Intrusion.
L'inconnu observa les menus déroulants.
— C'est ça qu'on appelle Google ?
Des types branchés informatique, on n'en croisait pas un seul dans la boutique ! Bernoux fit pivoter son siège et toisa le bonhomme. Cheveux gris coiffés à la main, costume gris froissé, chaussures noires couvertes d'éclaboussures – et grises, au final. Mais l'ensemble, tout vieillot qu'il soit, paraissait correct, et son mètre quatre-vingt-cinq, sa corpulence et la placidité de son visage transpercé par deux télescopes d'un bleu azuréen inspiraient le respect. Bernoux allait se lancer dans une grande démonstration, mais Ferrone pénétra dans la pièce en beuglant :
— Il est où, le Georges ?
Intrigué par cette montée soudaine de décibels, Bernoux jaillit de son fauteuil.
— Que se passe-t-il, capitaine ?
— J'ai reçu un appel du patron. Georges a bousculé Vernade !
— C'est tout ?
— Non. Vernade s'est ramassé la gueule dans la cour et Georges ne l'a pas aidé à se relever.

— Le brigadier aurait dû lui flanquer une raclée ! le défendit Bernoux.
Granvin avait écouté la conversation en trépignant sur le palier. À la fois penaud et excité, il vint expliquer son geste :
— C'est en lien avec l'accrochage de l'autre jour. Cet enfoiré a sorti que j'étais tout juste bon à tracter une charrue au fin fond de la Beauce. J'ai vu rouge !
— Le patron m'a rapporté une version différente !
L'inconnu participa à la discussion de toute l'autorité qu'il dégageait :
— Celle du brigadier-chef est l'exacte vérité.
— N'en faisons pas tout un plat, trancha Ferrone. On se le coincera un de ces jours, le monsieur Belle Gueule. Mais Victor Zépansky débarque à midi. Pas question de se le mettre à dos à cause de Vernade ! Vous avez compris ?
De vagues murmures se dispersèrent dans la pièce. Il poursuivit :
— Georges, tu t'es occupé du pot de bienvenue ?
— J'ai acheté un cubi de muscadet et deux paquets de bretzels.
— On pourrait faire tourner une gourde, pendant que tu y es ! Georges, c'est la prise de fonction du nouveau commissaire, pas une kermesse après le concours de pêche !
— Il nous reste un fond de cassis. On lui proposera un kir, se justifia Granvin.
— Vous l'avez trouvé où, le muscadet ? lui demanda Bernoux.
— Au Tire-Bouchon.
— C'est vrai qu'il descend tout seul, reconnut Ferrone.
— Moi, ça me convient, consentit l'inconnu.
— Si vous êtes parvenus à un consensus, on déroule la nappe en papier et on sort les flûtes en plastoche. Allez, on s'active !
Ferrone prit enfin conscience de la présence du grand type à l'embonpoint confirmé qui s'était invité à la bonne franquette :

— Vous êtes qui, vous ?
— Messieurs, permettez-moi de me présenter. Commissaire Victor Zépansky !

Granvin entra sans frapper dans le bureau du capitaine. Ce dernier s'y entretenait des enquêtes en cours avec Zépansky.
— Excusez-moi pour le dérangement, dit Granvin.

Il s'apprêtait à ressortir, mais Zépansky lui fit signe d'approcher :
— Je vous en prie, brigadier, oubliez ma présence.

Facile à dire ! pensa Granvin avant de lire ses notes :
— Gustave Querbau, le gus qui a aperçu la main du Diable jaillir du sol, il bosse pour la mairie de La Ferté. Il habite sur la D18.
— Il a acheté la départementale ? brocarda Ferrone.
— Il loge près de la voie ferrée. Dans le baraquement d'un ancien passage à niveau, précisa Granvin.
— Je vais le voir, annonça Ferrone.
— Des doigts sont sortis de terre ? J'ignorais que c'était la saison ! dit Zépansky, sans qu'on sache s'il plaisantait.
— Dans la nuit de samedi à dimanche, Georges a reçu un appel du susnommé Berquau et...
— Querbau ! rectifia Granvin.
— Verdeau, Pernod ! D'après le brigadier, il était rond comme une barrique. Et on s'y connaît, Georges, question distinguer un confrère ! (Ferrone prit conscience d'avoir gaffé) Je veux dire...
— Je vois de quoi il retourne ! le coupa Zépansky. Ça vaut la peine de vérifier ?
— Au pire, j'aurai paumé quatre-vingt-dix minutes.
— Allons les perdre ensemble !

Dans la cour du commissariat, deux voitures banalisées stationnaient sur leurs emplacements réservés. Zépansky se dirigea vers une Peugeot 307.

— Prenons la Laguna, commissaire. Celle-ci nécessite des réparations !
— Qu'est-ce qu'elle a ?
— Georges dépassait un camion sur l'autoroute quand un taré lui a décoché des appels de phares.
Zépansky flaira la bavure :
— Et après ?
— Le brigadier ne se tape pas une rambarde à cause d'un mal élevé ! Avant le péage, le type l'a doublé en lui lançant un bras d'honneur. Georges n'a pas apprécié ! Le gars a dû ralentir pour présenter son passe. Georges l'a rattrapé et lui est rentré dedans ! Mais le mec roulait en Hummer. Le choc a pulvérisé l'avant de la Peugeot. En voyant Georges bondir de la voiture, l'arme au poing, il a filé sans demander son reste !
— Le brigadier n'a pas relevé son numéro ?
— Les procédures et Georges côtoient des mondes parallèles ! Mais il est hyper rancunier. Si leurs chemins se recroisent, cet abruti regrettera de ne pas avoir acheté un char d'assaut.
Ferrone tendit les clés au commissaire.
— Vous voulez conduire ?
Zépansky ouvrit la portière côté passager :
— J'ai égaré onze points !
Après avoir traversé la Loire, ils sortirent d'Orléans par l'avenue Gaston Galloux et s'engouffrèrent dans le trafic de la nationale 20.
Ils longèrent un chantier et la conversation s'anima :
— La guilde des promoteurs s'approprie les exploitations en faillite pour pondre une zone commerciale ou des lotissements de préfabriqués à la place. Si c'est pas malheureux !
— Vous exagérez, capitaine. Pendant des kilomètres la route était entourée de champs. Et puis voyez le bon côté des choses, ça créera des emplois.
— Avec des salaires à peine suffisants pour louer un clapier !

87

Ils arrivèrent à un rond-point.
— Que représente le gros pavé en pierre devant nous ? changea de sujet Zépansky.
— Un monument aux morts ! On s'y recueillera un autre jour. Voici la D18, indiqua Ferrone en pointant du doigt un panneau de signalisation.
Ils bifurquèrent sur leur droite en direction de Jouy-le-Potier. Cinq cents mètres plus loin, ils se retrouvèrent sur un pont et Ferrone stoppa au milieu. Il se pencha par-dessus chaque garde-corps avant de remonter dans la Laguna.
— J'ai aperçu une baraque en contrebas, près de la voie ferrée. Nous devons prendre l'ancienne route !
Entre deux pylônes électriques, ils repérèrent du goudron déclassé par les intempéries de ces vingt dernières années. Les amortisseurs encaissèrent plusieurs batteries de nids de poule pendant la descente.
Deux vaches broutaient près des rails. Ferrone franchit le passage à niveau en égayant leur journée d'un coup de klaxon. Il gara la Laguna devant un coffret EDF. Les deux policiers sortirent de la voiture et marchèrent vers une masure au crépi recouvert de tags. Du carton remplaçait les carreaux de l'unique fenêtre, un tube en inox se dressait au-dessus des tuiles mécaniques.
— Gustave, tu es là ? cria le capitaine.
Pour seule réponse, un couple de mésanges s'envola du toit. Ferrone poussa la porte entrebâillée, mais Zépansky le retint par la manche de son blouson :
— Visiter une propriété privée sans l'accord du résidant s'apparente à une infraction.
— L'inspection d'un logement sans son occupant en apprend davantage qu'une perquisition officielle avec mandat. Vous tenez à une excuse ? On voyait de la fumée sortir par la cheminée et on s'est inquiété parce que personne n'ouvrait !
— Capitaine, vos manières me déplaisent ! Mais vous avez raison. Examinons le cadre de vie de ce Gustave Querbau.

Le cadre n'était pas doré, les senteurs ne venaient pas d'Orient et le balai avait jeté l'éponge. Sur le sol carrelé, près d'un bidon d'eau minérale, un faitout et les couverts de la veille trempaient dans une bassine en aluminium. En voulant la contourner, Ferrone heurta un tas de bûches. Il s'agrippa à un poêle Gaudin et se brûla le bout des doigts. Une série de jurons plus tard, il éteignit le transistor à piles qui dépassait d'un sac de couchage étalé sur un lit de camp. De son côté, Zépansky vérifia si le camping-gaz fuyait avant d'allumer une bougie.

Gustave Querbau se passait d'eau courante, d'électricité, de gaz de ville, de téléphone, d'Internet !

— On n'est pas au Ritz ! synthétisa Ferrone.

Une bouteille traînait sur une étagère, à côté de l'évier. Le capitaine remplit un verre à moutarde d'un liquide jaunâtre et déglutit une lampée du feu de Dieu. La gnôle lui embrasant la gorge, il la recracha sur les tomettes.

— Ah, le con ! Avec quoi il fabrique ce détergeant ?

— Capitaine, vous sortirez votre mallette du petit chimiste une autre fois, dit Zépansky en regardant sa montre. Il est seize heures quarante. Gustave Querbau doit être sur son lieu de travail. Allons-y !

Ils rejoignaient la Laguna lorsqu'un échappement défectueux couvrit le pépiement des oiseaux. Au guidon d'un authentique Solex, un énergumène vêtu d'une salopette et coiffé d'un casque d'aviateur de la Première Guerre mondiale zigzaguait entre les trous du bitume.

Parvenu devant chez lui, le type coupa le moteur, posa son engin contre la façade, retira son casque et balaya d'un regard brumeux les inconnus qui approchaient. Sans un mot ni un geste à leur intention, il pénétra dans sa bauge.

Ferrone et Zépansky s'arrêtèrent sur le seuil de sa porte.

— Monsieur Querbau, pouvons-nous entrer ? demanda le commissaire.

Gustave leur indiqua le tabouret et la chaise inoccupée du doigt.

— Si vous avez soif, vous vous rincez un verre, dit-il en se servant du tord-boyaux.

Les deux policiers passèrent leur tour !

Ferrone engagea la conversation :

— Dimanche, à deux heures du matin, tu as téléphoné au commissariat d'Orléans. D'après ta déclaration, Belzébuth pendait la crémaillère !

— Affirmatif, mon gars. J'ai eu la frousse de ma vie ! Mais ton pote, il me croyait pas.

— Tu te rappelles l'endroit et l'heure de cette rencontre du troisième type ?

— Au Clos du lac, le samedi 8 en fin d'après-midi.

Gustave se tourna vers Zépansky en désignant Ferrone du menton avant de reprendre :

— Celui-là, il est pareil à l'autre gars de chez vous : il pige pas tout de suite ! J'ai parlé d'une main. Pas de trois types ! Pour le reste, on doit retourner le sol avec la pelle. Et la pelle, elle dort dans le camion.

— Allons la réveiller, monsieur Querbau. Et vous nous conduirez sur les lieux de votre découverte, dit Zépansky.

— Si vous avez du temps à perdre, les gars !

Gustave enjamba son cyclomoteur, mais Ferrone posa sa main sur le guidon.

— Nous y arriverons plus vite en voiture. Ne te bile pas, on te raccompagnera.

Ils passèrent récupérer la pelle au garage municipal de La Ferté, et Gustave relata l'inauguration des travaux tandis qu'ils se rendaient au Clos du Lac. Le discours du maire s'éternisait, le traiteur manquait de crémant, la pluie et le vent jouèrent les trouble-fête, la maquette en balsa s'envola au-dessus du lac...

— Avant de rapporter l'estrade au dépôt, j'ai vérifié ma caisse à outils. La clé à molette avait disparu. En la cherchant, je suis tombé sur la main ! J'ai balisé et suis allé chez Lapeyre me changer les idées. Lapeyre, c'est le seul troquet

sympa des environs. Quand je suis parti, j'en tenais une bonne ! Le lendemain, je ne me souvenais de rien.
— Le black-out a duré une semaine ! se moqua Ferrone.
— Samedi dernier, Paulo fêtait son anniversaire chez Lapeyre ! En rentrant, j'ai crevé avec mon Solex, près du centre-ville. Je suis allé à la cabine du bureau de poste et j'ai téléphoné à Paulo pour voir s'il pouvait m'héberger. Quelqu'un avait dessiné une tête de diable au-dessus de l'appareil. Ça m'a fait repenser à la main... Voilà, on est arrivé !

Les deux policiers dans son sillage, Gustave, sa pelle sur l'épaule, traversa le pré en jetant un œil méfiant aux engins stationnés près des baraquements du chantier. Il s'arrêta une dizaine de mètres avant le lac, devant un petit monticule.

— Je cherchais la clé dans ce coin quand j'ai trébuché... Qu'est-ce que je vous disais ! clamât-il en la ramassant.

Les pelletées successives dévoilèrent une main, un avant-bras, une bâche vert foncé maintenue par six tendeurs. Gustave décrocha celui situé au niveau du cou et souleva une partie de la toile. Une odeur pestilentielle accompagna l'apparition d'un visage cadavérique.

— Je continue ?
— Non ! dit Zépansky. Merci, monsieur Querbau. Vous pouvez rentrer chez vous.
— Vous deviez me ramener, les gars !
— Tout à l'heure, on parlait d'une main vagabonde, le taquina Ferrone. Retrouver son propriétaire dans cet état change deux trois trucs. Un peu de marche te dérouillera les mollets !

Jurant qu'on ne l'y reprendrait plus, Gustave se rendit chez Lapeyre.

Après avoir appelé le Parquet d'Orléans du téléphone de la Laguna, Zépansky rejoignit Ferrone qui tournait autour de la bâche :
— Qu'en pensez-vous, capitaine ?
— À première vue, le bonhomme est mort !

La mine médusée du commissaire pressa Ferrone de sortir la fiche technique :

— Il lui manque un œil et pue le renfermé à cent mètres. Il faut le dégager de cette toile, si on veut approfondir !

— Le légiste arrive dans une demi-heure. Ne compliquons pas sa tâche et regardons sur le terrain si un indice nous interpelle.

La boue entra dans leurs chaussures, salopa le bas de leurs pantalons. En dehors de ça, rien ne les interpella. Ferrone évaluait les frais de pressing lorsqu'une camionnette tout-terrain de la brigade scientifique d'Orléans se rangea derrière la Laguna. Deux hommes en descendirent. Le lieutenant Clergeon se présenta, enfila des gants en latex et retira avec un pinceau ce qu'il restait de terre sur le visage de la victime. Pendant ce temps, son adjoint photographiait la scène du crime et ses environs.

— On va effacer les empreintes si on opère dans ce bourbier. Nous devrions transporter le tout au labo.

Zépansky acquiesça et Clergeon ordonna à son collègue de rapprocher leur véhicule.

Les quatre hommes soulevèrent le corps entouré de la toile et le glissèrent sur le plancher de la camionnette. Ils partagèrent leur étonnement devant sa rigidité exceptionnelle. Malgré l'avertissement de Clergeon, Zépansky voulut en connaître la cause sur le champ. Clergeon et son bras droit ôtèrent les cinq autres tendeurs avant d'écarter les extrémités de la bâche avec précautions. Le cadavre recouvrait une planche de surf sur laquelle étaient fixées des roues de roller. Clergeon promit d'envoyer un rapport préliminaire dans la nuit.

Ferrone déposa Zépansky devant son hôtel vers vingt heures. Le commissaire aurait toute la soirée pour méditer sur *Le mystère de la planche à roulettes*.

3

Antoine Bernoux était descendu à l'accueil. Zépansky, Granvin et Ferrone attendaient son retour pour goûter aux viennoiseries.

Il pénétra dans la salle de réunion en brandissant une enveloppe :

— Un coursier a déposé ce pli à votre attention.

Zépansky parcourut la commission rogatoire.

— Messieurs, je suis chargé de l'enquête. Avons-nous reçu un mot de la scientifique ?

Un croissant dans une main, sa souris dans l'autre, le lieutenant ouvrit la messagerie du commissaire.

— Clergeon vous a envoyé un courriel. Je vous le lis ?

— Allez-y, consentit Zépansky en se demandant comment Bernoux avait eu accès à sa boîte mail.

Monsieur le Commissaire, voici mon compte-rendu sur l'individu que vous m'avez confié : type sino-asiatique, environ trente ans, yeux noirs, un mètre soixante-trois, quatre-vingt-huit kilos, musculature impressionnante, groupe sanguin B positif.

Entrée par la nuque et ressortie par l'orbite gauche, une lame de section rectangulaire terminée par un tranchant, probablement une pioche, a provoqué sa mort.

D'anciennes brûlures sur ses doigts rendent ses empreintes inutilisables. De multiples ecchymoses sur ses avant-bras indiquent une prise de drogue régulière.

Nous avons trouvé dans ses poches un briquet jetable et un paquet de tabac à rouler de marque Pall Mall bleu.

Le crime a été commis entre le 23 et le 25 avril dernier. L'analyse des larves de diptères nécrophages suit son cours. L'entomologiste enverra son rapport d'ici la fin de la semaine.

— Veuillez agréer, et cetera, et cetera. Clergeon a joint une photo du Chinois. Il l'a maquillé et lui a collé un œil de verre pour nous faciliter l'identification ! termina Bernoux.

Le portrait circula de main en main, pour atterrir dans celles de Zépansky.

— Beau boulot ! L'un d'entre vous le reconnaît-il ?

Les traits du Chinois n'éveillèrent aucun souvenir.

— Commissaire, j'aimerais entrer les éléments de l'enquête sur mon ordinateur personnel, émit Bernoux.

— Vous pourriez utiliser celui du bureau !

— Les sécurités sur mon portable atteignent un autre niveau. Ils peuvent s'accrocher pour le pirater !

Zépansky archiva dans un coin de sa tête ces « Ils » mystérieux avant de revenir au Chinois :

— Nous ne pourrons l'identifier grâce à ses empreintes. Mais son origine asiatique devrait faciliter les recherches.

— Selon les estimations officielles, quatre cent mille Sino-Asiatiques de sexe masculin résident en métropole, lut Bernoux sur son écran. La plupart possèdent des yeux foncés, un sur cinq a entre vingt-cinq et trente-cinq ans. Le poids n'entre pas en compte et le groupe sanguin B positif prédomine en Chine. En affinant avec la taille, trois mille d'entre eux correspondraient au profil.

— On n'est pas sorti de l'auberge ! expira Granvin.

— Clergeon nous a envoyé une photo remarquable, s'enflamma Zépansky. Il mentionne des ecchymoses dans son rapport. Notre homme a peut-être un casier. Lieutenant, consultez le fichier central et lancez un avis de recherche. Brigadier, en commençant par La Ferté et en élargissant, faites circuler son portrait : stations essence, hôtels, restaurants, salles de musculation et d'arts martiaux. N'oubliez pas les buralistes ! Il roule ses cigarettes avec du Pall Mall bleu, un tabac peu commun.

Zépansky se tourna vers Bernoux :

— Les assassins ont trimballé le corps près du lac sur une planche de surf munie de roulettes. Pourquoi ce moyen de transport ? Est-ce à cause de son poids ? Ils se sont contentés de creuser un trou peu profond et l'enterrent tel quel. Les a-t-on dérangés ? Ignoraient-ils l'ouverture prochaine du chantier ? Souhaitaient-ils au contraire souligner un lien particu-

lier entre le Clos du lac et la victime ? Penchez-vous là-dessus, conclut Zépansky en décrochant son imperméable.
— Et moi, je me tourne les pouces ? demanda Ferrone.
— Vous me servez de chauffeur !

Ils pénétrèrent dans l'hôtel de ville de La Ferté à 10 h 51. Zépansky pressant l'hôtesse d'informer le maire de leur présence, elle prévint le secrétariat et les pria d'attendre dans le hall.

Assis du bout des fesses sur une banquette en skaï, Ferrone feuilletait une revue automobile. Les talons de ses chaussures martelaient les dalles grisâtres.
— Ça ne va pas, capitaine ?
— Si l'élu s'obstine à nous prendre pour des poireaux, je vais passer ses roubignoles à la moulinette !
— La patience constitue le pain de noir du policier ! déclama Zépansky, tel Monsieur de Sartine lorsqu'il perdait la confiance du Roi. Une voiture vous plaît ?
— La plus pourrave vaut huit mille euros ! On a de la chance, le beau-frère de Georges est garagiste. Grâce à lui, on récupère des caisses correctes sans se ruiner.
— L'Alfa Roméo rouge stationnée sur le parking du commissariat, à qui appartient-elle ?
— À Patrick Vernade.
— Vous pouvez regarder son prix ?

Ferrone examina les dernières pages de la revue :
— Il doit s'agir de la Spider...
— C'est une Brera trois litres deux V6 JTS Qtronic Sky View, précisa Zépansky en consultant son calepin.
— Ben merde ! Elle coûte quarante-six mille balles. Sans les options !

L'hôtesse les invita à la suivre à travers un dédale de couloirs. Parvenue devant une porte surchargée de dorures, elle frappa deux petits coups et les introduisit dans le bureau de Jacques Demorel.

Ses sourcils noirs et épais surplombaient un regard qu'il souhaitait à la fois ferme et chaleureux. À d'autres ! se méfia Ferrone.

La fille repartie vers son standard, Demorel leur proposa des sièges à vassaux. La Ferté recensait sept mille habitants, mais son maire occupait un fauteuil de ministre. Les premières marches du pouvoir tentaient d'en imposer ! jaugea Zépansky.

— Messieurs, j'ai cinq minutes à vous accorder. Je vous écoute.

— Le capitaine Ferrone et moi-même instruisons l'enquête sur l'individu non identifié découvert par Gustave Querbau, l'un de vos employés. L'assassin a utilisé une pioche et il a transporté la victime grâce…

Le maire de La Ferté préférait les résumés écourtés aux exposés interminables. Il interrompit Zépansky :

— Cet incident regrettable nous a tous émus, commissaire, mais la réouverture du chantier reste notre priorité. L'avenir économique de notre canton se joue en ce moment ! Je vous prie de solutionner ce fâcheux contretemps, conclut Demorel Demorel avant de plonger son nez dans un dossier.

Mais Zépansky n'était pas rassasié :

— En tant que commissaire de police, ma mission consiste à traquer ceux qui enfreignent les lois de ce pays. Pour la remplir, j'ai établi une zone de sécurité autour du terrain. Une compagnie d'hommes-grenouilles se prépare à sonder le lac. Si je donne mon feu vert, un escadron de gendarmerie mobile retournera chaque motte de terre à la main dans un rayon de trente kilomètres ! Voyez-vous où je veux en venir, monsieur le maire, ou dois-je préciser que, jusqu'à nouvel ordre de ma part, les travaux ne sont pas près de reprendre !

L'écharpe tricolore suspendue à un crochet, entre le buste de Marianne et le portrait du Président de la République, n'avait pas décontenancé cet importun représentant de l'État. Demorel ne s'en débarrasserait pas d'un claquement de doigts :

— Je ne souhaite en aucune façon interférer sur le déroulement de votre enquête, commissaire. En quoi puis-je vous aider ?

Zépansky sortit son carnet à spirale :

— En répondant à mes questions ! Parmi vos concitoyens, lesquels pourraient perpétrer un meurtre ou le commanditer ?

— Les Fertésiens sont des gens estimables. Et je ne vois pas le rapport avec le parc.

— Vous l'avez vous-même rappelé. La découverte du corps a entraîné l'arrêt des travaux. Retracez-nous la genèse du projet.

Trois ans auparavant, Louis Courtanche, un promoteur immobilier implanté dans la région, avait exposé les bénéfices que la municipalité percevrait d'un complexe de loisirs. Mais des contraintes traînaient au fond de la corbeille : l'élargissement d'une portion de la D12, l'assainissement des eaux usées et l'acheminement d'une ligne ADSL, des frais que Louis Courtanche refusait de financer. Pierre Davaut, le prédécesseur de Demorel, les avait jugé inopportuns compte tenu des recettes et des possibilités d'emprunt de la commune. Quant aux écologistes, ils n'avaient cessé de mener un combat procédurier d'arrière-garde.

— La violence en tenterait-elle certains ? demanda Zépansky.

— Ils leur arrivent de bloquer l'entrée du supermarché ou de déverser de l'huile de vidange devant la mairie. Mais je n'en vois aucun susceptible de commettre un homicide. Même Bruno !

— Bruno ?

— Bruno Koch, la tête de liste des Verts sur le canton. Cet illuminé prêche dans le désert.

— Revenons au projet. D'après ce que j'ai compris, l'ancienne équipe municipale l'a rejeté.

— Après le décès de Louis Courtanche…

— Les causes de sa mort ? le coupa Zépansky.

— Un stupide accident. Lors d'une partie de chasse, il a trébuché. Son fusil s'est déchargé pendant la chute. Il était ivre, à ce qu'il paraît.

— Que s'est-il passé, ensuite ?

— Statu quo, jusqu'à ce que Franck Marthouret, le représentant d'un puissant groupe d'investisseurs, me contacte. Il désirait reprendre le projet à son compte et voulait connaître ma position. Si les exigences de Louis Courtanche étaient abandonnées, je lui donnerais mon autorisation. Il m'a garanti que sa société, Loisirs et Nature, financerait la totalité des travaux. Dans ces conditions, la réalisation du parc devenait une aubaine pour notre commune. Aux dernières élections municipales, les habitants de La Ferté m'ont chargé de la chapeauter.

Ferrone et Zépansky fumaient une clope sur le parking de la mairie :

— Vous lui avez drôlement rabattu le caquet, à ce guignol. Le sondage du lac par des hommes-grenouilles, bravo. Le chantier ne va pas reprendre de sitôt !

— Ce n'est pas dit, capitaine. Jacques Demorel compte des alliés influents. Demandez au lieutenant de se renseigner sur ce type. Et également sur Louis Courtanche, Franck Marthouret et Bruno Koch.

Ferrone décrocha le téléphone de la Laguna, mais Zépansky lui ordonna de reposer l'appareil sur son socle. Leurs communications ne transiteraient plus par le central du commissariat. Dorénavant, ils utiliseraient leur mobile personnel.

Cette entorse inattendue au règlement n'empêcha pas le Ferrone de relayer le bourdon de l'église :

— Midi ! On graille un morceau avant de rentrer ?

En cherchant une gargote, ils aperçurent Gustave Querbau sur son Solex. Ferrone se porta à son niveau et le cyclomotoriste faillit chuter tant il le serra. Gustave pensa à un braquage, mais le capitaine le rassura :

— Tu connais un boui-boui sympa dans le coin ?

— Chez Marcel. Le plat du jour est un délice et le pichet provient d'un petit producteur. Suivez-moi, les gars.

Tout en longueur, le restaurant transpirait l'ancien avec ses murs jaunis à la nicotine et ses affiches de chanteurs d'une époque où les guitares n'étaient pas électrifiées. Dans la continuité du bar, chaque côté d'une étroite allée centrale accueillait une dizaine de tables occupées par des habitués.

Gustave conduisit les deux policiers au fond de la salle tout en saluant d'un clin d'œil ses camarades de comptoir.

— Un endroit chaleureux ! lança Zépansky.

— Avec le meilleur pot-au-feu du coin. Copieux et pas cher. Mais on a intérêt à arriver avant midi et demi. Sinon, c'est œufs durs sur le zinc !

Un carafon de Côtes-du-Rhône, une soucoupe remplie de cacahuètes et une corbeille à pain reposaient sur la table, de quoi patienter avant le fameux plat du jour.

Le repas se déroula dans un brouhaha de cantine scolaire. Diffusées par deux haut-parleurs aux membranes décollées, des chansons d'Édith Piaf comblaient les rares moments de silence.

Les trois hommes épongèrent leurs assiettes de la moindre goutte de bouillon, et Zépansky amena la conversation sur l'enquête en cours :

— Monsieur Querbau, avez-vous remarqué quelque chose de particulier en dressant l'estrade ?

— Du genre ?

— Des rôdeurs, un véhicule suspect.

— Je ne vois pas ! Le jour de l'inauguration, j'ai aperçu Bruno sur son vélo. Il ne peut pas les blairer et il a raison : ça va mettre une drôle de chienlit leur parc à touristes. La friture de gardons, rideau !

La mémoire de Gustave fonctionnait selon un schéma impénétrable, pensa Zépansky.

— Tu pêchais au lac ? lui demanda Ferrone.

— Du temps où Le Vieux arpentait ce monde, on grimpait sur sa barque, on disposait nos lignes et on buvait un coup. Un p'tit calva avec le café, les gars ?

Les deux policiers approuvèrent et Gustave tendit trois doigts à l'intention du patron. En pleine discussion métaphysique avec un joueur de 421, Marcel enregistra la commande d'un clignement de paupière.

Ferrone n'arrivait pas à se représenter Gustave et un promoteur immobilier dans le même bateau.

— Tu connaissais Louis Courtanche ? relança-t-il.

— Par « Le Vieux », j'entends monsieur Beaumont, le beau-père de Louis Courtanche. Mon paternel lui a sauvé la vie en Indochine. Beaumont se sentait redevable. Au décès de mon père, il a donné des sous à ma mère pour qu'elle m'inscrive à Saint-Joseph du Bon Seigneur.

— Saint-Joseph, le repère de curetons qui coûte bonbon ?

— J'y suis resté jusqu'en troisième. Les études et moi, ça ne collait pas ! On m'a dirigé vers un CAP de maintenance du matériel. Beaumont ne me l'a jamais reproché quand on se voyait au lac. Il y emmenait son petit-fils. Un brave type, le Sébastien. Lorsqu'il traîne par ici, on trinque à la mémoire du Vieux.

— Louis Courtanche et Franck Marthouret, qu'en pensez-vous ? demanda Zépansky.

— Le premier mari d'Hélène, un turbo lui brouillait la citrouille. Il enchaînait les réunions aux quatre coins du département en conduisant comme un dingue, toujours en train de réaliser un projet ou d'en monter un autre. Les rares occasions où il m'offrait un verre, il était pendu à son téléphone ! Quant à monsieur Marthouret, il était poli. « Bonjour. Bonsoir. » De là à discuter baromètre avec des culs-terreux ! Il avait connu Hélène à la fac. Il en pinçait pour elle, mais il était timide et Courtanche lui a raflé la dot. Ce qui ne les a pas empêchés de s'associer. En définitive, Marthouret a récupéré Hélène, mais ça ne lui a pas réussi !

— Que veux-tu dire, Gustave ? demanda Ferrone.

— Vous ne lisez pas les journaux ?
L'employé municipal de La Ferté avala le verre de calva cul sec, imité aussi sec par Ferrone et Zépansky.
— Jeudi dernier, celui de l'Ascension, Franck Marthouret s'est tué en bagnole, reprit Gustave. Il venait de se marier ! La guigne poursuit cette pauvre Hélène. Mais maintenant que la place est redevenue libre, les prétendants vont se ruer dans l'arène ! Le jour de la cérémonie, vous auriez dû voir le maire se pavaner devant elle. La présence de Marthouret ne le gênait pas ! Ah, voilà Bruno !
Gustave désigna un grand type debout près du tiroir-caisse.
— Bruno Koch, la tête de liste des Verts ? demanda Ferrone.
— C'est lui… Hé ! Bruno, cria Gustave, tu payes ta tournée ?
Bruno Koch toucha deux mots au patron avant de les rejoindre.
Gustave lança les présentations et une profonde amertume inspira les propos de l'écologiste :
— On s'est battu pendant deux ans sans obtenir de résultat alors qu'un coup de fil de votre part a suffi pour bloquer les travaux ! Un cadavre qui a plus de poids qu'une association reconnue d'utilité publique, n'est-ce pas l'illustration d'une démocratie dans laquelle ceux d'en haut refusent d'entendre ceux d'en bas ?
— Vaste débat, monsieur Koch. Quoiqu'il en soit, vous semblez désapprouver la réalisation du parc de loisirs, tenta Zépansky.
— Ces ploutocrates sont persuadés qu'ils peuvent saccager la nature sans rendre de comptes. Avec les moyens dont ils disposent, le combat paraît perdu d'avance. Mais on va leur compliquer la tâche !
Marcel déposa quatre verres sur la table. Bruno Koch but le sien cul sec, imité aussitôt par Gustave, Ferrone et Zépansky.

— Les gens se comportent comme des agneaux, poursuivit l'écologiste. Pourvu qu'ils se réveillent !

— Gustave Querbau vous a croisé près du Clos du lac, lança Zépansky.

— Et vous vous demandez la raison de ma présence ? Je dénonçais ce chantier du siècle censé pérenniser une prospérité générale. Pour promouvoir le béton, ils mettent le paquet. Mais empêcher la maternité de fermer, ils s'en fichent ! Avec Davaut, l'ancien maire, on pouvait discuter. Pas avec Demorel ! Un monceau d'insanités dégoulinait de sa bouche. Regarder ces pauvres gens les gober avec reconnaissance m'a donné la nausée ! Messieurs, mes élèves requièrent ma présence. Bon après-midi.

Bernoux connecta son ordinateur au vidéoprojecteur. Un visage envahit l'écran accroché au mur et l'équipe attendit les explications du lieutenant :

— Franck Marthouret, cinquante-trois ans, né à Montargis. Il fréquente la faculté d'Orléans, en ressort avec un DESS du droit des entreprises et obtient le CAPA.

— Le CAPA ? demanda Granvin.

— Le certificat d'aptitude à la profession d'avocat. Après plusieurs expériences chez des confrères, il ouvre son cabinet et prend des parts dans la Soccobat, un groupe d'investissement présidé par Louis Courtanche. En 2008, il crée la société Loisir et Nature. Il s'est noyé jeudi dernier dans les eaux du Cosson. Arnaud Flesh, le chauffeur du camion responsable de sa sortie de route, habite Tigy. Son alcoolémie dépassait un gramme. Le juge l'a placé sous assignation à résidence jusqu'à son procès. Tenez, commissaire, je vous ai imprimé le rapport de la gendarmerie de Sully-sur-Loire... Pour en revenir à Franck Marthouret, deux semaines auparavant, il enfilait une bague à l'annulaire d'Hélène Courtanche, née Hélène Beaumont en 1960. Je continue avec Jacques Demorel ?

Zépansky écrivait sur son carnet les points importants ou à vérifier.

— Allez-y !

Le portrait du maire remplaça celui de Marthouret.

— Quarante-neuf ans, né à La Ferté. Il obtient un diplôme d'odontologiste et convole en justes noces avec Françoise Rigaud, la fille du sénateur. De cette union éclot une petite Lola, aujourd'hui âgée de dix-sept ans. Ils ont divorcé l'année dernière.

— Odontologiste ? fit Granvin.

— Chirurgie dentaire ! Poursuivez, lieutenant.

— Sur les conseils de son beau-père, il s'inscrit à la section locale de l'UDF et devient premier maire adjoint de La Ferté. Suite à la révocation préfectorale de Pierre Davaut, on lui confie les clés de l'Hôtel de Ville. Aux dernières municipales, il est élu dès le premier tour et obtient la présidence de la communauté de communes. Il a revendu son cabinet et plusieurs biens immobiliers pour entrer au capital de Loisir et Nature, la société de Franck Marthouret, à hauteur de deux millions d'euros !

L'incident de parcours de Pierre Davaut dérangeait Zépansky :

— J'aimerais connaître les raisons qui ont poussé le préfet à démettre l'ancien maire de La Ferté !

— Une minute ! dit Bernoux en tapant sur son clavier.

Condamné pour agressions sexuelles à l'encontre d'Axelle Turpin, une employée municipale, Davaut avait écopé de trois ans avec sursis et d'une interdiction d'exercer toute responsabilité civique.

Bernoux continua avec Louis Courtanche :

— Né à Orléans en 1957. Fréquente la même fac que Marthouret. Après sa licence en droit, il se réoriente dans l'urbanisme. Se marie en 1978 avec Hélène Beaumont. Une petite Sophie voit le jour dans la foulée. Un poupon dénommé Sébastien la rejoint trois ans plus tard. À la mort d'Henri Beaumont, son beau-père, Courtanche investit l'héritage de sa femme dans la réhabilitation d'usines désaffectées en logements de prestige. L'incident de chasse du samedi 10 novembre 2007 a interrompu ce beau parcours... Voilà, c'est tout ! conclut Bernoux en mettant son ordinateur en veille.

— Vous n'avez rien trouvé sur Bruno Koch ? s'étonna Zépansky.

— Excusez-moi, commissaire, je l'avais oublié, celui-là !

Bernoux réactiva son moteur de recherche.

— Trente ans, célibataire. Prof d'histoire-géographie au lycée Pothier, à Orléans. Inscrit chez les Verts... Deux gardes à vue pour dégradation de bâtiments publics et destruction de cultures transgéniques... Rédacteur d'un blog sur lequel il vilipende les méfaits de la croissance. Il ne doit pas copiner pas avec les trois autres !

Zépansky détacha plusieurs feuilles de son carnet et les étala suivant un ordre chronologique :

— En 2006, Pierre Davaut refuse d'engager sa commune dans des travaux conséquents. La même année, le préfet le révoque ! En novembre 2007, Louis Courtanche, le premier mari d'Hélène, se tue lors d'une partie de chasse. Deux semaines avant la présentation de la maquette, le Chinois est enseveli au Clos du lac. Jeudi dernier, Franck Marthouret, le nouvel époux d'Hélène, croise un chauffard et meurt noyé. Qu'en pensez-vous ?

— Les protagonistes mêlés au parc de loisirs collectionnent les fins de vies difficiles ! ironisa Bernoux. Mais trois cadavres et une accusation de viol pour un lopin de terre, c'est disproportionné ! L'homicide du Chinois peut aussi bien résulter d'un règlement de compte entre bandes rivales ou du dérapage d'un conflit familial. Quant à la planche à roulettes, on dirait une mauvaise adaptation des Pieds Nickelés. Avoir assemblé un tel engin pour déposer le corps près de l'estrade, alors qu'il suffisait d'utiliser un véhicule à moteur, frise l'ineptie ! Pour résumer, tant que la fiche d'état civil du Chinois se dissimule dans la nature, on court après le mobile. Et sans mobile, pas de coupable !

— Ou le sous-sol regorge de pétrole, et c'est la ruée vers l'or avec dommages collatéraux en cascade ! se hasarda Granvin.
— La brillante intervention du brigadier-chef ayant souligné l'aspect géologique de cette enquête, avons-nous d'autres réflexions aussi pertinentes en réserve ? persifla Zépansky.
Les trois collègues entortillèrent leur langue au fin fond de leur gosier. À ce jeu-là, Ferrone craqua le premier :
— Je mettrai volontiers Jacques Demorel au trou. Ce m'as-tu-vu nous a traités comme des bons à rien !
Il relata leur entrevue avec le maire de La Ferté et poursuivit :
— D'après Gustave Querbau, Jacques Demorel courtisait Hélène. Ça peut se comprendre : elle encaisse un paquet de pognon avec la mort de son deuxième mari.
— Quel rapport avec le Chinois ? lui demanda Zépansky.
— Il connaissait leur combine et les faisait chanter !
— Hélène n'est pas impliquée, intervint Bernoux en lisant ses fiches. Elle perfectionnait son dos crawlé à Ibiza pendant que Courtanche tâtait de la chevrotine. Et elle jouait au bridge avec des amis lorsque Marthouret a atterri dans le Cosson.
— Franck Marthouret, admettons, consentit Ferrone. Mais pour Louis Courtanche, Hélène et Demorel se sont construit un alibi en béton. Ils demandent au Chinois de le dégommer lors d'une partie de chasse. Le jour J, Hélène se fait remarquer sur cette île à la noix et Demorel remet des médailles en chocolat devant un parterre de flashs. Puis ils le tuent afin qu'on ne puisse remonter jusqu'à eux. Et je vous fiche mon billet que c'est une idée du maire !
— Capitaine, votre a priori sur Jacques Demorel vous égare ! Le lieutenant a raison : nous devons identifier le Chinois.
Jusqu'à présent, les investigations du brigadier-chef avaient échoué et aucun commissariat ne s'était manifesté.

Zépansky décida de passer une annonce ! Bernoux la rédigerait et l'enverrait à *La Dépêche* avec la photo du Chinois en pièce jointe. Si cette démarche n'aboutissait pas, il solliciterait les journaux nationaux.

— Lieutenant, enjoignez aux gendarmes de Sully-sur-Loire d'amener Arnaud Flesh dans leurs locaux. Nous l'y interrogerons d'ici une heure. Et procurez-vous le dossier sur le décès de Louis Courtanche !

— Un sniper aurait-il truqué la partie de chasse, commissaire ? demanda Bernoux.

— Même si le capitaine se trompe de commanditaire, une arme à feu relativise le fruit du hasard !

Zépansky examina le rapport de gendarmerie sur l'accident de Marthouret durant le trajet. Le jeudi 13 mai, à vingt-deux heures quarante-cinq, Franck Marthouret avait trouvé la mort entre Sennely et Vannes. D'après Arnaud Flesh, le conducteur du camion, un véhicule au gabarit comparable à celui d'une Renault Scénic avait doublé la Volvo de Marthouret alors qu'ils étaient sur le point de se croiser. Le chauffard avait évité la collision en se rabattant sur la Volvo avant de filer à tout berzingue.

Arnaud Flesh avait appelé les pompiers avec son émetteur-récepteur. À leur arrivée, Franck Marthouret, son corps étendu sur la rive ne respirait plus et sa voiture reposait dans le lit du Cosson.

L'éthylotest du routier s'avéra positif. *Il a inventé l'implication d'un troisième véhicule pour se disculper d'avoir causé l'accident en état d'ébriété*, avait estimé l'officier chargé de l'enquête.

Ferrone et Zépansky se présentèrent à la gendarmerie de Sully. Le préposé à l'accueil les conduisit dans une pièce meublée à la spartiate : une table rectangulaire en fer et quatre chaises. Les coudes sur le métal, le menton entre ses poings, Arnaud Flesh, la cinquantaine usée par l'asphalte, affichait le regard anxieux du chiot vautré sur le canapé qui

s'attend à recevoir une torgnole. Les deux policiers s'assirent face à lui, et Zépansky enfila des gants de velours :
— Monsieur Flesh, nous souhaitons entendre votre version des faits. Les gendarmes ont peut-être négligé un élément susceptible de vous épargner la prison.

Ébranlé par la bienveillance du commissaire, le routier saisit ce contre-interrogatoire inespéré :
— Après avoir dîné à Lamotte-Beuvron, je revenais sur Tigy quand, à la sortie d'un virage, j'ai aperçu deux voitures côte à côte qui fonçaient sur moi ! J'ai eu beau écraser la pédale de frein, le taré du champignon a heurté l'autre bagnole en se rabattant.
— Vous êtes-vous arrêté ?
— Bien sûr. La Volvo avait atterri au fond de la rivière ! J'ai appelé les secours avant d'en extraire le conducteur. Les pompiers sont arrivés cinq minutes après, mais ils n'ont pas réussi à le ranimer.
— Vous avez parlé d'une Renault Scénic.
— Il faisait nuit, le chauffard roulait pleins phares. La marque du véhicule, j'ai dit ça au pif. Mais le gabarit correspondait à celui d'une Scénic. Ou d'un petit utilitaire.
— Aviez-vous bu ?
— Je me restreins quand je prends le volant.
— Les gendarmes ont mesuré un gramme d'alcool par litre de sang ! sourcilla Zépansky.
— Vous savez, un apéro, un pichet de rouge, un calva avec le café, et on a vite fait de dépasser les 0,5 !

Ferrone se retint d'approuver.
— D'après vous, le chauffard a-t-il volontairement coupé la trajectoire de la Volvo ?
— J'allais le percuter. Il n'avait pas le choix.
— Monsieur Flesh, nous vous remercions, conclut Zépansky.

Pendant leur retour à Orléans, Zépansky demanda à Ferrone :

— Qu'en pensez-vous ?

— Il a prévenu les pompiers. Ça montre qu'il est réglo.

— Oui, capitaine, Arnaud Flesh s'est trouvé au mauvais endroit au mauvais moment.

— J'ai déjà entendu cette ritournelle !

— La vie se complaît dans un éternel recommencement, soupira Zépansky.

4

Xavier Bourset venait de passer deux jours dans les locaux de la DCRI (la direction centrale du renseignement intérieur), à Levallois-Perret. Il y avait suivi, ainsi que les autres responsables régionaux de la police nationale, un séminaire sur les risques d'attentats liés à l'envoi supplémentaire de deux cent cinquante soldats en Afghanistan.

Son fauteuil incliné au maximum, un cigare en bouche, il repensa aux deux conférenciers. La géostratégie au Moyen-Orient, le profil psychologique des terroristes, leur recrutement sur Internet. Ces types les avaient gavés d'informations, de bilans, de courbes, de statistiques, d'historiques, de recommandations. Les services secrets s'inquiétaient de la montée du radicalisme islamiste. Normal, ils étaient payés pour. Mais il ne laisserait pas cette bande de charlots gérer sa boutique !

Quant au nouveau chef du SRPJ, il allait le convoquer !

Le téléphone de la salle de réunion sonna.

— Commissaire, le patron vous demande. Son bureau se situe au dernier étage du bâtiment principal, informa Bernoux en raccrochant.

Xavier Bourset pilotait la direction régionale, son ultime poste avant la quille. Annoter de la paperasse et valider des frais de déplacement ne compensaient pas l'absence d'activité physique.

Quatre-vingt-cinq kilos tassés dans un mètre soixante-dix, assoupissements chroniques traités à la caféine et aux alcools forts. L'époque où le jeune inspecteur sorti de l'école courrait après des suspects était révolue ! jugea Zépansky en serrant sa main empâtée.

— Alors, Zépansky, vous avez pris vos marques ? Vous verrez, la vie de province a ses agréments. Nous formons une grande famille. Pas de guerre des polices à Orléans ! ironisa Bourset d'une grimace complice. Vous avez lié connaissance avec votre équipe ? Des drôles de loustics avec des méthodes originales. Mais seuls les résultats importent ! Vous gérerez ça au mieux. Une affaire de meurtre vous est tombée sur le dos. Asseyez-vous deux minutes et racontez-moi ça.

Bourset avait la fâcheuse habitude de donner les réponses aux questions qu'il posait. Zépansky résuma les derniers éléments de l'enquête en accélérant le débit.

— Attention, Zépansky. Vous vous aventurez sur un terrain glissant. L'arrêt des travaux a contrarié des personnalités éminentes de notre communauté. Gardez en tête le triptyque de la maison : prudence, diligence, discrétion ! Les gens du ministère n'ont pas tari d'éloges à votre sujet. Je compte sur vous ! Au fait, contactez Patrick Vernade de ma part. Choisy faisait appel à ses services. Patrick est un chic type. Si vous recherchez des connexions, c'est votre homme !

Bourset souleva le clapet de son mobile et tapota un numéro. L'entretien était terminé.

Zépansky côtoyait les anges : le directeur lui avait procuré le prétexte pour approcher Patrick Vernade. Il pénétra dans le bâtiment de la Brigade des stupéfiants et des mœurs, et demanda à l'agent posté à l'accueil d'annoncer sa visite. Le type désigna un chauve dans les quarante-cinq ans habillé d'un kimono en train de sauter par-dessus le portique de sortie.

Zépansky pressa le pas. Patrick Vernade ouvrait la porte de son Alfa Roméo quand il arriva dans la cour :

— Vernade ! héla-t-il. Je suis le remplaçant de Choisy.

Patrick Vernade se retourna. Un inconnu chamboulait son emploi du temps ! Son ossature de baroudeur hésita entre le buter de sang-froid ou lui offrir une grande tape dans le dos en signe de camaraderie.

— Victor Zépansky ? (Zépansky acquiesça d'un hochement de tête) On m'a prévenu de ton arrivée. Ravi de te voir (et vlan, un p'tit coup de poing dans les abdos). Mais tu tombes mal, je vais à un entraînement ! On déjeune un de ces jours. OK ? Allez, tchao, mon vieux (et vlan, une p'tite claque sur l'épaule).

En dehors de sa famille et de ses amis, Zépansky détestait se prêter aux tutoiements de comptoirs et aux gestes affectueux des anciens du lycée. En retraversant la cour, il entendit des éclats de rire provenant d'un cache-poubelles. Accroupis contre un muret, quatre policiers décochaient des blagues grivoises pendant leur pose cigarette.

— Bonjour, messieurs. Je suis arrivé avant-hier et n'ai pas trouvé le temps de me présenter. Je suis le commissaire Victor Zépansky.

Les quatre hommes adoptèrent une posture réglementaire.

— Je vous en prie, restez assis. Êtes-vous sous les ordres de Patrick Vernade ? tenta Zépansky.

— Nous travaillons tous aux stups, répondit le plus galonné.

— Je viens de le saluer. Il m'a paru sympathique. D'après notre directeur, Choisy et Vernade collaboraient en toute simplicité.

— Si le patron l'a dit, doit y avoir du vrai ! brocarda le moins futé des quatre.

— Choisy, on le croisait dans la cour. Quant à savoir s'il coopérait avec Vernade, ce n'était pas nos oignons, expliqua le chargé de communication avec le public.

— On obéit aux ordres sans se poser de questions ! précisa l'homme de main.

À la différence de ses trois subordonnés, le plus galonné, un panaché de fouine et de bouledogue, s'était levé. Cette marque de respect lui permettait de couvrir ses potes du danger que représentait l'arrivée de ce nouveau patron du SRPJ.

Zépansky interrompit la conversation avant qu'elle ne se cadenasse :

— Messieurs, je suis enchanté d'avoir fait votre connaissance. Des dossiers m'attendent.

Zépansky retrouva Bernoux et Ferrone dans la salle de réunion.

— Commissaire, une journaliste de La Dépêche se renseigne sur le meurtre du Chinois, l'informa Bernoux. Je me suis permis de la faire patienter dans votre bureau.

— Capitaine, occupez-vous de la demoiselle en évitant de mentionner les personnes en lien avec le parc de loisirs ! Lieutenant, trouvez-moi les adresses de Pierre Davaut et de la jeune femme qui a porté plainte contre lui. Et regardez si un coutumier de l'excès de vitesse sévirait dans le coin.

— Ça ne mange pas de pain ! acquiesça Bernoux en lançant son programme favori.

D'une allure enjouée, Ferrone les rejoignit dix minutes plus tard.

— Votre entrevue avec cette journaliste ? s'enquit Zépansky, sans quitter des yeux le site du ministère de l'Intérieur dans lequel Bernoux naviguait comme un poisson dans l'eau.

— Je lui ai raconté le strict minimum. Elle est charmante et je me la...

— La presse n'hésite pas à cajoler ses sources pour obtenir des infos. Vous venez !

Ferrone se gara avenue de Trévise, une artère d'Orléans parallèle à la Loire.

— Le 17, c'est la première de ces trois barres.

— Une barre avec vue imprenable sur un fleuve, ça s'appelle un immeuble de standing ! corrigea Zépansky.

Orléans subissait une averse carabinée. À l'abri dans la Laguna, le capitaine et le commissaire guettaient le retour d'Axelle Turpin.

Au volant d'une Golf flambant neuve, la responsable du service communication de La Ferté pénétra dans le parking souterrain de sa résidence vers dix-huit heures. Les deux policiers se précipitèrent sous le porche et Zépansky appuya plusieurs fois sur l'interphone.

Une voix irritée franchit la grille du haut-parleur :
— Que voulez-vous ?
— Mademoiselle Turpin, je suis le commissaire Victor Zépansky. Puis-je m'entretenir avec vous ?
— Sixième gauche ! répondit-elle en débloquant la serrure électrique.

Axelle Turpin les attendait sur le palier :
— Entrez, je vous prie.

Elle les précéda au salon, une vaste pièce aux murs gris-bleu recouverts de reproductions de toiles contemporaines, et les invita à s'asseoir sur des fauteuils en velours taupe.

Habillée sans fantaisie d'un tailleur beige, ses cheveux châtains maintenus par une barrette en ivoire, Axelle Turpin paraissait plus âgée que les vingt-huit printemps mentionnés sur sa fiche d'état civil. Elle souhaitait affirmer son autorité auprès d'anciens collaborateurs dorénavant sous ses ordres, pensa Zépansky.

Axelle s'installa face à eux, sur un canapé trois places.
— Que puis-je pour vous, commissaire ?

De son ton affable transpirait un mélange d'ironie, de crainte, d'agacement.

— M'expliquer votre différend avec Pierre Davaut, le précédent maire de La Ferté.

— J'ai relaté ce pénible évènement à plusieurs reprises.

— Je comprends votre réticence, mademoiselle Turpin. Mais je préférerais l'entendre de votre bouche et ne pas m'en tenir aux procès-verbaux de l'époque.

— Comme vous voulez...

Axelle Turpin bouclait l'édition mensuelle du bulletin municipal. Aux environs de vingt-trois heures, Pierre Davaut était entré dans son bureau. Tout en louant son abnégation, il avait posé les mains sur ses épaules. Elle avait interprété ce geste comme un signe de tendresse, mais il s'était mis à caresser sa poitrine. Elle lui avait alors exprimé son absence d'appétence. Loin de freiner les ardeurs du maire, ces propos l'avaient excité davantage : il l'avait coincée contre

113

un mur, avait déchiré son chemisier et l'avait embrassée de force. Elle s'était dégagée de son étreinte en lui dépêchant son genou dans l'entrejambe.

— Monsieur Davaut s'était-il déjà comporté ainsi ? demanda Zépansky.

— Jusqu'à cette soirée-là, il se contentait de me lancer des regards appuyés. Pendant son procès, son avocat a évoqué le décès de sa femme. Pour certains, la solitude devient un fardeau insupportable !

— En dehors de Pierre Davaut, qui y participait ?

— Ses proches collaborateurs, des personnalités du canton et deux agents de sécurité.

— Qu'avez-vous fait après cette agression ?

— Je suis rentrée chez moi. J'ai passé une bonne partie de la nuit à me demander quelles suites donner à cette tentative de viol. Il était mon employeur, commissaire, le maire de la ville, estimé par l'ensemble de la population. Vers une heure du matin, j'ai reçu un coup de fil du secrétaire général de l'époque. Il m'a conseillé de ne pas ébruiter l'incident. Dans l'intérêt de la communauté !

— Cependant, vous avez porté plainte.

— En partant, j'ai croisé un invité dans l'escalier. J'avais besoin de me confier et lui ai raconté ma mésaventure. Il s'est rendu dans mon bureau où il a découvert monsieur Davaut allongé sur le tapis, le sexe dénudé. Le lendemain, il m'a téléphoné : si j'engageais des poursuites, il témoignerait. Dans ces conditions, ce n'était plus ma seule parole contre celles de Pierre Davaut et de ses amis.

Axelle Turpin les accompagna sur le palier. Zépansky lui lança une dernière question avant d'appeler l'ascenseur :

— Le nom de cet invité, je vous prie ?

— Monsieur Courtanche.

Malgré les protestations du capitaine (c'était l'heure de l'apéro), Zépansky voulut rencontrer l'ancien maire de La Ferté. Ils quittèrent Orléans et la pluie cessa. Ferrone inter-

rompit le couinement désagréable des essuie-glaces et introduisit un CD de Led Zeppelin dans le lecteur. Quitte à accomplir des heures supplémentaires, autant les effectuer en musique !
Mais Zépansky baissa le volume :
— Vos impressions sur la demoiselle, capitaine ?
— Une sacrée paire de guibolles ! Il faut manger du marbre pour ne pas succomber.
Le commissaire manifesta une profonde exaspération en éteignant l'appareil.
Ferrone ressortit le manuel du parfait enquêteur :
— Cette fille se maîtrise comme un fakir. La frustration de Davaut et le maintien de sa plainte malgré les pressions constituent des arguments pertinents. Les déclarations de Courtanche sur son chemisier déchiré et le zizi à l'air de Pierre Davaut enfoncent le clou. Cela dit, je flaire une grosse machination de couloir. Mais ça sera coton d'établir si l'ancien maire a été condamné à tort !
Pierre Davaut habitait le quartier du Pré Saint-Michel. Les vieilles familles de La Ferté s'y côtoyaient de génération en génération. Ferrone stoppa la Laguna devant la grille d'une imposante demeure en meulière.
— Chicos, le coin ! lança Ferrone en claquant sa portière.
Depuis leur entrevue avec Axelle, une intuition effleurait l'esprit du commissaire :
— D'après vous, combien de temps s'est-il écoulé entre le moment où j'ai parlé à Axelle Turpin par l'intermédiaire de l'interphone et celui où nous avons pénétré chez elle ?
— Une grosse minute. Pourquoi cette question ? demanda le capitaine en regardant le jardin à travers les barreaux.
— Axelle a emprunté l'unique ascenseur de l'immeuble et je n'ai vu personne d'autre entrer ou sortir de la résidence, que ce soit par le parking ou par le hall. Or cet ascenseur a grimpé jusqu'au douzième.
— On l'a appelé entre temps, proposa Ferrone.

— À son arrivée au rez-de-chaussée, la cabine était vide. Et je n'ai repéré aucun arrêt pendant la descente.

— Où est le problème ?

— Pendant cette « grosse » minute, mademoiselle Turpin l'a envoyé balader au dernier étage. Ça lui a laissé le loisir de se remuer avant que nous pénétrions chez elle.

— Elle a passé l'aspirateur ? se marra tout seul Ferrone.

— Je pense à un coup de fil ! Le lieutenant vérifiera mon hypothèse.

Zépansky appuya sur la sonnette. Les deux battants du portail motorisé s'écartèrent dans un grincement caractéristique d'un manque d'huile. De son paillasson, un septuagénaire en robe de chambre et chaussé d'espadrilles leur fit signe d'approcher.

Les deux policiers traversèrent le jardin, une jungle pour aspirants légionnaires, et Pierre Davaut les conduisit dans une immense bibliothèque. Les boiseries vermoulues, les rideaux élimés en velours grenat, les livres aux couvertures effritées et les quatre fauteuils en cuir creusés par le poids des enjeux gardaient en mémoire les transactions conclues dans la pièce. Il était dix-huit heures trente, mais sur la table basse traînait un plateau-repas. Sa retraite anticipée permettait à Pierre Davaut de dîner avec les poules ! approuva Zépansky avant de dévoiler le but de leur visite :

— Monsieur Davaut, avez-vous commis une agression sexuelle envers mademoiselle Turpin ?

L'ancien maire ne s'attendait pas à une telle entrée en matière. Il avait relégué ces mauvais souvenirs dans un recoin inaccessible de son cerveau, et voilà que ce policier lui infligeait de revivre cette épreuve ! Il se contracta au fond de son siège.

— À quoi bon revenir sur ces évènements puisqu'on m'a jugé coupable ?

— Cela nous aiderait à résoudre une enquête dans laquelle, je dois vous l'avouer, nous nous enlisons ! Reconnaissez-vous cet homme ? demanda Zépansky en lui tendant la photo du Chinois.

Pierre Davaut se redressa et mit ses lunettes.

— Jamais vu ! Est-ce le type retrouvé près du lac ?

— Oui. Étiez-vous opposé à la réalisation du parc de loisirs ?

— La situation a dérapé au-delà de mon imagination. Le chômage d'un côté, les écologistes de l'autre. Pour ma part, je ne comprenais pas en quoi cet afflux de vacanciers agglutinés en autarcie aurait relancé l'économie de la commune. En outre, le gouvernement de l'époque envisageait de supprimer la taxe professionnelle. Cette perte sèche impliquait de nous surendetter si nous financions les travaux imposés par Louis Courtanche.

— Que faisait-il à la mairie, ce soir-là ?

— Son projet soulevait de nombreuses interrogations au sein de notre communauté. Je l'avais convié à y répondre.

— Revenons aux accusations d'Axelle Turpin, je vous prie.

Davaut remonta le col de sa robe de chambre. Ces évènements avaient sali son honneur. Les raconter requérait un minimum de chaleur.

La réunion en mairie était close et minuit venait de sonner. Davaut s'apprêtait à rejoindre son domicile, mais Jacques Demorel lui rappela le délai d'impression du prochain bulletin municipal. Il s'était alors rendu au service communication afin de signer le bon à tirer. Axelle était assise devant son ordinateur et il lui reprocha de rester aussi tard. Elle s'était levée, avait avancé vers lui en déboutonnant son chemisier et avait débouclé la ceinture de son pantalon. Elle l'embrassait avec passion quand il reçut un coup de genou dans ses parties génitales. Douleur intense. Évanouissement. Gifle. Reprise de conscience :

— Croyez-le ou pas, mon caleçon était descendu jusqu'aux mollets et mon sexe s'offrait en pâture. Les personnes autour de moi me considéraient comme un satyre ! s'indigna-t-il.

Zépansky le laissa souffler avant de demander :
— Vous avait-elle aguiché, auparavant ?
— Axelle s'habillait de tenues légères, comme les jeunes femmes d'aujourd'hui. Mais rien de comparable ne s'était produit.
— Comment expliquez-vous sa soudaine attirance à votre égard ?
— J'ai l'âge d'être son grand-père et son menton surplombe le peu de cheveux qu'il me reste !
— La proximité du pouvoir ? proposa Ferrone.
— Devenir la maîtresse du maire d'une ville qui compte sept mille habitants manque cruellement d'ambition, vous ne trouvez pas ? ricana Davaut. En tout cas, quelle comédienne ! Avec sa mise de petite fille modèle et ses larmes sur commande, elle a réussi à embobiner les juges pendant le procès. Quant à moi, j'étais secoué, je n'arrivais pas à me défendre. Nos avocats respectifs sont parvenus à un accord : ils ont expliqué mon geste par un début de dépression, un deuil mal digéré, des frustrations dues à je ne sais quel type de névrose. Ce charabia psychiatrique devait soi-disant plaider en ma faveur ! Pourtant, après le décès de ma pauvre Marthe, je n'ai pas recherché de partenaires sexuels. Je n'aurai jamais trahi sa mémoire en me comportant comme un fieffé goujat, commissaire. Dieu m'en garde !
— Une dernière question, monsieur Davaut. Voyez-vous parmi vos concitoyens un individu susceptible de perpétrer un meurtre ?
— Les habitants de La Ferté se sont connus à la crèche. Des querelles éclatent au grand jour, comme partout. Mais une marge qu'aucun ne franchirait les retient de passer à l'acte.
— La marge demeure un interdit subjectif, monsieur Davaut !

5

Zépansky présidait la réunion du matin.
— Je souhaiterais évoquer la collaboration entre les différents services de ce commissariat. Hier, j'ai rencontré les adjoints de Vernade.
— Les quatre mouches à merde qui virevoltent dans la cour ? s'étonna Bernoux.
— Un pur concentré de fientes ! analysa Ferrone.
— Des verrues à éradiquer dans une barrique d'azote liquide ! confirma Granvin

Aucune ouverture d'esprit ! Argumentaire au ras des pâquerettes ! Mais ils avaient le mérite d'être clairs et solidaires, pensa Zépansky avant de redonner la parole au brigadier.

Revenu bredouille de ses recherches sur le Chinois, Granvin passa le relais à Bernoux :
— Nous avons reçu le rapport de l'entomologiste. Il situe la mort du Chinois le 23 avril, entre vingt heures et minuit.
— Et les excès de vitesse, lieutenant ?

Un graphique de la sécurité routière apparut sur le grand écran.
— Si l'on s'en tient à un cercle de cinq kilomètres de rayon, avec la Volvo de Franck Marthouret pour centre, on en dénombre près de sept mille. Si on élargit au département en remontant aux trois dernières années, on frôle le million, dont trente-huit mille multirécidivistes !
— Laissons tomber les chauffards, soupira Zépansky avant de renouveler sa confiance dans les bonnes vieilles méthodes. Brigadier, vérifiez les emplois du temps de Jacques Demorel et d'Axelle Turpin au moment du décès de Franck Marthouret. Je me demande si leur relation outrepasse le cadre professionnel. Capitaine, vous venez avec moi !
— On va où, si ce n'est pas indiscret ?
— Voir si les gendarmes de Sully méritent leurs chèques-vacances !

Ils parcoururent la campagne au rythme de Jefferson Airplane. Après Ménestreau, la route traversa un bois avant de virer à gauche. Ils roulèrent une centaine de mètres et s'arrêtèrent sur le lieu de l'accident.

Zépansky croqua un plan sommaire du secteur sur son carnet. La D120 rejoignait le village de Vannes dont les premières habitations se détachaient sur les hauteurs de la vallée du Cosson. Aucune autre voie bitumée n'apparaissait. Si on adhérait à la version d'Arnaud Flesh, le chauffard avait traversé Vannes juste après Franck Marthouret.

Sur la gauche, un pré pentu descendait vers les rives du Cosson. En se rabattant, il avait contraint Franck Marthouret à quitter la chaussée. Le talus avait joué le rôle de tremplin et la Volvo avait labouré la terre argileuse dans une suite de tonneaux avant de plonger dans la rivière.

Zépansky se retourna vers le bois. Sa proximité expliquait pourquoi le chauffard et le camionneur ne s'étaient aperçus qu'au dernier moment. Contrairement à la Volvo de Marthouret, les propos d'Arnaud Flesh tenaient la route. Cela dit, entre la conduite irresponsable d'un fou du volant et un accident prémédité, le verdict méritait réflexion.

Ferrone l'interrompit en agitant un morceau de plastique noir.

— J'ai ramassé ce truc, derrière le talus.

Zépansky regarda avec dédain les cinquante grammes de résine synthétique.

— Au moins, ça ne finira pas dans nos assiettes ! Venez, capitaine. Avec de la chance, nous dénicherons un témoin.

— N'y comptez pas, commissaire ! Cette route représente un axe secondaire et il faisait nuit !

— Visitons la mairie de Vannes ! s'irrita Zépansky.

En fait d'hôtel de ville, ils tombèrent sur un préfabriqué (du provisoire destiné à durer) ouvert au public deux matinées par semaine. Ils pestèrent contre les réductions de fonctionnaires, et un villageois leur indiqua une annexe.

Le premier magistrat de la commune, un paysan scotché à ses racines, y tapait le carton avec trois cultivateurs issus de la même fonderie. La douzaine de clients et les propriétaires du café n'avaient remarqué quoi que ce soit. Zépansky ne cacha pas sa déception. Compatissant, l'édile proposa de réunir dans la salle des fêtes ses mille deux cent soixante-quinze âmes. À dix-neuf heures ! Zépansky craignait qu'il ne puisse prévenir à temps son cheptel, mais le maire le rassura :

— Si on organise un apéro géant entre *Questions pour un champion* et le journal télévisé, pas un ne manquera à l'appel !

Les animations culturelles ne se chevauchaient pas dans la contrée.

Dès leur retour au SRPJ, Ferrone commanda des pizzas et une bouteille de Chianti. Les quatre fromages englouties, Zépansky expliqua à Bernoux ce qu'il espérait de ses bavardages avec les habitants de Vannes :

— Le village domine la vallée du Cosson. Avec de la chance, un astronome amateur aura observé la scène avec ses jumelles.

— Sans vouloir vous offenser, commissaire, les descendants de Galilée ne savent même pas que ce bled existe ! intervint Ferrone. Des gus avec un cône en papier en guise de télescope, ça m'étonnerait qu'Antoine en déniche un !

— Vos recherches sur la reproduction des polymères en milieu rural m'ont donné le temps de réfléchir !

Bernoux et Granvin s'abstinrent de rigoler en voyant la tête du capitaine.

— La D120 et la D83 se croisent en plein centre de Vannes, poursuivit Zépansky. Franck Marthouret et le chauffard, quelle que soit la direction d'où ils venaient, sont passés quasi au même moment devant le café où nous avons rencontré le maire du village. Des habitants ont peut-être repéré leurs véhicules.

— À cette heure-là, ils picolent. Au troquet ou devant leur télé ! n'en démordit pas Ferrone. Des déambulateurs en état de marche, on n'en trouve plus !
— Je ne risque rien à y aller, les tempéra Bernoux.
— Brigadier, quoi de neuf sur Jacques Demorel et Axelle Turpin ? dériva Zépansky.
— Le soir de l'accident, Demorel présidait un banquet en l'honneur des anciens combattants, et Axelle dînait dans une crêperie avec un couple d'amis. Les proches du maire ont dénié leur liaison, mais Demorel ne collectionne pas les prix de camaraderie parmi les employés du service technique. Des paraphrases subjectives laisseraient penser qu'ils se fréquentent depuis un bail.
— Ces paraphrases subjectives, comment les interprétez-vous, brigadier ?
— Un mélange de jalousie et de ça ne nous regarde pas. Si le scandale éclatait, ce serait bien fait pour leurs pommes, mais personne ne veut se retrouver en première ligne. En tout cas, ils sont hors de cause sur ce coup.

Zépansky attaqua le point suivant :
— Qu'advient-il de l'annonce sur le Chinois ?
— On a reçu une avalanche de médisances dignes des années quarante, répondit Bernoux. Sur le plan informatif, deux appels obtiennent la mention passable ! Le premier provient d'un buraliste d'Artenay, un village au nord d'Orléans. Il y a près d'un mois, le Chinois lui a acheté tous les paquets de Pall Mall bleu à rouler qu'il avait en stock. Il se souvient avoir calmé un client friand de la même marque.
— Quel moyen de payement le Chinois a-t-il utilisé ?
— Du liquide.
— Il a peut-être réglé d'autres courses avec son chéquier ou sa carte bancaire. Brigadier, en revenant du labo, vous visiterez les commerçants d'Artenay. Lieutenant, vous avez parlé d'un deuxième coup de fil.

— Un message à votre intention que l'on pourrait, de prime abord, classer parmi les appels anonymes à but calomniateur. Je vous le passe.

Bernoux lança le répondeur : « Si vous cherchez des couvertures, visitez la folie douce ! »

— Des frappés du cortex vous proposent de dormir à la belle étoile ! se plia en quatre Ferrone.

— Nous irons ensemble, capitaine. Vous y retrouverez des copains !

Ferrone alla fumer une clope à la fenêtre. Granvin remit de l'eau dans la cafetière. Bernoux astiqua son écran avec un chiffon antistatique. Zépansky dessina un Shadock sur la couverture de son carnet.

La tension redescendue, le commissaire reprit :

— En quoi cet appel peut-il nous aider, lieutenant ?

— Il provient de la cabine téléphonique d'Artenay. En tapant « folie douce » et « Loiret » sur Google, je suis tombé sur le site d'une boîte de nuit située dans une zone d'activités, à deux kilomètres de la cabine ! Si la piste d'un règlement de compte reste en lice, je vous ai préparé un dossier sur le propriétaire de la discothèque et les truands notoires intéressés par son établissement.

— Laissez-le sur mon bureau, je le feuilletterai tout à l'heure.

— La maffia locale ne semble pas vous passionner, déplora Bernoux.

— Quel tueur à gages serait assez débile pour défier le Chinois avec une pioche ?

— Ça dépend s'il a bossé dans le BTP, émit Granvin.

Sa proposition provoqua une remise en question de la théorie de l'évolution.

— Dans l'urgence, il a utilisé ce qu'il avait sous la main, enchaîna Bernoux avec plus de subtilité.

— C'est possible, consentit Zépansky. Mais un assassin chevronné ne gaspillerait pas son temps à fabriquer une planche à roulettes pour transporter sa victime. Quoiqu'il en soit, négliger ce message serait stupide. Lieutenant, avant de savourer un Pastis avec nos amis Vannois, vous passerez voir le patron de cette boîte de nuit. Et vous, brigadier, apportez au labo le morceau de plastique que le capitaine a ramassé. Il nous reste à visiter Hélène Marthouret, conclut-il en enfilant sa veste.

Ferrone en avait ras le bol de trimballer ce commissaire imperméable à la musique pop.

— Je vous accompagne ? fit-il en tirant la tronche.

— Tout juste ! Tenez, un cadeau pour vous, s'égaya Zépansky en lui tendant une pochette.

Ferrone hésitait à défaire la ficelle dorée :

— C'est quoi ?

— *You Must Believe in Spring*, un album de Bill Evans. Je ne supporte plus vos trois accords de guitare parrainés par EDF !

Hélène portait un survêtement de cocktail. Elle les reçut dans le grand salon et offrit sa main à Zépansky. Sous le regard circonspect du capitaine, il s'inclina pour l'effleurer du bout des lèvres. Au nom de la Police nationale, il lui présenta ses sincères condoléances et elle essuya avec un Kleenex la larme en train de délayer son Rimmel :

— Merci, commissaire. Tout cela est d'une aberration effarante ! déplora-t-elle. « Mais la vie continue », répétait mon premier mari ! Je vous en prie, messieurs, asseyez-vous. Suzanne, servez une tasse de thé à nos invités. Voulez-vous une part de cake ?

Zépansky abhorrait la texture des fruits confits.

— Avec plaisir, répondit-il.

Dépourvu des mêmes civilités, Ferrone refusa des deux mains. Il esquissa, par la suite, un sourire taquin à chaque bouchée que le commissaire déglutissait à coup de Darjeeling.

Hélène savait recevoir, mais l'heure tournait. Zépansky lui tendit la photo du Chinois :

— Connaissez-vous cet homme, madame Marthouret ?
— Je regrette de ne pouvoir vous aider, compatit-elle en lui rendant le tirage couleur. Avec mon ami Jacques Demorel, nous avons abordé l'arrêt des travaux lors d'un dîner. Ce tragique incident paralyse nos équipes ! Vous savez, commissaire, coordonner sans visibilité un chantier de cette envergure est une gageure ! Quand donnerez-vous votre autorisation ?
— Les gendarmes de la brigade fluviale prévoient de draguer le lac jusqu'à demain midi. Je supprimerai le périmètre de sécurité dès leur départ.

Plantée devant une porte-fenêtre, Suzanne attendait de débarrasser. Elle entendit les graviers de la cour crisser et annonça l'arrivée du professeur de gymnastique. Hélène en profita pour sonner la fin de l'entrevue :
— Messieurs, merci et bonne chance pour la suite de votre enquête, dit-elle en se levant.

Zépansky appréciait l'ambiance feutrée du décor, les personnages attachants et crédibles, leurs dialogues tour à tour émouvants, raffinés ou directs. Mais l'auteur avait bâclé les rebondissements.
— Madame, je souhaite aborder avec vous le contexte de ces évènements.

Les règles de courtoisies berçaient Hélène depuis sa naissance. Elle se rassit en les énumérant.
— Je vous en prie, commissaire.
— Selon vous, les individus opposés à la réalisation du parc pourraient-ils perpétrer un meurtre ?
— Ou trois ! élargit Ferrone.

Hélène se tourna vers le capitaine.
— Quelles seraient les deux autres victimes ?
— Messieurs Courtanche et Marthouret, répondit Ferrone.
— Leur mort n'a aucun lien avec votre enquête. Louis s'est tué avec son fusil et Franck nous a quittés à cause d'un routier à moitié ivre.

— Ces drames successifs sont pourtant reliés entre eux, relança Zépansky. Après le décès de monsieur Courtanche, le projet tombe aux oubliettes. Monsieur Marthouret le remet en selle, mais la découverte d'un cadavre sur votre terrain retarde des travaux dont il ne célébrera pas la fin. Voyez-vous où je veux en venir, madame Marthouret ?
— Vous faites fausse route, commissaire ! Certes, le monde de la finance comporte des renards assoiffés d'argent. Mais ils en avaient conscience et s'interdisaient toute relation avec des crapules susceptibles d'attenter à leurs vies.
— Un coup de pioche a néanmoins provoqué la mort d'un homme ! À votre connaissance, qui pourrait en arriver là ?
Zépansky et son adjoint s'incrustaient ! Hélène pria Suzanne de proposer un rafraîchissement à son coach sportif avant de répondre :
— Louis et Franck n'appréciaient guère Pierre Davaut, l'ancien maire de La Ferté. Ils le traitaient de vieux dinosaure incapable de dépasser le bout de sa lorgnette. D'autre part, ils se défiaient des écologistes et autres pourfendeurs du système. Ces marginaux vivent aux crochets de la société, celle qui travaille et leur permet de critiquer nos institutions. Mon fils Sébastien n'est pas en reste. Sa passion pour la musique, ses rêves de grands espaces et ses utopies sur la décroissance ne résoudront pas la crise !
— Quelle est sa position vis-à-vis du projet ?
— Il dénigre sa réalisation. Sa parcelle, héritée de mon père, rompt la continuité du Clos. Louis a maintes fois proposé de la lui acheter. Sébastien a toujours refusé. Mais son entêtement ne pénalisera pas la rentabilité du parc. Franck y avait veillé.
— Pourriez-vous me donner son numéro, s'il vous plaît ?
— Sébastien se méfie des téléphones mobiles. Nos faits et gestes seraient épiés par la NSA grâce à des puces secrètes placées à l'intérieur avec la complicité des fabricants. Ces élucubrations de science-fiction prolifèrent sur Internet. Les lire a encouragé sa paranoïa !

Il était pourtant dans le vrai, pensèrent les deux policiers pendant qu'elle farfouillait à l'intérieur d'un secrétaire à cylindre.

Elle remit une carte de visite à Zépansky :
— Voici son numéro de fixe et son adresse à Courbevoie. Mais vous ne pourrez le joindre. La semaine dernière, j'ai reçu une lettre. Il réfléchit je ne sais où sur le sens de son existence ! Ce n'est pas la première fois, commissaire. Après son bac, il a séjourné dix-huit mois en Inde. J'espère qu'il n'y est pas retourné !
— Puis-je disposer de cette lettre ?
— Je vais la chercher.

Ferrone et Zépansky sortirent fumer une cigarette sur le perron. Entre deux bouffées, le capitaine se fit taquin :
— La patronne a la classe. Le baisemain avec les condoléances au nom de la Police nationale, en voilà une brillante introduction ! Vous avez le béguin, commissaire ?
— Pardon ?
— Vous auriez dû voir votre tête en mastiquant ce foutu cake ! Et l'autorisation pour la reprise des travaux, elle n'a pas mis six mois à vous la soutirer !
— Jacques Demorel fait intervenir les dignitaires ! Le substitut du procureur me « conseille » de lever le pied avec mon remue-ménage.
— N'empêche, vous formeriez un beau couple !
— Au lieu de jouer les entremetteuses, occupez-vous de l'enquête !

Ferrone allait passer à l'arme lourde, mais Hélène sonna l'armistice.
— Voici la lettre de Sébastien.

Elle tendit une enveloppe à Ferrone, et Zépansky pointa le doigt vers une femme accroupie devant un homme en train de bêcher :
— C'est Suzanne, là-bas ?
— Oui. Elle aide son mari à ramasser des pommes de terre. Messieurs, bonne continuation.

127

Hélène partie étirer ses ligaments, Ferrone et Zépansky se dirigèrent vers le potager.
— Vous auriez une minute à me consacrer ? fit Zépansky.
René inclina la tête en signe de salut et Suzanne se releva. En porte-parole du couple, elle avança d'un pas :
— Vous voulez une autre part de gâteau, commissaire ? se moqua-t-elle en clignant de l'œil.
— Non merci ! Le fils de madame Marthouret s'est retiré du monde pour méditer sur sa destinée. Ça lui arrive souvent ?
Suzanne éclata de rire.
— Sébastien est un brave gars. Son enfance n'a pas été rose tous les jours. Parfois, ses fusibles sentent le grillé.
— Qu'entendez-vous par là ?
— Niveau matériel, Sébastien et Sophie n'ont manqué de rien. Mais question vie de famille, ils percevaient un déficit. Entre les tournées de madame dans les boutiques de luxe, les déplacements de monsieur aux quatre coins de la France et leurs soirées mondaines à répétition, nous nous en occupions la plupart du temps. (Suzanne tourna la tête pour regarder son René avec tendresse.) Le seul à jouer avec lui était monsieur Beaumont, son grand-père maternel. À son décès, Sébastien a hérité de la parcelle avec la grange. Il n'est pas près de la leur vendre ! Un devoir de mémoire, comme il le répète.
— Ces déplacements de monsieur Courtanche, vous en connaissez les raisons ? demanda Zépansky.
— Il visitait ses chantiers, participait à des séminaires de chefs d'entreprise. C'est certain ! Mais il avait aussi une passion pour les virées en bord de mer. L'iode, il s'en fichait ! Mais les jeux d'argent au casino et courir les jupons sur la plage, ce n'était pas la peine de le lui proposer deux fois !
— Hélène était-elle au parfum de ses escapades ?
— Au bout de cinq ans de mariage, ils ont occupé chacun une aile différente de la maison. Mais lorsqu'ils recevaient, ils sabraient le Champagne et se chérissaient devant leurs in-

vités comme au premier jour. Ma foi, ils devaient y trouver leur compte.

— Rien d'étonnant, pensa Zépansky. Malgré les guerres de tranchées, la bourgeoisie avait optimisé la clause du maintien des apparences.

— Revenons à Sébastien. La réalisation du parc de loisirs lui procurait-elle des boutons ?

— C'est peu de le dire, commissaire ! Vous auriez entendu les engueulades avec son père.

— Comment considérait-il son beau-père ?

— Il n'en causait pas. Aucun d'entre nous, à part madame, n'a eu le temps de connaître monsieur Marthouret. Il n'était pas le genre de personne à raconter sa vie à des domestiques !

— Sébastien a-t-il une petite amie ?

— Sa liaison avec la jolie blonde a duré trois semaines ! Un jour, c'était avant l'accident de chasse de son père, je l'ai trouvé tout recroquevillé au pied d'un arbre. Il pleurait et m'a confié qu'ils avaient rompu. Il a fermé sa carapace et n'est pas prêt à la rouvrir !

— Et sa sœur ?

— Sophie essaye de tromper son monde, mais pour le grand amour, elle repassera ! Son mari a eu beau déployer des efforts, il ne s'est jamais intégré dans la famille. À ce que j'ai ouï dire... Ne croyez pas que j'écoute aux portes, commissaire, mais ces gens-là, ils causent devant vous comme si vous étiez une botte de foin !

— Qu'avez-vous entendu sans le vouloir, Suzanne ?

— Roland souhaitait administrer le parc de loisirs, mais monsieur Courtanche clamait que c'était un bon à rien. Et monsieur Marthouret, il avait d'autres personnes à placer. Un soir, ça a bardé. Pas comme chez nous où le ton monte au quart de tour. Plutôt à mi-voix, avec des allusions qu'on y pige couic !

Ferrone prit la direction d'Orléans et Zépansky ramena les Doors à un bruit de fond tolérable :
— Le mari de Suzanne est resté coi durant toute la discussion. Surprenant, non ?
— Elle a le débit facile, dit Ferrone. À force de l'entendre, il a perdu sa langue.
— Il est parti arroser ses plantes lorsqu'elle a parlé de la fiancée de Sébastien.
— Oui, comme si la sécheresse venait de s'abattre sur le domaine !
Une notification retentit dans la veste de Ferrone. Il s'arrêta sur le bord de la route pour lire le message :
— Georges vous invite à dîner. Ça vous tente ?

À la sortie d'Alosse, ils pénétrèrent dans la cour d'un corps de ferme, assemblage hétéroclite d'édifices en pierres, briques ou parpaings. Une Vespa récente et une Talbot Tagora, rutilante malgré ses trente ans d'âge, stationnaient devant la partie centrale. Ferrone gara la Laguna derrière le scooter.
— Suivez-moi, commissaire, ils doivent se prélasser sur la terrasse, dit-il en marchant vers un passage entre deux dépendances.

La terrasse dominait une pelouse grande comme un terrain de foot. Un jeune labrador s'y amusait avec les jets sporadiques d'un arroseur rotatif. Au-delà, des champs de colza s'étendaient à perte de vue. Par endroits, des bosquets verdoyants égayaient la monotonie du paysage.
— Bienvenue à la ferme, commissaire. J'ai sorti du Vouvray. Ça ira pour l'apéro ? proposa Granvin.

Après une approbation générale, Zépansky discuta patrimoine :
— Cette exploitation vous appartient, brigadier ?
— J'en ai hérité à la mort de papa. Avec maman, on élève des poules et des porcs pour notre consommation personnelle. Mais récolter des céréales, c'était pas notre truc. À part le potager et le verger, j'ai vendu la totalité des terres. Comme ça, je peux entretenir les bâtiments. On ne s'en rend

pas compte d'ici, mais les toitures recouvrent quatre cents mètres carrés au sol. La tempête de 99 en a arraché près de la moitié. Il reste l'appentis à droite du bunker à réparer.

— Le bunker ?

— Antoine s'y est barricadé avec son matos. Vous verriez la flopée d'alarmes anti-intrusion qu'il a installées dans la propriété ! C'est qu'il en a pour du pognon, notre p'tit lieutenant !

— L'argent m'indiffère ! proclama Bernoux. Je protège mes travaux.

— Qu'étudiez-vous de si important ? demanda Zépansky.

— Depuis qu'Antoine nous a rejoints, on n'est pas arrivé à lui tirer les vers du nez, intervint Ferrone. Il nous rembarre à chaque fois sous prétexte que nous sommes hermétiques à l'informatique.

— Il a raison ! sourit Granvin. La seule autorisée à entrer, c'est ma nièce. Elle est intelligente, cette petite.

— Cao est d'origine cambodgienne. La sœur de Georges et son mari l'ont adoptée, précisa Ferrone.

Zépansky n'apprendrait rien de plus sur les travaux du lieutenant. Il orienta la discussion sur les transports en commun :

— Ça fait une trotte de venir jusqu'ici.

— Entre le scooter, la Tagora du brigadier et la Laguna, on s'arrange, dit Bernoux. En général, je pars avec le premier levé. Mais par beau temps, j'utilise ma Vespa.

Zépansky n'en croyait pas ses oreilles :

— Vous habitez tous les trois dans cette ferme ? demanda-t-il en les dévisageant.

— C'est grand et personne ne nous casse les pieds ! sourit Ferrone. Georges nous impose juste de tondre la pelouse, que La Mère ne se rétame pas en promenant le clebs.

— Au lieu de vous morfondre dans votre chambre de bonne, vous pourriez emménager dans l'étable, proposa Granvin. Rassurez-vous, les vaches ont résilié le bail !

Ferrone fit visiter la propriété à Zépansky. Madame Granvin occupait la partie centrale, son fils celle de gauche, lui celle de droite, Bernoux une dépendance perpendiculaire à son logement. Séparée de celui de Granvin par un hangar fourre-tout, l'étable se situait à l'extrémité de l'aile.
— Cent trente mètres carrés refaits à neuf. Avec cheminée et vue sur les prés ! vanta Ferrone.
— J'aimerais dédommager le brigadier.
— Ne vous embêtez pas avec ça. Le pognon qu'il a placé lui rapporte plus qu'il ne dépense. Et ce n'est pas un radin !
Les bras chargés de victuailles, Granvin les rejoignit :
— La piaule vous convient, commissaire ?
— Pour tout vous dire, je déprime à l'idée de retrouver ma chambre d'hôtel.
— Allons récupérer vos affaires, proposa Ferrone.
— Pendant ce temps, je m'occupe du repas. Vous dormirez comme un pacha ! promit Granvin.

Le brigadier montra une dextérité surprenante en étalant la pâte sur la surface des deux crêpières posées sur la table.
— Vous la voulez à quoi, commissaire ?
— Une complète, s'il vous plaît.
— Et toi, Jean-Marc ?
— Tu as concocté des pleurotes à la crème et au roquefort ?
— Yes, Sir.
— Envoie-la spéciale avec le jambon de Parme. Vous devriez essayer, commissaire.
— Une spéciale, se laissa tenter Zépansky.
— Trois, s'associa Bernoux.
— Crêpier, quatre spéciales pour les clients en terrasse ! fit Granvin.
— Votre mère ne dîne pas avec nous, brigadier ? demanda Zépansky.
— Elle passe deux jours chez ma sœur.
— Et ça nous fait des vacances !

— Pourquoi dites-vous ça, capitaine ?
— C'est un phénomène ! Vous comprendrez en la voyant.
Bernoux relata sa rencontre avec les habitants de Vannes. Comme l'avait soutenu Ferrone, ils étaient trop saouls ou accrochés à leur télécommande – ou les deux – pour se soucier d'un pic de circulation dans leur village.
Ferrone leva sa bolée de cidre brut en affichant un sourire narquois :
— Commissaire, à la vôtre !
Zépansky ravala sa fierté et changea de sujet :
— Votre visite à la discothèque, lieutenant ?
— J'ai montré la photo du Chinois aux employés de La Folie douce. Ils ne l'ont pas reconnu. Le 23 avril, Dominique Caportino a occupé son bureau de dix-sept heures à trois heures du matin, ses horaires habituels. Pour rappel, l'entomologiste situe la mort du Chinois entre vingt heures et minuit.
— Et vous, brigadier, le buraliste d'Artenay ?
— Un type a vu le Chinois monter dans une Mercedes noire. Sinon, on est lundi. La plupart des commerces étaient fermés.
Zépansky orienta la conversation sur Hélène :
— La perte de Franck Marthouret ne l'a pas beaucoup affligée, vous ne trouvez pas ?
— Leur vie de couple a peu duré, rappela Granvin.
— Mais selon Gustave Querbau, ils se sont connus pendant leurs études et se fréquentaient du vivant de Louis Courtanche. À ce propos, lieutenant, vous avez obtenu le rapport sur l'incident de chasse ?
— Je vous l'ai imprimé.
— Merci. Un autre fait me trouble. Sébastien Courtanche, le fils de Louis et d'Hélène, s'est inscrit aux abonnés absents. Je vous lis le mot qu'il a envoyé à sa mère. « Jusqu'à maintenant, j'ai louvoyé entre mes idéaux et ce que la société s'évertue à nous inculquer comme inéluctable. Je pars à la ren-

contre de mon destin. Les difficultés m'attendent, mais je ne suis pas fou, juste fatigué de mes compromissions. »
— Il se tape un trip mystico-révolutionnaire ! diagnostiqua Ferrone.
— Ou il a trop tiré sur le joint, rigola Bernoux.
— J'en connais un autre ! lança Granvin au capitaine.
Le calme revenu, Zépansky reprit :
— Messieurs, voici notre plan de bataille. D'après Suzanne, la servante de la famille Courtanche, les rapports entre le fils et le père étaient tendus. Brigadier, vous irez interroger René, son mari. Il a eu un comportement étrange lorsqu'elle a mentionné une jeune femme dont Sébastien était amoureux. Éclaircissez ce point et retournez à Artenay pour visiter les commerçants que vous n'avez pas encore vus. Lieutenant, vous ferez analyser la lettre de Sébastien par un graphologue. Et préparez une synthèse pour Bourset. Montrez nos avancées, mais restez dans le vague ! Capitaine, nous nous rendrons à Courbevoie. Sur ce, je vous souhaite une bonne nuit.

En demi-pension chez les flics les plus mariolles du département, Zépansky commençait à apprécier leurs méthodes. Pourtant, Granvin, un gars le cœur sur la main, dégainait son arme pour une queue de poisson ; Ferrone, une bombe à retardement capable d'exploser pour une broutille, nourrissait un pessimisme à toute épreuve ; Bernoux, grand apôtre du complotisme, piratait les bases de données ultras sécurisées du pays. Mais les trois formaient une équipe soudée et se démenaient pour arrêter les assassins du Chinois.

Quant à sa mission principale, les circonstances troublantes du décès de Choisy, Zépansky la gardait en ligne de mire. Elle promettait d'être compliquée s'il ne trouvait pas le moyen de délier les langues des valets du commissaire Vernade. Ou celles des habitants de cette ferme. Quelle stratégie adopter ? se demanda-t-il en enfilant son pyjama.

Il s'empara du rapport sur la mort de Louis Courtanche et se mit au lit.

6

Glissé sous la porte de l'étable, un mot signalait qu'il était attendu sur la terrasse. Zépansky s'y rendit. Il trouva le capitaine attablé devant un copieux petit-déjeuner.
— Vous avez passé une bonne nuit ? demanda Ferrone.
— J'ai dormi comme un loir !
Les odeurs de café et de pain frais titillèrent ses narines.
— C'est appétissant, ajouta Zépansky.
— Servez-vous. Georges a réparé le four en pierre. Il a préparé une tourte à la farine de seigle et aux noix. Avec la confiture de myrtilles de La Mère, c'est un régal ! On attaque par quoi ?
— La Défense. Courbevoie dans la foulée. Avec défonçage de porte, si nécessaire !
— Commissaire, vous fréquentez de drôles de types, ces derniers temps !

Ferrone maudissait les concepteurs du plus grand quartier d'affaires européen.
— Ce boulevard circulaire est un véritable labyrinthe ! acquiesça Zépansky.
— Et si le débile de derrière continue à nous coller avec son 4×4 pourri, je vais lui remodeler le museau à coups de lattes !
— Calmez-vous, capitaine. Tenez, je vais vous mettre Deep Purp...
Trop tard ! Le pare-chocs d'une Cherokee avait heurté l'arrière de la Laguna. Ferrone se précipita vers la Jeep. Il en extirpa le conducteur et l'obligea, d'une clé au bras, à épouser le capot de sa voiture.
— Hé ! le moussaillon de bande dessinée, tu as réussi à niquer la Castafiore et tu te prends pour Superman ? Pas de bol, tu viens de tomber sur le capitaine Haddock !

Tremblant comme une feuille dans un ouragan, le jeune chasseur de buffle en costard cravate rechercha une caméra invisible. Zépansky se força à garder son sérieux :
— Capitaine, on nous attend. Dépêchez-vous !
— Tu as entendu le commissaire ? Où se trouve le siège de la TPIC ?
Le type haleta la bonne réponse.
— Tu nous y conduis. Et si t'essayes de nous semer, je te bouffe tout cru ! Allez, remonte dans ta charrette, ordonna Ferrone en desserrant son étreinte.

— Vous semblez fier de vous, capitaine.
— On a bien rigolé ! Non ?
— Comme le brigadier, lorsqu'il a brandi son arme au péage ?
— Si Georges retombe sur le gus, il ne se contentera pas d'un coup de semonce. Ah, Super-Dupont nous indique un parking.
Ferrone stoppa le moteur. Zépansky profita de l'intimité de la Laguna pour poursuivre la conversation :
— Comme lors de votre échauffourée en 89 ?
— Pour un gars qui vient d'arriver, vous êtes vachement documenté !
— Votre dossier mentionne que vous avez esquinté la voiture d'un type avant de le tabasser devant sa femme.
— Ils ont retenu sa version. Vous voulez la mienne ?
— Je vous écoute ! accorda Zépansky en allumant une cigarette.
— En traversant le Plateau de Valensole, je me suis retrouvé derrière la Béhème de ce gars. Il rêvassait au milieu de la route comme si elle lui appartenait. Je roulais en deudeuche, à l'époque. Cet enfoiré – la quintessence du primate qui refuse de se faire doubler par une bagnole de bouseux – a accéléré pendant que je le dépassais ! En face, un méchant tracteur me traitait de tous les noms ; sur le côté, un gentil champ de lavande m'offrait l'hospitalité ! Quinze jours plus

tard, je l'aperçois à une station de lavage. Ni une ni deux, j'ai donné des coups de pompe dans sa caisse toute propre avant de lui balancer mon poing dans la gueule.
— L'agriculteur aurait pu témoigner !
— Pour dire que je doublais sans visibilité ? Les faits plaidaient en ma défaveur, commissaire. Ç'a été ma parole contre celles de cet empaffé et de sa copine. Elle pionçait sur la banquette arrière, n'avait rien vu, mais a corroboré sa déposition !
— On aurait dû vous limoger après une histoire pareille.
— L'année précédente, j'avais réussi le concours de lieutenant et terminé deuxième au Championnat de France Interarmées de tir au pistolet sur cible à cinquante mètres ! La police nationale n'attire plus les tireurs d'élite. La plupart des recrues se spécialisent dans l'arrosage circulaire ! Bref, on m'a proposé un compromis. Si je payais les réparations de sa bagnole, le tocard retirait sa plainte et je réintégrais le corps des sous-officiers. L'avancement, je l'ai obtenu grâce à Choisy. Votre prédécesseur appréciait mon sens de l'humour. Sans lui, je serai resté major. Bon, on y va ?

L'esplanade de la défense évoquait un décor de science-fiction. Deux tours en verre, l'une verte, l'autre noire, rivalisaient d'audaces architecturales ; une multitude de robots survoltés trottaient autour jusqu'à l'épuisement de leur batterie.
— Hulk ou Dark Vador ?
— Allons délivrer la princesse Leila ! sourit Zépansky.

Le directeur des ressources humaines de la banque privée américaine les reçut dans son bureau de décideur, au dernier étage avec vue panoramique sur la capitale, récompense de ses bons et loyaux services envers la TPIC. Zépansky lui demanda ce qu'il pensait de Sébastien.
— Ce garçon n'a jamais déployé le moindre effort pour s'intégrer au sein de notre entreprise. Son dilettantisme permanent, son allure de vagabond, ses propos démoralisateurs offusquent nos collaborateurs !

Sébastien ne s'était pas rendu au siège depuis seize jours ! Le DRH conclut l'entretien en agitant un courrier :
— Voici sa lettre de licenciement. Elle partira ce soir !

Les deux policiers descendirent à la salle informatique, une pièce ultra ventilée où les serveurs régnaient en maître. Bertrand Rouquier, le nouveau responsable réseau, les accueillit en bras de chemise. Il voulut enfiler sa veste, mais Zépansky l'en dispensa.

— Monsieur Rouquier, nous recherchons Sébastien Courtanche.
— Sa mère vous a informés de mon coup de fil ?
— Non. Pourquoi l'avez-vous appelée ?
— Les dysfonctionnements incessants que nous avons subis échauffaient les esprits. Une vague de licenciements allait déferler et Sébastien risquait d'en faire partie. Je lui ai envoyé plusieurs messages pour l'inciter à remettre la prolongation de son arrêt de travail. Je suis même allé déposer un mot dans sa boîte aux lettres. Mais il n'a pas donné suite. J'espérais qu'il répondrait à sa mère.
— De quels dysfonctionnements parlez-vous ?
— Le premier mai, soit trois jours après la dernière apparition de Sébastien dans nos locaux, les bases de données ont commencé à s'effacer à cause d'un virus. Stopper son expansion nous a pris deux semaines. Avec l'aide des Américains !
— Les Américains ? s'étonna Ferrone.
— Les systèmes informatiques de la TPIC ont déraillé dans le monde entier. Les gars de WebSafe décortiquent les mails émis par nos bureaux à Tokyo, Sydney et La Défense.
— Sébastien Courtanche serait-il à l'origine de ce sabotage ? demanda Zépansky.
— Ses compétences restreintes l'en empêchent. Les Américains ont observé des similitudes troublantes avec le Rostov, mais je ne vois pas parmi ses amis un informaticien de cette envergure. Ils se contentent d'utiliser des logiciels destinés à enregistrer de la musique ou retoucher des images. Avec Serge Rostov, on parle de l'élite des programmeurs !

— J'entends ce nom pour la première fois.
— Pareil ! s'associa Ferrone.
En décembre 2001, Serge Rostov avait bloqué le réseau de la banque centrale européenne soixante-douze heures durant. Les politiques avaient étouffé l'affaire pour éviter qu'un mouvement de panique ajourne le processus du passage à la monnaie unique. Après sa libération, il avait été victime d'un accident de la route. Les pompiers avaient extirpé du véhicule son corps carbonisé. Les Américains et la BFTI enquêtaient sur les ingénieurs informatiques capables de poursuivre ses travaux, et sur les complicités dont ils auraient bénéficié au sein de la TPIC.
— Une aventure sentimentale expliquerait-elle son départ ? demanda Zépansky.
— Sébastien s'investissait sur le court terme ! répondit Bertrand Rouquier. Il avait bien essayé de se mettre en couple avec une jolie fille. Leur rupture l'avait brisé en mille morceaux. Ces derniers temps, c'est sa grange qui l'obsédait. Il souhaite y monter un studio d'enregistrement, une sorte de Mecque pour musicien de jazz. Mais il n'a toujours pas réuni le financement nécessaire. Le jour où son banquier a refusé sa demande de prêt, il a disjoncté et s'est rapproché d'un clochard.
— Un clochard ?
— Je l'ai aperçu s'enivrer avec un guitariste qui faisait la manche. Ma petite amie les a photographiés avec son téléphone portable. Si vous disposez d'une boîte mail, je vous transférerai le fichier.
Ferrone lui donna les coordonnées personnelles de Bernoux.

— On passe devant cette pharmacie pour la troisième fois. Vous êtes encore moins fiable que le GPS !
— C'est à cause des travaux ! se justifia Zépansky, le nez collé sur un plan de banlieue.

Une demi-heure plus tard, le commissaire frappa plusieurs coups sur la porte de l'appartement de Sébastien. En moins délicat, Ferrone l'imita avec ses boots.

Une voisine intriguée par ce tapage sortit de chez elle. Deux semaines auparavant, Sébastien l'avait prévenue de son départ. Elle ne savait quand il reviendrait. C'était embêtant, car il lui rapportait ses courses et descendait ses poubelles ! Elle appréciait Sébastien. Jamais ne lui serait venue l'idée de téléphoner au commissariat pour se plaindre du volume de sa musique. De toute façon, elle n'entendait rien dès qu'elle retirait son appareil.

— J'enfonce la porte, commissaire ?

— Si ça peut aider, je possède un double des clés !

Les deux policiers s'intéressèrent au matériel informatique étalé sur une planche posée sur des tréteaux. Deux écrans vingt et un pouces reliés à un Mac Intosh de course, une interface audionumérique et une paire d'enceintes amplifiées illustraient la passion de Sébastien pour la prise de son.

Ferrone alla fureter dans les bibliothèques IKEA qui cernaient un canapé-lit. Plusieurs centaines de romans de science-fiction et un bon millier d'albums de jazz s'alignaient sur les étagères.

— Obsédé par Coltrane et K.Dick, mais soigneux, le gars.

— Je lui fais son ménage deux fois par semaine, nuança la voisine.

Zépansky jeta un œil sur la cuisine américaine. Il s'arrêta devant une penderie plaquée entre le frigo et la fenêtre.

— Je regarde ce qu'il a emporté ? demanda la vieille en faisant coulisser la porte recouverte d'un poster de Sonny Rollins.

— Allez-y, acquiesça le commissaire.

— Il manque deux chemises et des sous-vêtements.

— Il aime voyager léger ! se marra Ferrone.

Zépansky souleva les revues musicales posées sur la table basse :

— Quinze jours sans recevoir de courrier ! tiqua-t-il.
— Je l'ai ramassé ! informa la voisine. Je vais vous le chercher.

Zépansky écouta les messages sur le répondeur. Sa mère et Bertrand Rouquier le sommaient de les rappeler. Gérard Bradeau, musicien de son état, s'étonnait de son absence lors d'une séance d'enregistrement. Se cachait-il dans sa grange ? Bras croisés devant la fenêtre, Ferrone observait le cadre environnemental dans lequel Sébastien évoluait. La vue n'était pas folichonne. L'immeuble d'en face imposait un horizon blanc cassé. En contrebas, des arbustes repiqués entre des places de stationnement payantes peinaient à s'affirmer dans cette profusion d'acier et de béton.

— Il a eu raison de mettre les voiles. On est mieux par chez nous ! déclara Ferrone aux inconditionnels des microparticules.

La voisine réapparut avec un coffret en bois, et Zépansky en renversa le contenu sur le canapé. Le mot de Bertrand Rouquier émergeait d'un tas de factures et de prospectus.

— Une forêt abattue dans le seul but de pressurer nos porte-monnaie ! déplora Ferrone.

— Et ça encombre nos boîtes aux lettres ! enchérit la vieille femme.

— Sébastien a-t-il une petite amie ? lui demanda Zépansky.

— Les jeunes filles qui s'en entichent capitulent au bout d'une nuit ou deux. Vivre dans un dépotoir avec un garçon qui prédit la fin du monde à tout bout de champ, on s'en lasse vite ! Une grande blonde est toutefois restée trois semaines.

— Vous rappelez-vous son nom ?

— Sabine... Ou Corine. Ça remonte à deux ans. Ma mémoire me joue des tours !

Dans la cour de la ferme, une fumée graisseuse s'élevait d'un baril scié en deux. Bernoux se démenait comme un beau diable avec un soufflet.

Zépansky s'approcha :

— Je peux vous aider, lieutenant ?

— Ça ne sera pas la peine, commissaire. Maintenir le charbon de bois à température est encore dans mes cordes ! Je prépare un couscous pour le dîner. Granvin a insisté pour s'occuper des légumes et de la semoule. C'est à peine s'il m'a laissé percer des trous dans les merguez. Le brigadier et le capitaine ne plaisantent pas avec les plaisirs de la table !

Bernoux semblait d'humeur joyeuse. Zépansky saisit l'occasion :

— Lieutenant, j'aimerais vous poser une ou deux questions délicates. Si cela vous gêne, je comprendrai.

— Un genre de jeu de la vérité ? C'est parti !

— Que pensez-vous de Xavier Bourset, notre directeur régional ?

— On évite de bousculer ses habitudes. Si le préfet ne le convoque pas à cause de votre acharnement à retirer la couche d'opacité sur certaines activités du coin, vous n'entendrez jamais parler de lui.

— Et vos deux collègues ?

— Quoi mes deux collègues ? se crispa Bernoux en élevant la voix.

Zépansky sentit le terrain glisser sous ses semelles. Quitte ou double :

— Ils donnent l'impression de s'emballer pour un rien.

— Ça dépend avec qui !

— Même entre eux, d'après mes observations.

— Ne vous fiez pas aux apparences, commissaire. Ils se chamaillent comme des gamins pendant la récré, mais si on cherche des noises à l'un, le deuxième rapplique au galop.

— Et vous, dans tout ça ?

— Ils apprécient mon absence d'accointance avec les autres flics du commissariat !

— Patrick Vernade, par exemple ?
— Comme ce fumier de Vernade et sa troupe de reptiles !
Zépansky se permit un approfondissement :
— Vernade, sur une échelle d'un à cent, vous le situeriez où ?
— Sur quels plans ?
— Humain, professionnel, moral.
— L'humanité, il ne rentre pas dans cette catégorie. Le professionnalisme, ça dépend de l'angle d'observation. La moralité, je dirai moins deux cent soixante-treize et des brouettes. Soit le zéro absolu !
Zépansky apprécia cette réponse sans ambiguïté.
— Ferrone et Granvin partagent-ils votre avis ?
— Au sujet de Vernade, je suis le plus compréhensif. Lui et ses comparses se sont moqués de moi à mon arrivée au commissariat, mais ils n'ont jamais trouvé le moyen de m'embrouiller ! Le brigadier et le capitaine, c'est une autre histoire...
Au début des années 90, Ferrone prodiguait ses talents dans le huitième arrondissement de Marseille. Il y rencontra une adjointe de sécurité, tomba amoureux, et l'incita à passer le concours de gardien de la paix. Elle le réussit, mais son classement dans le bas du tableau l'amena à Orléans. Ferrone obtint sa mutation deux ans après. Entre-temps, elle s'était acoquinée avec Vernade. De quoi l'avoir mauvaise ! En définitive, elle se maria en Belgique avec un riche industriel.
Granvin avait démarré sa carrière à la brigade des mœurs d'Orléans. Pendant une descente dans un bar, il surprit en flagrant délit un revendeur de drogue. Mais comme il avait mené sa petite enquête tout seul dans son coin, Vernade l'enfonça devant le directeur de l'époque en comparant les dix grammes de cocaïne récupérés avec les deux ans de planques et de filatures gaspillées alors que son équipe s'apprêtait à démanteler un important trafic dans la région. Granvin affirma que les dealers en question lui reversaient

un pourcentage. Aucun élément probant n'étayait ses accusations et Vernade les balaya d'un revers de manche. Le lendemain, il le traita d'amateur en présence de plusieurs témoins. Furieux, Granvin lui envoya son poing dans le menton. Ce geste lui retira ses galons.

— Les magouilles de Vernade, ils les connaissent sur le bout des doigts, ajouta Bernoux. Et ils n'ont pas dit leur dernier mot !
— Prépareraient-ils une vendetta ?
— Le brigadier a les moyens de se prélasser aux Bahamas, Ferrone a hérité d'un mas du côté de Manosque. Mais ils n'ont pas démissionné ! Les rapports épidermiques finissent toujours par se faire la peau, commissaire. S'ils ont besoin d'un coup de main, je décroiserai les bras. Je ne suis pas entré dans la police pour lécher les bottes d'un ripou !
— Moi aussi, lieutenant, j'exècre les serviteurs de l'état qui confondent le bien-être général avec leur enrichissement personnel. Si vous possédez des preuves, je stopperai les agissements de cet individu.
— Je vous crois, commissaire. Mais Vernade délègue les risques à ses hommes de paille. Il ne se balade jamais sur la Toile et se méfie des téléphones. Son traçage informatique n'aboutira pas. Cela dit, il a beau être le roi du vis-à-vis, un jour ou l'autre, il se relâchera !... La fournaise gagne du terrain et un cubi de rosé s'ennuie dans mon frigo. Ça vous embêterait de le rapporter ? Avec quatre verres, les deux autres rappliquent !

Ils trinquèrent à tout et à rien, Granvin et Ferrone gardant un œil sur la cuisson des grillades. L'hiver précédent, Bernoux leur avait servi de la barbaque calcinée accompagnée d'une pâte indigeste, le tout baignant dans un bouillon insipide. Sa spécialité, le couscous du chef, restait sous haute surveillance.

Entre deux pois chiches, le commissaire décréta le bilan de la journée. Il récapitula les renseignements obtenus sur Sébastien, et Bernoux enchaîna :

— Nous recherchons les noms du Chinois et de ses meurtriers. Et leur mobile.

— Sans blague !

— Capitaine, je vous en prie ! Le Chinois ne possédait pas de casier judiciaire. Les seules personnes à s'en souvenir – le buraliste d'Artenay et le fumeur de Pall Mall – l'avaient croisé, pour la première et la dernière fois, le mois précédent. A priori, il ne résidait pas par ici.

Quel but poursuivait-il en venant dans le Loiret ? se demanda l'équipe. Sa mort avait-elle un rapport avec le Clos du lac ou parlait-on d'une coïncidence ? D'après le légiste, il possédait un physique hors norme, une authentique armoire à glace. Comment un type de ce gabarit avait-il pu laisser une pioche lui transpercer la nuque ? C'était invraisemblable ! Dans la mesure où on ne l'avait pas tué avec une arme à feu, au moins deux individus l'avaient attaqué. Mais pour balancer un coup de pioche, encore fallait-il en avoir une sous la main !

D'après le lieutenant, le Chinois avait subi une agression préméditée et ses assassins avaient tenté de brouiller les pistes en le transportant sur le terrain.

— Je le verrais bien à la solde d'un gang résolu à s'implanter dans la région, ajouta-t-il. Les parrains locaux s'en aperçoivent et le liquident en guise d'avertissement. L'appel anonyme va dans ce sens.

— Je le croyais sans intérêt !

— Oui et non, commissaire. Dès son arrivée, en 1998, Dominique Caportino s'est montré coopératif auprès des stups à propos des revendeurs qui fréquentent sa discothèque. Et il a un alibi pour la mort du chinois. Mais des boursicoteurs planqués derrière leurs prête-noms, dans la drogue, les jeux ou la prostitution, on en trouve à tire-larigot ! relança Bernoux. Au fait, le brigadier a découvert l'auteur du message à votre attention !

Zépansky encouragea Granvin à les mettre au parfum.

— L'appel provient d'une cabine située dans le champ d'une caméra. Le type du Crédit Agricole m'a laissé regarder leurs enregistrements. Une Citroën C5 gris métallisé se gare. Le passager sort téléphoner, remonte dans la caisse et le conducteur démarre aussitôt. La visière de sa casquette cache son visage, mais on distingue l'immatriculation de la Citroën. La voiture appartient à Matteo Staviani !

— Je n'ai rien contre aller chatouiller ce blaireau et son crétin de frère, intervint Ferrone. Mais je ne les vois pas abattre le Chinois avec un outil de jardinage. Ni brouiller les pistes. C'est trop tordu pour leurs cervelles en compote. Ou celles d'autres malfrats qui souhaiteraient mettre la discothèque dans leur giron. Je pencherai vers les actionnaires du parc de loisir. En particulier le sieur Demorel que je soupçonne d'être un pro de l'embuscade ! La révocation de Pierre Davaut résulte d'un procès où les témoignages exsudent la pièce montée ! Jacques Demorel lui chipe son écharpe tricolore et récompense Axelle Turpin en la propulsant fonctionnaire de catégorie A. Si on ajoute que ce politicard de baluche drague en public la reine des veuves, ça nous donne un suspect de taille !

— Ensevelir le corps au Clos du lac n'aurait pas été très malin de sa part ! objecta Bernoux. Ça retarde les travaux et l'implique dans l'enquête.

— Sauf s'il se croit astucieux en noyant le poisson, répliqua Ferrone.

— Non, capitaine ! insista Bernoux. S'en débarrasser ailleurs aurait évité tout ce remue-ménage. Mais la théorie du terrain reste pertinente. Des écologistes pourraient ne pas avoir digéré de s'être démenés sans résultats. Et n'oublions pas l'ancien maire avec son dentier en réserve contre Demorel.

Le bilan des recherches (le croisement des investigations, le forum des idées..., peu importe l'intitulé) rendait une énième feuille blanche. Zépansky y mit bon ordre :

— Que ce soit une rivalité entre gangs, l'attirance de Jacques Demorel pour la fortune d'Hélène, ou des adversaires du projet friands de mesures extrêmes, je n'écarterai aucune piste. Cela dit, le parcours de Sébastien Courtanche m'intrigue. Deux semaines avant la mort de Franck Marthouret, il abandonne son boulot et son domicile. D'autre part, il a toujours refusé de vendre sa grange, car il prévoit d'y installer un studio d'enregistrement. Sa future promiscuité avec des milliers de vacanciers doit lui hérisser les poils ! Et ce n'était peut-être pas l'unique raison du climat conflictuel entre le père et le fils. Brigadier, qu'avez-vous tiré du mari de Suzanne ?

— Avant son accident de chasse, Louis Courtanche traînait avec l'ancienne petite amie de Sébastien. René les a vus sortir d'un trois étoiles, à Lamotte-Beuvron. D'après lui, la façon dont ils se sont embrassés avant de se quitter ne laisse aucun doute sur ce qu'ils ont pu glander dans un hôtel au beau milieu de l'après-midi !

— Si Sébastien le savait, le ressentiment contre son père a dû atteindre des sommets ! estima Zépansky. Revenons sur le décès de Louis Courtanche. Ce type sorti d'un repas bien arrosé se siffle une flasque de dix-huit centilitres de whisky en pleine forêt. Le rapport du légiste mentionne deux grammes et demi d'alcool par litre de sang. Supposons qu'il arrive à marcher. Il se met en quête d'un arbre contre lequel uriner. En route, il glisse sur de la mousse, tombe sur son fusil et se prend deux giclées de plombs. Un concours de circonstances exceptionnel, non ?

— S'il était bourré, ça peut s'envisager, dit Ferrone.

— Brigadier, faisons confiance à votre renommée de fin chasseur. En allant pisser, vous laissez votre arme en position de tir ou vous la cassez ?

— Seuls des débiles, des manchots ou des pacifistes oublieraient de casser leur fusil !

— Louis Courtanche n'était ni un idiot, ni un pingouin, ni un objecteur de conscience ! Et les deux cartouches percutées à une seconde d'intervalle, vous trouvez ça normal ?

— La poisse lui a transpercé la peau !

— Je ne vous le fais pas dire ! Deux ans après, sur une route où ne circule personne à cette heure-là, un chauffard choisit de doubler Franck Marthouret, le beau-père de Sébastien, au moment où un camion arrive en face ! Dernièrement, le piratage informatique d'une banque texane force les Américains à débarquer sur l'esplanade de la Défense. Quelque temps auparavant, ce même Sébastien s'affiche en compagnie d'un clochard sorti de nulle part et se volatilise du jour au lendemain sans laisser d'adresse. Vous trouvez ça anodin ?

La réponse restant en suspens, Zépansky saisit une enveloppe masquée par son carnet.

— Voici les résultats de l'étude graphologique de la lettre qu'il a envoyée à sa mère.

Il déplia le courrier :

— Je vous épargne l'exposé sur la courbure des lignes et le tremblement des consonnes : *tendances mélancoliques et paranoïaques, agressivité probable en cas de fortes tensions.* Découvrir où se terre Sébastien Courtanche devient notre objectif principal ! Brigadier, contactez les différents établissements scolaires où il a usé ses guêtres. S'il a pratiqué une activité sportive, interrogez ses coéquipiers ! Le dénommé Gérard Bradeau lui a laissé plusieurs messages. Ils ont l'air proches. Tâchez de le joindre... Si un copain ne l'héberge pas, il aura besoin d'argent. Lieutenant, consultez ses relevés bancaires. Vous allez recevoir par mail une photo sur laquelle on le voit avec un chanteur de country. Ce cow-boy d'opérette a lui aussi disparu comme par enchantement. Lancez une recherche. Et trouvez-moi la blonde qui s'est envoyé le père, le fils et le Saint-Esprit !

7

Le Clos du lac n'avait pas subi pareil changement depuis la dernière glaciation. Une panoplie complète d'engins creusait, déplaçait, aplanissait des milliers de mètres cubes de terre.

— Ils n'ont pas perdu de temps ! s'irrita Ferrone, les mains crispées sur le volant.

La Laguna dérapait sur le chemin boueux. Les ouvriers mimèrent la scène en plaisantant, et le break disparut derrière la grange.

— Ce lac offre une vue remarquable ! prisa Zépansky.

Doté d'un tempérament pragmatique, Ferrone soupesa l'antivol en U inséré entre deux anneaux.

— Si on veut visiter, je vais taxer une pince coupante aux gars du chantier.

Le capitaine échangea des blagues inénarrables contre un foret électrique alimenté par quatre rallonges de cinquante mètres.

— Un type m'a passé sa bécane. Attention aux étincelles !

Diamant contre titane. Cette rencontre improbable produisit un mini feu d'artifice.

— Bien joué ! applaudit Zépansky.

Les deux policiers s'aventurèrent à l'intérieur.

Ferrone renversa un seau en inox qui récupérait le goutte-à-goutte d'un robinet aux joints moribonds et le commissaire sortit de sa torpeur une lampe baladeuse accrochée à un clou :

— C'est immense ! Le bâti paraît en bon état, apprécia-t-il en arpentant la terre battue.

Après avoir ouvert la porte d'un frigo débranché, Ferrone contourna des chaises de jardin flanquées contre une table en plastique et examina le contenu d'une barque.

— Les accessoires de pêche rendraient Georges jaloux, mais la décoration laisse à désirer ! Si Sébastien veut inaugu-

rer le palais du high-tech avec jacuzzi dans chaque suite, il part de loin ! se marra Ferrone.
— En tout cas, il ne se cache pas ici. Vous voyez la trappe ?
— Mon flair légendaire me souffle de grimper au grenier. Se tromperait-il ?
Zépansky lui indiqua une échelle en bois.
Perché sur l'avant-dernier barreau, Ferrone ressentit une oscillation :
— Ça vous ennuierait de la tenir !
Zépansky enserra les deux montants de ses grosses mains.
— Alors ? s'impatienta-t-il.
— J'aperçois une paillasse et un traversin... Un chandelier repose sur une table de chevet avec un tiroir.
— Qu'est-ce qu'il y a, à l'intérieur ?
— D'ici, comment voulez-vous que je le sache ?
— Déplacez-vous, capitaine !
— Le plancher a l'air de trembler.
— Cette grange a traversé plusieurs siècles sans une égratignure. Vos soixante kilos ne vont pas l'ébranler !
— Avec l'ancien, tout peut arriver !
On entendit les lames craquer, le métal grincer, les jurons fuser. Ferrone redescendit en bougonnant, un cahier d'écolier roulé dans sa poche.
Ils sortirent la table, deux fauteuils, et s'installèrent face au lac.
— En été, ça doit être agréable de se siffler un Casanis avec de la friture ! se projeta Ferrone.
De son côté, Zépansky examinait les devoirs de Sébastien.
— Vous préparez Polytechnique, commissaire ?
— D'après la difficulté des exercices, ça remonte à la seconde. Les dernières pages s'apparentent à un journal intime. Il a le béguin pour une fille de sa classe. Il lui propose de la ramener chez elle en mobylette, mais elle préfère enjamber la moto d'un élève de terminale.

— Et il a les glandes. Ces flirts de lycéens ne nous aideront pas à le retrouver !
— En effet, acquiesça Zépansky en arrachant une enveloppe scotchée sur la couverture.
Elle contenait des dizaines de bouts de papier qu'il versa sur la table.
— On dirait un puzzle de voyage, dit Ferrone.
Le commissaire les éparpilla avant de les regrouper en deux tas :
— Ici, il s'agit d'une lettre. Je m'en occupe. Là, une photo. À vous de jouer !
— Il y a des boules dans la Laguna. Vous ne préférez pas une partie de pétanque ?
— Écoutez, capitaine, si Sébastien a conservé ces documents au lieu de les jeter, c'est qu'il y tient !
La reconstitution dura cinq bonnes minutes. Un lac. Une barque. Un homme en train de pagayer. Malgré les déchirures et le jaunissement du tirage, il s'agissait sans aucun doute de Sébastien. Assise en face de lui, la tête en arrière, le buste droit, les bras et les jambes écartées, une blonde à damner l'âme d'un chapon exposait son corps dénudé aux rayons du soleil.
— La fille est superbe. J'imagine le flip si elle m'avait plaqué ! Vous avez recomposé la lettre ?
— Encore trois morceaux, répondit Zépansky... Voilà :

En sale petite égoïste, je me serais amusée avec toi comme avec un jouet que l'on jette à la poubelle parce qu'il est démodé. J'aurais souhaité te tenir une dernière fois dans mes bras, te prouver le contraire. Mais tu as préféré ne plus me revoir.

Avec le temps, tu accepteras ma décision. Ne te voile pas la face, notre aventure n'a jamais eu d'avenir. Tu passes ta vie à dénigrer le monde sans rien proposer et je cherche un homme solide comme un roc, un être attentionné désireux de me soutenir sans relâche. Je ne peux attendre que tu grandisses !

Nous avons vécu des moments d'une rare intensité. Ta tendresse à fleur de peau restera gravée dans mon cœur.

— C'est signé Karine.
— J'ai déjà reçu l'équivalent !
— Moi de même, capitaine. Et le premier à boucler sa valise se fiche de laisser l'autre sur le carreau !

Après ces propos sincères et pertinents sur une mine à retardement dans des caboches déboussolées, Ferrone alla rendre la perceuse. Sous l'effet d'une légère brise, l'eau ondulait en réfléchissant une lumière hypnotique. Le commissaire s'approcha du bord. Ses défenses s'effondrèrent et son inconscient lui octroya une projection privée. Après le générique – un paysage de vacances avec les noms des acteurs en surimpression –, une tempête céleste éclata. La barque et l'héroïne chavirèrent au milieu du lac. Dressée sur la partie émergée, Gisèle, dévêtue, sa longue chevelure brune déployée le long de ses seins épanouis, le suppliait de la sauver.

La flotte atteignait ses genoux quand un courant glacial et la perspective d'une brasse coulée jusqu'à des profondeurs abyssales le ramenèrent sur la terre ferme. Zépansky retourna dans la Laguna, retira ses chaussettes, alluma une cigarette, déballa une barre chocolatée…

Ils rejoignirent le commissariat vers onze heures trente. Sans attendre, Zépansky répandit sur la table les morceaux contenus dans l'enveloppe.
— Vous collectionnez les confettis ? lui demanda Bernoux.
— Je reconstitue le portrait de Karine, la blonde que nous recherchons. Quand j'aurai fini, agrandissez son visage et imprimez-le en plusieurs exemplaires.
— Laissez-moi faire. On gagnera du temps !

Sous le regard ombrageux du commissaire, Bernoux assembla le cliché en une trentaine de secondes.
— Vous participez à des concours de puzzles, lieutenant ?
— J'ai horreur de ça. Mais avec de l'entraînement, j'y arriverais les yeux bandés ! se moqua Bernoux.

Un passage au scanner et des retouches sur Photoshop plus tard, le visage de Karine coloria plusieurs feuilles de papier glacé.

— On lance un avis de recherche, commissaire ?

— Sortir avec le fils et le père n'est pas un délit. Toutefois, j'aimerais lui poser deux ou trois questions.

— Antoine, voyons voir si tu es aussi rapide avec la lettre ! paria Ferrone en déclenchant le chronomètre de sa montre.

Vingt-huit secondes après, le capitaine annonça son intention de décrasser sa cervelle avec une Nintendo !

— Vous en achetez deux, se solidarisa Zépansky.

— Commissaire, on s'obstine avec Sébastien ? demanda Bernoux.

— Attendons le retour du brigadier avant de nous décider. Avez-vous reçu la photo du clochard que devait nous envoyer Bertrand Rouquier ?

— J'hésitai à vous en parler.

— Pourquoi ?

— Je le tiens en trop haute estime pour lui nuire.

— Si vous possédez des informations, vous avez l'obligation de nous les communiquer ! Écoutez, lieutenant, si cette personne est étrangère à notre enquête, cela restera entre nous !

— Et je m'engage pour Georges ! scella Ferrone.

À moitié rassuré, Bernoux alluma le vidéoprojecteur et ouvrit un document JPEG. Sébastien et un chevelu muni d'une guitare étaient assis sur un banc.

— Vous connaissez cet homme, lieutenant ? demanda Zépansky en se rapprochant de l'écran.

— Il se nomme Serge Rostov. En 2001, il a semé la pagaille dans la banque centrale européenne.

Ferrone se rappela les propos de Bertrand Rouquier.

— Tu parles de l'informaticien qui a cramé dans sa bagnole, il y a cinq ans ?

Bernoux fit vrombir sa souris. Une autre image apparut.

— Voici une photo de Rostov prise pendant son procès. Il est chauve et imberbe. Maintenant, j'applique sur ce beau visage d'Adonis deux petits calques. Pétrole Hahn sponsorise le premier, les pompes funèbres le deuxième... Et voici le Rostov dernière édition, avec cheveux, barbe et rides sur le front. La ressemblance avec le clochard est flagrante !
— Un sosie remarquable, se démarqua Zépansky.
Le capitaine affichait la perplexité des grands jours :
— Antoine, tu crois aux fantômes ?
— Je ne suis pas un adepte des spectres et des morts-vivants. Et mes copains non plus ! se vexa Bernoux.
— Vos copains ? s'étonna Zépansky.
— Ceux que vous avez vus sur mes écrans ! Quand vous êtes allé chercher un cubi de rosé dans le bunker, vous avez examiné toutes mes machines. Vous vous souvenez ?
— Je n'ai touché à rien ! se blanchit Zépansky.
— En effet, vous vous êtes contenté de dévisager les participants à la visioconférence. Nous formons une confrérie dont la principale activité consiste à collecter des informations sensibles. D'ici peu, des dents vont grincer !
— Je ne vois pas le rapport avec Serge Rostov, dit Zépansky.
— J'y viens ! Steve Milton, le fondateur de WebSafe, a annihilé le premier Rostov en trois jours. Mais là, il s'emmêle les neurones. Des types susceptibles de berner l'américain pendant une heure, on en recense une trentaine de par le monde, la plupart sont membres de notre club. Le mobiliser à temps plein pendant deux semaines, un seul en est capable ! En outre, le clone de Rostov côtoie Sébastien Courtanche avant la propagation du virus à partir de La Défense. Demandez une analyse d'ADN, commissaire. Je vous parie deux conteneurs de circuits imprimés que le corps carbonisé retrouvé dans sa voiture n'est pas le sien.
— Antoine, tu me troues le...

— Merci de votre intervention, capitaine ! En dehors d'apporter sa contribution au déclin de l'économie libérale, Serge Rostov a-t-il un rapport avec nos recherches ?

— Il n'est plus revenu au square à partir du moment où Sébastien est sorti de la circulation. J'en déduis qu'ils se sont réfugiés sous le même toit.

— Si Serge Rostov a réussi à maquiller son échappée belle sans éveiller de soupçons, nous ne sommes pas près de les épingler ! Lieutenant, cette histoire de virus ne concerne pas l'enquête et les lanceurs d'alertes obtiennent toute ma sympathie. Si vous divulguez le résultat de vos recherches, mettez-moi dans votre listing.

— Pareil ! se plaça Ferrone. J'adore regarder les grands de ce monde dégringoler de leurs piédestaux. Quel est le programme, commissaire ?

— On mange. Et on refait de la voiture !

Ferrone commanda des pizzas, et Zépansky pria Bernoux de lui dénicher l'adresse de Sophie Crozier, la sœur de Sébastien. Quitte à connaître la famille, ils en visiteraient tous les membres.

Les Crozier habitaient à La Ferté. Le capitaine se gara devant un pavillon des années soixante. Peintures récentes, jardin entretenu, voisinage en conformité. Rien de déshonorant, mais :

— J'ai lu un article sur l'accès à la propriété, relata Ferrone. Compte tenu de l'inflation – 200 % – et du prix du mètre carré multiplié par dix ces trente dernières années, la nouvelle génération a divisé par cinq ses rêves de grands espaces !

— Un véritable fléau ! jugea Zépansky.

Du seuil de sa porte, une copie d'Hélène rajeunie et couverte de fripes meilleur marché les invita à entrer.

— Excusez-nous d'arriver en retard, dit Zépansky. Notre GPS a perdu la tête !

Sophie ne put contenir une moue moqueuse avant de les conduire au salon.

Zépansky annonça la couleur :

— Madame Crozier, nous recherchons Sébastien. Il a envoyé une lettre étrange à votre mère avant de partir en voyage sans indiquer sa destination.

— J'ignore où il est. Mon frère a une vision toute personnelle de la stabilité !

— Quelles relations entretenait-il avec Frank Marthouret ?

— Devenir son beau-fils lui était égal.

— Je pensai au parc de loisir. Partageait-il son enthousiasme ?

— Sébastien est opposé à ce projet. Tout le monde convoite sa parcelle. Papa lui en a offert le double de sa valeur. Il n'a jamais cédé un seul centimètre carré ! Il évoquait la mémoire de grand-père, leurs parties de pêche. Franck ne l'aurait pas fait changer d'avis ! (Sophie écarquilla ses sourcils) L'accuseriez-vous d'avoir descendu le type retrouvé au Clos ?

— Je me demande si la réalisation du parc constitue le mobile de ce meurtre. D'après vous, qui serait susceptible de la saborder ?

— En tuant un homme ? Je ne vois pas.

Zépansky sortit plusieurs photos de sa sacoche et les lui tendit.

— En dehors de Sébastien, reconnaissez-vous quelqu'un ?

Zépansky l'observa pendant qu'elle les examinait. Sophie était bien proportionnée. Rien à redire sur son physique. De ses traits à la douceur naturelle s'échappait néanmoins un panaché de peur et de colère. Était-elle une proie ou un rapace ? Il réserva sa réponse.

— Cette fille ressemble à une ancienne petite amie de Sébastien, dit Sophie. Je l'ai rencontrée chez nos parents. Nous avons échangé des banalités !

— Connaissez-vous Serge Rostov ?

— Le héros de Guerre et Paix ?

— Nos recherches ne remontent pas jusqu'aux épopées napoléoniennes, sourit Zépansky.

— Puis-je vous poser une question ? (le commissaire hocha la tête) Quel est le nom du type assassiné ?
— Nous l'ignorons !
— Si vous picorez des informations au hasard, vous perdez votre temps avec Sébastien !
— Madame Crozier, laissez-moi le soin d'en juger ! Où étiez-vous pendant l'accident de Frank Marthouret ?
— Au domaine.
— Vous êtes-vous absentée durant la soirée ?
— Non. Après le dîner, nous avons joué au bridge.
— Nous ?
— Ma mère, deux de ses amies et moi. Me soupçonneriez-vous d'être impliquée dans le décès de Franck ? Un membre de la famille aurait pu aider le fusil de mon père à se décharger pendant que vous y êtes !
— Cette éventualité m'a effleuré l'esprit ! répliqua Zépansky en se levant.

Pendant cette conversation, le capitaine avait déambulé dans la pièce en s'attardant sur les portraits accrochés aux murs et les bibelots exposés sur des étagères. Il désigna du doigt deux agrandissements sous verre. Intrigué, Zépansky le rejoignit. Il regarda en premier la photo d'un garçon d'environ treize ans. Assis en tailleur sur une pelouse, il jouait de la guitare.

— Votre fils ?
— Oui, commissaire. J'ai pris cette photo de Manu lors d'un week-end au domaine.

Zépansky passa à l'individu en treillis qui dépeçait un sanglier dans une clairière.

— C'est mon mari, ajouta Sophie.
— Si Sébastien vous contacte, dites-lui de nous appeler ! conclut Zépansky.

Sitôt sortis du pavillon, les deux policiers grillèrent une cigarette.

— Capitaine, vous avez eu raison d'attirer mon attention sur Roland Crozier en tenue de camouflage. Nous vérifierons s'il participait à la partie de chasse durant laquelle Louis Courtanche a trouvé la mort. Mais je n'ai rien remarqué d'étrange sur la photo de son fils !
— Manu est le portrait craché de Bruno Koch !
Zépansky pria ses souvenirs de refleurir. Le capitaine avait raison. Leurs visages dégageaient un indiscutable air de famille. Définir si Roland Crozier était le père biologique de Manu dépassait-il les attributions d'un commissaire de police ? « Cela ne vous regarde pas ! » aurait répondu l'avocat de la défense.
Zépansky ancra néanmoins la question dans un coin de sa tête, et ils montèrent dans la Laguna.
— On rentre se taper la cloche ? Georges a préparé des farcis ! annonça Ferrone en tournant la clé de contact.
— Visitons d'abord Lamotte-Beuvron.
— Qu'allons-nous-y glandouiller ?
— Vérifier si un hôtel mérite ses étoiles. Rassurez-vous, nous arriverons à temps pour le dîner.
— Georges m'a demandé de passer au Tire-Bouchon. Qui ferme à dix-neuf heures !
— Mettez le gyrophare.
— Waouh, c'est parti !

Dès leur retour à la ferme, Ferrone déposa une caisse en bois sur la table de la terrasse et souleva le couvercle du faitout.
— Ça sent bon !
— Les farcis du brigadier vont devoir patienter, assena Zépansky. Nous allons faire le point !
Ferrone avait les crocs, mais il arrêta de se pourlécher les babines et Granvin se jeta à l'eau :
— À part sa voisine de palier, Sébastien ne fréquente pas les gens de son immeuble. Ses vieux camarades et ses collègues de la TPIC ont décrit un type obnubilé par la mu-

sique, la tête dans les nuages, un marginal non impliqué dans son boulot. Ils ne l'ont jamais entendu parler de fiançailles avec une blonde. D'après Gérard Bradeau, son ami saxophoniste, il a deux sujets de prédilection : le jazz et la connerie humaine dans son infinie grandeur. Dernièrement, Bradeau lui a proposé de venir enregistrer son quintette. Ils ont convenu d'une date, mais Sébastien leur a fait faux bond, ce qu'il a trouvé étrange. Il s'est souvenu avoir entraperçu Karine. Il était passé chez Sébastien sans prévenir et avait senti qu'il dérangeait ! Sinon, des abonnés du square Charras ont remarqué la présence de Serge Rostov, la deuxième quinzaine du mois d'avril. Depuis, il s'est évaporé.

— Son compte bancaire ? demanda Zépansky.

— À partir du 28 avril, Sébastien n'a plus utilisé sa carte de crédit ou son carnet de chèques, répondit Bernoux. Les relevés de ces cinq dernières années indiquent un découvert chronique autour des deux mille euros.

— Nous sommes allés à Lamotte-Beuvron, dit Zépansky. La dénommée Karine et Louis Courtanche ont, à deux reprises, loué une chambre l'après-midi dans un hôtel peu regardant. Tout ça ne nous amenant nulle part, nous réorientons nos recherches.

Ferrone piaffait sur sa chaise :

— Et si on attaquait les tomates avant de rallumer le GPS !

La gronde sur le point de dégénérer en émeute, Zépansky fit signe au brigadier de les servir.

— Métro, boulot, dodo, admettons. Mais il y va comment le Sébastien, chez sa mère ou dans sa grange ? souleva Granvin. Antoine, tu as trouvé des factures d'essence dans ses relevés ?

Bernoux réveilla son ordinateur :

— Une minute !

— Pendant ce temps, je vais déballer votre pinard, s'égaya Ferrone en s'emparant du paquet-cadeau.

— Par Saint Vignoble, un magnum de Château Palmer 90 ! s'émut Granvin. Vous avez dû vous ruiner, commissaire !
— Je voulais vous remercier de votre accueil.
Ferrone attaqua les agrafes de la caisse avec son couteau, sa fourchette, les clés de la Laguna :
— Je vais chercher un tournevis !
— Je m'en occupe ! dit Granvin.
La poche intérieure de sa veste comportait une sorte de boîte à outils de secours. Il déboucha la bouteille, approcha son nez du goulot, inspira..., et l'extase envahit tout son être. Le capitaine et le commissaire reproduisirent la même séquence.
— Pour ceux que ça intéresse, Sébastien remplissait son réservoir une fois par mois, les informa Bernoux.
— Il possède une bagnole ! déduisit Ferrone.
— Mais il n'a jamais immatriculé le moindre véhicule, avisa Bernoux.
Zépansky regardait avec admiration les douze doigts du lieutenant effleurer les touches du clavier.
— Un ami lui prête sa caisse, essaya Granvin.
— Pas sur des années ! Un contrat de location ? tenta Zépansky.
— Ça coûte la peau des fesses. Et quand vous avez fini de payer, la voiture ne vous appartient toujours pas ! déclara Granvin.
— Mettez-vous à sa place, brigadier. Sébastien ne souhaitait ou ne pouvait engager une grosse somme.
— Régler comptant revient moins cher ! ne renonça pas Granvin.
— Aucun prélèvement ne correspond, les calma Bernoux. Par contre, il signait tous les deux ans un chèque à l'ordre de CTS : Contrôle Technique Sécurité. Vous voulez savoir quel véhicule il y amenait ?
— Ce Margaux est succulent, savoura Ferrone.
La pause pinard. Un incontournable.

— Ce troisième cru n'est pas le plus puissant des Médoc, mais sa suavité peut en remontrer à bien des premiers, goûta Granvin.

Zépansky déglutit une gorgée :

— Oui, je n'ai pas choisi le plus mauvais !

— Ça vous dérangerait de ne pas terminer la bouteille pendant que je bosse ! réclama Bernoux. La voiture appartient à Henri Beaumont, le grand-père de Sébastien. Ce brave homme a rendu l'âme le 22 avril 1992. Après l'obtention de son permis, Sébastien a récupéré la caisse sans avertir la sous-préfecture !

— Il est chié, ce mec ! sympathisa Ferrone.

— Quel genre de bagnole ? demanda Granvin.

— Une DS 21 décapotable, beige métallisé.

— Il ne doit pas en rester des milliers ! espéra Zépansky.

— Vous avez raison, commissaire. Vingt-huit. DOM-TOM compris. C'est vrai qu'il est extra ce pinard !

— Les affaires reprennent ! Messieurs, à la nôtre !

Joris et Thomas s'empiffraient de M & M's devant la cafeteria du lycée Voltaire.
— Tu t'en es sorti ? demanda Thomas.
— J'ai choisi « L'expansion est-elle universelle ? ». D'après Florian, je suis hors sujet avec ma deuxième partie sur les trous noirs dans les comptes de la NASA. Et toi ?
— Je me suis emmêlé les crayons avec le commentaire de texte. Spinoza qui déblatère sur le clergé, je n'ai pas saisi s'il était pour ou contre.
— On se rattrapera avec les maths !
— Tu as pensé à redemander l'appart' de tes vieux ?
— Ils ont marchandé sur les révisions, mais c'est bon ! Tu trouves ça finaud de reprendre la 407 ?
— Tout le monde s'en fiche. Nous l'avons garée près du marché le mois dernier et les flics n'ont pas apposé de contredanse sur le pare-brise ! Qu'est-ce qu'on risque ? On n'a rien cassé. On a les clés, les papiers. Et ils ont annoncé du soleil durant le week-end ! D'autres objections ?
— Si les filles sont partantes, on les amène à la plage !

8

Malgré la ténacité du commissaire et les logiciels de Bernoux, l'enquête piétinait. Deux longues semaines sans obtenir d'indices.

Intrigué par le décès de Louis Courtanche, Zépansky avait convoqué les personnes présentes à la partie de chasse et croisé leurs déclarations. Aucun élément ne vint remettre en cause la thèse du type en état d'ivresse poursuivi par la malchance.

Les annonces dans la presse nationale, l'interrogatoire de témoins de pas grand-chose, la filature des frères Staviani et d'autres zigotos du même acabit n'avaient révélé l'identité du Chinois.

Karine (la maîtresse de Courtanche & Son), Serge Rostov, Sébastien Courtanche, la DS de ce dernier et le véhicule impliqué dans la noyade de Franck Marthouret s'étaient volatilisés sur le macadam.

Jacques Demorel courtisait Hélène. Contrairement à la journaliste de La Dépêche, réfractaire aux avances de Ferrone, Hélène ne semblait pas s'en offusquer.

Quant au décès du commissaire Choisy, Zépansky avait recueilli une masse opaque d'anecdotes et d'allusions émises à demi-mot. Sans un nom, un lieu, une date ou un montant précis, il ne pouvait justifier la mise en examen de Patrick Vernade et de ses affidés. L'intransigeance de Choisy sur les primes dites complémentaires n'avait suscité aucune empathie. Ses anciens collègues devenaient méfiants dès que Zépansky essayait de leur en toucher un mot. Excepté Ferrone, Bernoux et Granvin, les policiers du commissariat d'Orléans faisaient corps autour du patron de la brigade des mœurs. Sous ses allures de nounours avenant suintait un mélange de cynisme et de bestialité prêt à se déchaîner si l'on se mettait en travers de sa route. La peur des représailles empêchait de parler ceux qui fricotaient avec sa permission moyennant un bakchich. Zépansky ne se sentait pas de l'affronter avec les seuls indices dont il disposait, une voiture à quarante-six mille euros, des costards bien coupés, de la plongée sous-marine sous les tropiques.

« Une affaire de goûts et de couleurs » le défendrait son avocat !

Le moral sautait en chute libre lorsque Bernoux relata un fait divers anodin :

— Les gendarmes de La Ferté viennent de signaler une Mercedes noire stationnée à Ardon. Un cantonnier l'avait repérée fin avril.

— Si les voleurs de bagnoles n'arrivent plus à leur faire traverser la Méditerranée, ils n'ont qu'à refourguer des imitations de Rolex près d'une bouche de métro !

— Capitaine, au lieu de rabrouer les pickpockets à la petite semaine, demandez à la scientifique d'examiner cette Mercedes. Lieutenant, avez-vous contrôlé la plaque minéralogique ?

— La voiture appartient au réseau Avis, agence de Vichy. Je les appelle.

— La progression de cette enquête serait-elle suspendue au bon vouloir des professionnels de l'automobile ? Vous imaginez un prévôt, sous l'ancien régime ?

Ferrone se leva et poursuivit en agitant ses bras comme un saltimbanque :

— Madame l'aubergiste, excusez-nous de vous déranger, mais nous recherchons une jument immatriculée dans le Puy-de-Dôme. D'après un témoin, elle aurait fait le plein d'avoine dans votre écurie !

— De mieux en mieux ! À propos de véhicules, avons-nous reçu les analyses du bout de plastique que vous avez retrouvé sur le bord de la route ?

— En principe, Georges s'en est occupé.

— Vous ne sentez pas le frétillement ? Secouez-vous, capitaine !

— Les lendemains de cuite, vous côtoyez le paranormal ! ronchonna Ferrone en adressant un texto à Granvin. Bernoux riait à s'en tenir les côtes. Zépansky se tourna vers lui :

— Au lieu de vous esclaffer devant la procrastination récurrente du capitaine, racontez-moi le résultat de vos recherches sur Vichy et ses habitants !

— Deux employés de l'agence ont reconnu le Chinois sur la photo que je leur ai envoyée. Ces charlots avaient remarqué l'encart dans La Montagne. « Mais le papier journal floutait son visage. » Mon œil ! Bref, sous le nom de Jean-Marie Zhong, le Chinois leur a loué une Mercedes, il y a sept semaines. Il s'adressait à eux une ou deux fois par an et payait cash.

— Ce Jean-Machin Chongue, il sort d'un chapeau ? demanda Ferrone.

— Jean-Marie Zhong, capitaine. Inconnu à l'identité nationale !

— S'il utilise du liquide, il peut se baptiser Tong un jour, Sandale le lendemain !... Ah, voilà le plus fin limier de l'hémisphère Nord ! se moqua Ferrone.

— Ce bout de plastique, brigadier ? s'enquit Zépansky.

— Il provient de la Volvo de Marthouret. Le gars du labo a repéré des traces de peinture vert tilleul, une couleur employée par Renault entre 1994 et 1999.

— Lieutenant, une investigation ciblée sur la région Centre serait-elle couronnée de succès ?

Bernoux relança Intrusion, son logiciel préféré.

— Le Losange a écoulé mille trois cents exemplaires de sa Scénic vert tilleul durant cette période. Ça, c'est pour le Loiret. Si on élargit la recherche aux sept départements limitrophes, on passe à onze mille !

— Laissez tomber ! se résigna Zépansky. Ça nous prendrait des années pour toutes les examiner. Brigadier, vous partez à Ardon avec les photos du Chinois et de Sébastien. Voyez si on les a aperçus dans le secteur. Ainsi que la Mer-

cedes ! Capitaine, vous avez raison. Sous la royauté, la maréchaussée ne perdait pas son temps avec des bouts de pare-chocs et des plaques minéralogiques !
— Après l'euphorie, le gros blues au bord de la Loire, commissaire ? Si Antoine réussit les bolognaises, ça ira mieux ce soir. Hein, le prince de la sauce ! sourit Ferrone en envoyant un clin d'œil au lieutenant.

Bernoux déposa sur la table de la terrasse un saladier rempli de spaghettis. La plâtrée ne resterait pas dans les annales, mais Zépansky écourta les récriminations :
— Brigadier, cette Mercedes ?
— La scientifique a relevé des empreintes. On recevra leur rapport demain matin.
— Le Chinois a le bout des doigts brûlé ! rappela Bernoux.
— Ce type est un extraterrestre dont le vaisseau à pédales s'est écrasé par chez nous lors d'un conflit intergalactique ! pouffa Ferrone. Un calva, commissaire ?
— Oui, je me descendrai volontiers un petit remontant ! On m'a programmé une entrevue avec le directeur et le juge d'instruction. Je pressens un flop d'anthologie avec mon rapport ! *Des inconnus ont assassiné messieurs Courtanche et Marthouret pour des motifs d'un flou absolu. D'autre part, j'ignore le nom du Chinois, les raisons de sa promenade dans Le Loiret sur une planche de surf et pourquoi une pioche lui a mouliné la cervelle !* Je les imagine rabâcher d'un ton railleur les reconstitutions saugrenues avec les chasseurs du pays sous une pluie battante, l'entrave de travaux attendus comme le Messie par toute la population. Sans parler de la mobilisation une semaine durant d'une équipe de plongeurs de la gendarmerie nationale afin de sonder un lac vaseux ! J'enfile un bonnet d'âne sur ma tête et me regarde toute la journée devant un miroir en espérant trouver une piste ?
— Commissaire, vous n'allez tout de même pas commettre une grosse bêtise à cause de trois bouffons qui

broutent plus tôt que prévu les pissenlits par la racine ! Antoine, mets-nous *Frank Zappa in New York*. Rien ne vaut de la bonne vieille pop music pour retrouver la pêche !

9

En apercevant Zépansky dévaler les marches du Palais de Justice d'Orléans, Ferrone vint à sa rencontre :
— Ils vous ont promu général ou vous allez collectionner les réclamations derrière un standard ?
— J'ai réussi à les amadouer, capitaine. Du moment que les travaux continuent, je peux chercher l'assassin du Chinois jusqu'au prochain Big Bang.
— Pendant votre en-cas avec le gratin, je me suis demandé si le juge et le dirlo avaient pris des parts dans le parc de loisir.
— Les grandes fortunes affectionnent les investissements rentables ! Devinez qui j'ai aperçu dans le hall.
— Alexandre le Grand ?
— Son petit cousin de La Ferté, éclaira Zépansky.
— Qu'est-ce qu'il tramait, le sieur Demorel ?
— Je n'en sais fichtre rien ! Et il ne viendra pas nous le dire.
— Mettons-lui la pression !
— À quoi pensez-vous, capitaine ?

Jacques Demorel sortit du palais de justice, la journaliste de La Dépêche l'assaillit aussitôt de sa soif inépuisable d'exclusivités. Il répondit à ses questions, transperça de sa force tranquille l'objectif du Nikon, et regagna le parking réservé aux visiteurs.

Il s'assit dans sa Vel Satis, mais Zépansky posa sa main sur le montant de la portière pour l'empêcher de la lui fermer au nez.
— Ces chasseurs de scoops n'ont aucune retenue ! le taquina Zépansky. Cela dit, un élu doit tenir la population au courant de ses démarches. En particulier s'il prend un rendez-vous avec les hautes instances de la magistrature.

— Vous jouiez à saute-contredanse ? persifla Ferrone qui venait de vérifier si les vignettes apposées sur le pare-brise étaient à jour.
— Commissaire, vos allusions et les provocations déplacées de votre subalterne représentent-elles une menace déguisée ?
— Tu sais ce qu'il te dit, le...
— Ferrone ! Monsieur le maire, je vous prie d'excuser le capitaine. Mais avouez que votre présence en ces lieux est déconcertante !
— Ma venue au palais de justice n'a rien à voir avec l'assassin que vous recherchez. Je sors d'une réunion avec le procureur, le préfet et votre directeur régional. Ces représentants de l'état comptent parmi mes amis ! Une fois par mois, nous évaluons l'efficacité de nos actions anti-délinquance. Si une assignation n'apparaît pas par magie de votre manche, permettez-moi de rejoindre mon bureau. Du travail m'attend ! Messieurs, bonne chance dans votre enquête, ferma-t-il la parenthèse.

Jacques Demorel claqua sa portière. Statufiés sur le trottoir, les deux policiers regardèrent la voiture de fonction s'éloigner.

— Votre analyse prospective comme quoi Demorel commettrait un impair avec votre copine de La Dépêche n'a pas donné les résultats escomptés. Demain, on lira l'inverse à la une de son journal : « Jacques Demorel, le garant de notre sécurité ! », un article signé par la grande brune avec un micro !

— Marrez-vous ! Je vous jure, je vais me le faire. Il verra si j'ai une gueule de subalterne, le maire de mes deux !

Ferrone appuya sur l'accélérateur. Dès son arrivée au commissariat, il mobilisa le spécialiste informatique :

— Antoine, tu me déterres les combines de ce connard de Demorel !

— Du style ?

— Pots-de-vin. Trafic d'initiés. La sainte-nitouche de La Ferté... De quoi l'ensacher pour un séjour longue durée au congélo !
— La Mère est revenue avec Cao. Je vais lui demander de taper le code.

Zépansky redoutait une galère affrétée pour contourner en toute discrétion les bouées rouges de la CNIL :
— Vous pouvez développer cet aperçu du code de la mer, lieutenant ?
— En partant du bunker, je verrouille tout, expliqua Bernoux. Si Cao veut utiliser mes bécanes, la mère de Granvin doit pianoter une série de chiffres et de lettres sur le boîtier que j'ai vissé dans sa penderie.
— Elle est la seule à connaître la combinaison, compléta Ferrone. Même au chalumeau, personne ne lui ouvrira son râtelier !
— Quelles sont vos intentions, lieutenant ?
— Laisser Cao surfer entre le clair-obscur et la nuit noire. Elle fourragera dans leurs disques durs personnels, ceux de leurs banques, de leurs boulots...
— Une ardoise est à épurer et vous n'êtes au courant de rien ! s'échauffa Ferrone.
— Je croyais que la nièce de Granvin avait douze ans !
— Ça ne l'a pas empêchée de concevoir *Intrusion*, plaça Bernoux. Et la version du commissariat, c'est peanuts en comparaison de celle du bunker !

Zépansky pesa le pour et le contre. Si l'on se référait aux libertés individuelles, les méthodes employées seraient, au bas mot, contestables. Par ailleurs, le premier citoyen de La Ferté l'insupportait et l'enquête s'enlisait. Quitte à godiller sur des sables mouvants :
— Lieutenant, je veux savoir ce que Jacques Demorel manigance avec nos élites.
— Je vois ! Je briffe La Mère et la petite. Si vous passez chez Giacomo, ça vous ennuierait de me rapporter une Calzone ?

Cao avait identifié huit appels téléphoniques. Entre Lola Demorel et son père ; Jacques Demorel et le procureur général du parquet d'Orléans ; le procureur et le commandant Ravier, responsable du secteur ; Ravier et l'adjudant Hernu basé au péage de Saint-Arnoux. Et ça repartait en sens inverse, le tout en trente minutes !

— Peut-on connaître la teneur de ces coups de fil, lieutenant ?

— Cao ne descend pas de la Pythie, commissaire. Mais elle a piraté l'ordinateur du poste de gendarmerie. Voici le rapport.

Bernoux lui tendit une photocopie du document :

— L'adjudant Hernu a enregistré cette première mouture à minuit cinquante-quatre avant de la placer dans la corbeille à une heure quarante-trois. Le Hernu en question a cru effacer son contenu en la vidant ! se marra Bernoux.

Zépansky lut le rapport à voix haute :

Suite à un contrôle de routine effectué à vingt-trois heures quarante-cinq au péage de Saint-Arnoux, j'ai procédé à la mise en garde à vue de Joris Devred et Thomas Lakdar. Marine Vaudescal et Lola Demorel, deux mineures âgées de dix-sept ans, les accompagnaient.

Les individus susnommés étaient en possession de l'assurance et de la carte grise d'un coupé-cabriolet Peugeot 407cc bleu métallisé, immatriculé 564 DGB 45. Le véhicule appartient à mademoiselle Florence Doriani, née le 13/10/1977 à Vichy, domiciliée au 19 allée des Provenchères à Ardon. Après vérification auprès du fichier central, ledit véhicule ne fait l'objet d'aucune recherche.

Joris Devred a obtenu son permis de conduire le 13 avril dernier. La non-apposition du 90 obligatoire et la découverte de dix grammes de cannabis dans leurs poches laissent à penser que les prévenus ont utilisé la 407 à l'insu de sa propriétaire. Malgré nos messages, mademoiselle Doriani ne s'est pas manifestée.

— Alors là, je me marre ! Quand la presse relatera la soirée haschich de sa fille chérie à l'arrière d'une bagnole volée, il rabaissera son caquet jusqu'aux égouts, l'archiduc de La Ferté !

— Pour le moment, ce sont des présomptions ! Avez-vous contacté cet adjudant, lieutenant ?

— Oui. Il m'a aiguillé vers le commandant Ravier. Il prétend que les deux garçons étaient seuls à bord de la Peugeot.

— Cuisinons notre ami le maire ! suggéra Ferrone.

— Non, capitaine ! Savoir si Lola Demorel les accompagnait nous mènera dans une impasse. Nous occuper de cette voiture causerait une perte de temps.

— Je n'en suis pas convaincu, déclara Granvin. La propriétaire de la Peugeot habite Ardon. Si ça se trouve, la Mercedes du Chinois stationnait près de chez elle !

— Quelqu'un a-t-il un plan ? s'excita Zépansky.

— Deux secondes ! dit Bernoux.

Un agrandissement d'Ardon apparut sur l'écran.

— Voici la maison de Florence Doriani, au bout de cette impasse, montra Bernoux en déplaçant la flèche du curseur. La Mercedes roupillait sur la D168, à ce niveau-là. Je dirai deux cents mètres entre les deux.

— On visite Ardon, je présume.

— Exact, capitaine. Mais ce coup-ci, l'équipe au complet nous accompagne. Brigadier, prenez votre trousse du parfait casseur !

— Du parpaing en série avec le label « plein air », marmonna Ferrone en approchant de la placette. Voilà le 19 !

Les trois policiers en rang d'oignons derrière lui, Zépansky appuya à plusieurs reprises sur la sonnette.

— Brigadier, ouvrez-nous ce bout de ferraille !

Granvin étira sa caisse à outils, le capitaine inspecta le jardin, Bernoux urina sur les tulipes, Zépansky frappa le coup de la dernière chance sur la porte de la cuisine avant de solliciter une deuxième fois le savoir-faire de Granvin.

Mais ce type de serrure à clé conique nécessitait un matériel spécifique.

— Poussez-vous, commissaire. Je vais la défoncer ! radicalisa Granvin en prenant son air de bélier.

— Si Florence Doriani est partie en croisière et qu'elle n'a rien à voir avec le Chinois, le juge nous mettra minable si on procède sans mandat. Et nous ne possédons pas beaucoup d'arguments pour en obtenir un, rappela Bernoux.

— On se bouge ? s'impatienta Ferrone.

Zépansky arracha une feuille de son carnet :

— Tenez, lieutenant, écrivez une ou deux strophes qui l'inciteraient à nous contacter.

Bernoux s'y attelait quand Granvin s'accroupit devant les marches de la terrasse.

— Vous vous sentez patraque, brigadier ? s'inquiéta Zépansky.

— On va se passer de mandat, commissaire ! Regardez ces taches. Du sang. À vingt contre un !

Zépansky validant la cote, Granvin lança ses muscles à l'assaut de la porte.

Florence Doriani possédait des fringues de luxe, des dessous coquins, des outils de jardinage, du matériel de sport, une centaine de grands crus. Ses affaires de toilette étaient rangées dans la salle de bain, un placard de la cuisine avait perdu sa poignée.

Bernoux récupéra des prospectus et un relevé de banque dans la boîte aux lettres, et chercha en vain du courrier administratif ou intime dans la maison. Ferrone enclencha le répondeur téléphonique, mais personne n'avait laissé de message. En remarquant une surface rectangulaire moins poussiéreuse sur le bureau dédié à l'informatique, Granvin supputa que quelqu'un avait retiré un ordinateur portable, un bon mois auparavant.

Les quatre hommes s'accordèrent sur un lien entre Florence Doriani et l'homicide du Chinois : les poignées de placards restantes correspondaient à celle retrouvée sur la planche de surf utilisée pour transporter le Chinois.

Pour le reste :

— Nous n'avons pas constaté d'effraction, dit Zépansky. Ses dossiers personnels et son ordinateur manquent à l'appel, mais sa trousse de toilette est toujours là. Elle s'est empressée de partir sans même emporter une valise.
— Ou elle a laissé entrer une de ses relations en toute confiance. Le type la flingue avant de fermer la baraque.
— Pourquoi parlez-vous d'un assassinat, capitaine ?
— Granvin a trouvé du sang sur la terrasse !
— Florence surprend les deux jeunes contrôlés au péage de Saint Arnoux en train de cambrioler son pavillon, proposa Granvin. Ils s'affolent, la tuent, embarquent l'ordinateur au passage, repèrent la Peugeot dans le garage et s'enfuient avec.
— On stoppe les conjectures ! Lieutenant, faites analyser les traces de sang. Brigadier, questionnez les voisins et arrangez la porte avant l'arrivée des gars du labo ! Vous leur demanderez de vous ramener. Capitaine, en route !

Les deux policiers déboulèrent dans la gendarmerie de Saint-Arnoux. Zépansky sortit de ses rêveries éthyliques un Bibendum avachi derrière son guichet et sollicita un entretien avec les deux adolescents appréhendés la veille. Après avoir composé le numéro d'une ligne directe, le préposé à l'accueil rapporta les propos de son supérieur. L'adjudant Hernu transmettait ses salutations au commissaire, mais il ne pouvait satisfaire sa requête. À part celles d'un avocat, d'un médecin ou d'un proche, aucune visite n'était autorisée durant les gardes à vue.

Zépansky serrait les dents. En apercevant une aire de repos, il fit signe à Ferrone de s'y arrêter. Il descendit de la voiture, s'éloigna de quelques pas, sortit son téléphone et conversa une dizaine de minutes avant de remonter dans la Laguna.

— Il semblait urgent, ce coup de fil, dit Ferrone. Vous en avez après les péquenots de toute à l'heure et avez joint le juge ?

— Je viens de papoter avec le Grand Manitou ! Il rappelle à cette congrégation de paltoquets les prérogatives d'un commissaire de police. Je n'en ai peut-être pas l'air, mais j'ai des atouts planqués dans ma manche, capitaine !

Au garde-à-vous, le képi frémissant sous la charge émotionnelle, le préposé à l'accueil leur balbutia au nom du simple troufion jusqu'au chef d'état-major ses excuses les plus aplaties tout en les conduisant au parloir. Suite à une communication venue de bien haut pour un bled aussi paumé, le commandant Ravier avait ordonné de mettre les deux jeunes à la disposition de Zépansky.

Derrière une table rectangulaire, Joris et Thomas siégeaient sur un banc. Zépansky s'assit face à eux sur une chaise en métal. Ferrone, les bras croisés, déambulait dans la pièce.

— Je vous écoute, dit Zépansky.
— On a tout raconté aux gendarmes, essaya Thomas.

Le capitaine se positionna derrière eux :
— Revisiter vos classiques ne peut pas vous faire de mal !
— Vous avez vu le prix des bagnoles d'occase ? En réunissant toutes nos économies, il manquait cinq cents balles pour se payer la plus moche, déplora Joris. Et comme la 407 semblait abandonnée !

Ferrone, un genou à terre, passa ses bras autour de leurs épaules.
— Vous avez contracté une sorte d'emprunt, compatit-il, en se tournant vers l'un, vers l'autre.
— On voulait se promener. On l'aurait remise en place après le week-end, minimisa Thomas.
— Vous l'avez trouvée à quel endroit ? demanda Zépansky.
— Rue de l'Écluse, à Olivet. Les clés traînaient sur le contact. On l'avait repérée une quinzaine de jours auparavant. Pininfarina l'a dessinée et…

— Arrête avec Pininfarina, Joris. La 407 CC Macarena est un concept du français Heuliez, l'informa Ferrone en se relevant.
— Mes parents nous avaient passé leur appartement de Trouville. On y a préparé les épreuves du bac, tenta Thomas.
— Vous entendez ça, commissaire ? Ces deux lycéens en vadrouille veulent nous faire gober une partie de cabrioles avec Lola Demorel et sa copine pour des révisions au sommet. Mais vous nous prenez vraiment pour des blaireaux ! Qu'est-ce que vous traficotiez avec la fille du maire ? Elle vous revend de la dope ou c'est vous qui l'approvisionnez ?
— Nous n'étions que tous les deux, esquiva Joris.
Ferrone rapprocha leur tête en tirant sur leurs cheveux. Il se pencha et beugla dans leurs oreilles :
— Arrêtez de nous raconter des sornettes ! Elles vous ont promis le Paradis Latin ?
— On ignore de qui vous parlez, assura Thomas. Nous avons emprunté la voiture vendredi dernier, vers une heure du matin. On est parti direct à Trouville.
— Et les dix grammes de shit, c'était pour notre conso personnelle, défalqua Joris.
— Comment avez-vous connu Florence Doriani ? leur demanda Zépansky.
— Avant de regarder la carte grise, on ignorait son existence ! C'est la stricte vérité, commissaire.

SRPJ, 18 h

Granvin condensa ses entretiens avec les habitants de l'impasse :
— En dehors de politesses réduites au minimum lorsqu'elle sortait ou rentrait ses poubelles, Florence Doriani n'a tissé aucun lien de bon voisinage. Elle n'a jamais causé d'ennui et ne recevait pas de visite. Or, du 21 au 23 avril, une camionnette blanche a stationné dans son garage. Mais personne n'en a aperçu le conducteur.

— Les taches de sang, on avance ? demanda Zépansky.
— J'ai secoué le gars du labo, se marra Granvin. Les résultats arriveront cet après-midi.
— Nous, on a fini par voir Joris et Thomas. Le commissaire a mis le paquet avec les képis de Saint-Arnoux !
— Qu'est-ce qu'ils racontent, les ados ? s'intéressa Bernoux.
— Ils auraient repéré la Peugeot il y a deux semaines, l'auraient empruntée vendredi soir et étaient seuls à bord, relata Zépansky.
— Jacques Demorel se serait remué pour rien ? C'est n'importe quoi ! gronda Granvin.
— Si la gendarmerie et les notables du coin ont décidé d'étouffer l'affaire, on l'a dans le baba ! déplora Bernoux.
— On pourrait pressuriser Môssieu le maire en interrogeant sa fille pendant quarante-huit heures ! lâcha Ferrone.
— Si elle ne craque pas, si sa copine lui fournit un alibi, si Joris et Thomas maintiennent leur déposition, Jacques Demorel nous collera un procès aux fesses, prévint Bernoux. Cela signifie…
— Qu'on reste au point mort ! constata Ferrone en coupant la parole au lieutenant.
— Commissaire, j'ai ouvert le pli de la Société Générale récupéré chez Florence Doriani, annonça Bernoux. Le 23 avril, elle a ponctionné de l'argent dans deux distributeurs d'Orléans. Depuis, elle effectue des retraits à Bourges.
— Elle aurait pu nous rapporter une caisse de Sancerre ! se moqua Ferrone.

Bernoux ne pouvait passer son temps à écouter les vannes foireuses du capitaine. Le mois de juillet approchait à la vitesse grand V, et sa participation au rendez-vous annuel des « Ennemis du Complot » serait compromise si l'enquête traînaillait :
— Au lieu de débiter des âneries, essayons de retrouver la camionnette !
— On connaît la marque ? soupira Ferrone.

— Les voisins ont mentionné une couleur claire, répondit Granvin.
— Antoine, combien d'utilitaires blanchâtres roupillent à Orléans selon tes logiciels ? Vingt à trente mille ? s'emporta Ferrone.
— Je vais dégraisser un bœuf bourguignon, se défila Granvin.

Le rapport du labo arriva dans la messagerie du lieutenant entre la salade et le fromage. L'ADN prélevé chez Florence Doriani correspondait à celui du Chinois.
— Tout devient clair ! lança un Granvin éméché.
— Nous sommes suspendus à ta lanterne, ironisa Ferrone.
— Je vous en prie, brigadier, ne vous laissez pas impressionner par l'humour désabusé du capitaine.
— L'assassin du Chinois n'avait aucune raison de se coltiner le corps jusqu'à Ardon, reprit Granvin. Ni de répandre des gouttes de sang sur les marches. Le Chinois a donc terminé son épopée chez Florence Doriani. Vu le matériel entreposé dans la remise, elle jardinait et l'a surpris en train de s'introduire dans sa baraque. Voilà, c'est tout !
— Georges, à ton époustouflante démonstration !

Ferrone leva son verre, mais Bernoux vint au secours du brigadier :
— Ça expliquerait l'utilisation de la planche de surf !
— Que voulez-vous dire, lieutenant ? demanda Zépansky.
— Florence Doriani tue le Chinois. Elle n'arrive pas à le déplacer et continue d'improviser avec les moyens du bord. Des équipements sportifs étaient rangés dans la remise. Elle s'est peut-être servie des roulettes de ses rollers !
— Et elle circule pendant vingt-cinq kilomètres avec un macchabée ligoté sur un skateboard pourri, le tout attaché à l'arrière de sa bagnole ! s'énerva Ferrone.
— C'est plausible, dit Zépansky. Il n'existe pas trente-six façons de transbahuter un corps de quatre-vingt-huit kilos.

— D'après vous, elle aurait pris le risque d'être contrôlée par une patrouille au lieu d'ensevelir le Chinois dans son jardin ? Là, je dis bravo, commissaire. On n'a jamais essayé de me faire avaler tartignole de ce calibre !
— Après vingt heures, la circulation et les barrages de police sont rarissimes dans ce coin-là ! Ça se tente, estima Bernoux.
— Surtout si elle veut enterrer le cadavre à un endroit précis. Sans nous engluer dans un débat sur le bien-fondé d'une approche psychanalytique, chaque meurtrier obéit à une logique et des nécessités qui le structurent. Le Clos du lac motive ses agissements, persista Zépansky.
— Un type avec les moyens de louer une Mercedes sur de longues périodes ne vient pas cambrioler une bicoque sans intérêt à trois cents bornes de chez lui. Le Chinois a un rapport avec le parc de loisirs, ajouta Granvin.
— Vos divagations nous mènent quelque part ? s'agaça Ferrone.
— Vers notre nouvelle priorité : retrouver Florence Doriani ! proclama Zépansky.
Ferrone regarda le ciel de ses yeux vitreux :
— On n'a même pas sa photo !
— Je peux en trouver une. Vous permettez, commissaire ?
— Je vous en prie, lieutenant, rejoignez votre bunker puisque nous ne savons avancer sans vos machines !
Ferrone reprit de plus belle :
— La camionnette reste un moyen de transport plus efficace. Et avec un complice, soulever le cadavre n'est plus un obstacle insurmontable ! C'est logique, non ?
Le capitaine marquait un point. Mais Zépansky n'était pas d'humeur à renoncer :
— Pourquoi ont-ils entortillé le corps autour de la planche au lieu de le hisser à l'arrière du véhicule ?
Ferrone non plus n'était pas d'humeur à renoncer :
— Partons du principe qu'elle a voulu charrier le Chinois, composa-t-il. Il pèse deux tonnes et elle ne peut le soulever.

Elle pense utiliser la planche de surf, mais n'y arrive toujours pas. Elle appelle alors un pote à la rescousse. Et pour gagner du temps, ils l'amènent ainsi près de l'estrade et l'enterrent sans le détacher.

— Que Florence Doriani ait agi seule ou pas (Zépansky signala au capitaine qu'il tenait compte de ses objections), nous partons à sa recherche. Études, travail, famille, patrie, on va tout passer au peigne fin ! Brigadier, vous semblez perplexe ?

— Je me demandais ce qu'était devenue la pioche. J'ai fouillé la remise, le garage, la cave, elle n'y était pas.

— Le complice de Florence l'a déposée dans la camionnette avant de la larguer en route, avança Ferrone.

— N'empêche, une brouette manque également à l'appel. J'ai repéré deux trous triangulaires et la trace d'un pneu sur le sol. Son utilisateur aurait pu la ranger !

— Ils s'en sont servis pour transporter la pioche, dit Ferrone.

— Ça ne change rien au problème ! élagua Granvin.

— En effet ! Nous reviendrons chez elle, décida Zépansky.

— On pourrait amener Brako. C'est le roi des truffiers ! l'auréola Granvin.

Zépansky approuvait l'emploi du flair canin quand La Mère, vêtue d'une robe de chambre rose bonbon, fit une entrée fracassante :

— Vous en faites du raffut. Vous allez réveiller la petite !

— Pas autant que toi avec ta télé ! répliqua son fils.

— Qui c'est, celui-là ? demanda-t-elle en regardant de travers le nouveau résident.

— Maman, voici le commissaire Victor Zépansky. Il vient d'emménager dans l'étable.

— Si Le Père voit de là-haut sa ferme recyclée en entrepôt à poulets, il va nous refaire une crise !

En grenouillère bleue parsemée d'étoiles jaunes, paupières closes, bras tendus vers l'avant, Cao marchait comme une somnambule. Arrivée derrière son oncle, elle éclata de rire et lui donna un bisou dans le cou. Elle recommença avec Ferrone et Bernoux, et immobilisa son mètre quarante coiffé d'une longue chevelure noire à côté du commissaire.

— Ton boulot, c'est arrêter les méchants ? demanda-t-elle en déposant ses yeux verts en amandes dans ceux de Zépansky.

— J'essaye de mériter mon salaire, répondit-il, admiratif devant le naturel et la beauté de cette enfant.

La Mère n'appréciait pas que sa petite-fille discute avec un inconnu. Fût-il commissaire !

— Cao, retourne au lit ! Et toi, mon grand, sois gentil, monte-moi une prune avant de te coucher.

Elle se leva et aperçut le lieutenant qui rejoignait la tablée.

— Je me disais bien qu'il en manquait un !

— Bonsoir, madame, dit Bernoux, une photocopie du permis de conduire de Florence Doriani en main.

— Tu cherches à partager ton matelas avec une jolie demoiselle ? Montre la frimousse de celle-ci... Mais vous êtes à trois sur la même greluche, ma parole !

— Que voulez-vous dire, madame Granvin ? demanda Zépansky.

— En défroissant la veste de mon p'tit Georges, j'ai trouvé une photographie. Sur une barque, on la voit qui se pavane devant un jeune gars mal dans sa peau. Le pauvre la dévore des yeux. S'il l'épouse, il va se prendre une sacrée tasse, vous pouvez me croire !

— Les épreuves tirées par le lieutenant sont sombres. Vous devez confondre Florence et Karine, proposa Zépansky.

— Il se figure que j'ai choppé la cataracte, le Maigret du Loiret ! Si vous vous laissez aveugler par une coupe de cheveux et quelques rides en plus, vous n'êtes pas près de retrouver du foin dans l'œillet d'une aiguille. Que des bons à rien ! Cao, on y va. Et ma prune, pas dans deux heures !

Personne n'avait remis Zépansky à sa place avec autant d'aisance. Il quémandait des émotions plus gratifiantes :
— Cette prune, qu'a-t-elle de spécial ?
— Elle provient de la réserve de papa. Le genre de truc à y rester ! Ça vous dit ?
Quatre voix pour !
— Je vais chercher une bouteille, dit Granvin.
Zépansky lui demanda de rapporter par la même occasion la photo de Karine et Sébastien.
Ils se préparaient à affronter du brutal, mais une conversation animée résonna sur des kilomètres :
— Pourquoi tu fouilles dans mes poches ?
— Parce qu'à ton âge, t'es toujours pas foutu de ranger ta veste sur un cintre. C'est pas étonnant que tu sois encore célibataire : tu fréquentes que des poivrots !
— Tu peux parler !
Divers différends familiaux passèrent en revue... Et comme l'avait parié Ferrone, La Mère eut le dernier mot.

Granvin serra le poing en se rasseyant :
— Elle commence à me courir !
Les trois autres se concentrèrent sur le fond de leurs assiettes.
— Je vous sers ?
La première rasade restera à jamais gravée dans leur mémoire :
— J'ignorais qu'on pouvait dépasser les cent degrés, s'étrangla Zépansky, la gorge en feu.
— Inutile d'invoquer une météorite géante pour expliquer la disparition des dinosaures. Ils ont dû tomber sur la distillerie du Père, révéla Ferrone en remplissant son verre d'eau minérale.
— Question arôme, la prune s'apparente aux minorités silencieuses, ajouta Bernoux, ses yeux quittant leurs orbites.
— Ça sent plus la térébenthine ou le trichlo qu'une odeur de fruit, confirma Granvin. Mais si vous ne voulez pas vous

faire traiter d'un patronyme désobligeant, je vous conseille de la fermer.

— Et cette photo ! revint à ses moutons Zépansky.

Les deux clichés passèrent de main en main. Ferrone distinguait deux personnes différentes. Granvin et Zépansky étaient mitigés. Gardant ses conclusions pour lui, Bernoux se dirigea vers le bunker en titubant.

— Il n'en reprendra pas de sitôt, se marra Ferrone.

Ils devisaient sur le tempérament en acier trempé de La Mère quand Bernoux, un papier glacé sous le coude, les rejoignit. Sur la moitié gauche, Karine et Sébastien dérivaient sur les eaux frémissantes du lac. Un agrandissement du visage de Karine brunissait la partie droite.

Le tirage couleur circula autour de la table. Ferrone refléta l'opinion générale :

— Tu as imprimé un gros plan de sa tête.

— J'ai retouché la photo du permis de conduire de Florence Doriani.

— Ça, alors ! s'exclama Granvin.

— Florence et Karine sont une seule et même personne, admit Ferrone.

Zépansky se frotta les mains :

— Ceci crée un lien entre plusieurs individus. Florence Doriani tue le Chinois et le dépose sur le terrain des Courtanche. Le père voulait y construire un parc. Le fils était contre. On avance ! se réjouit Zépansky.

— Ça s'arrose ! s'égaya Ferrone en remplissant leurs verres de potion magique.

— C'est grâce à Cao et son logi…, fut interrompu Bernoux.

— La prune, elle est en rade ? gueula La Mère.

10

Bernoux s'était couché avant le début du concours « Cul Sec ». Réveillé le premier, il avait surfé entre des bases de données soi-disant sécurisées. Il exposa le résultat de ses recherches devant l'équipe attablée sur la terrasse :

— Florence a d'abord porté le nom de son père : Lartigue. Ce type gagnait sa vie en assemblant des palettes. Quinze jours après la naissance de sa fille, il a percuté un pylône avec sa moto. L'année suivante, Béatrice, la mère de Florence, s'est remariée à Chappes, un bourg de huit cents habitants entre Riom et Clermont-Ferrand. L'heureux élu, François Gourthe, y tenait un bistrot, et Florence hérita de son patronyme. Ils avaient fêté ses treize ans une semaine avant le suicide de son beau-père !

Béatrice avait placé Florence au Logis paisible, un établissement réservé à des adolescents atteints de troubles psychologiques, avant de déménager au Québec. Dix ans après, son corps carbonisé était revenu dans l'Allier entre quatre planches ; le patron du restaurant où elle servait des plats en sauce était du voyage, mais dans un autre cercueil ! Désormais, Florence s'appellerait Doriani, du nom de jeune fille de sa grand-mère paternelle.

Elle déposait sur son compte courant de grosses sommes en liquide qu'elle investissait par la suite à la bourse ou dans l'immobilier. Outre le pavillon d'Ardon, elle possédait un appartement à Paris et un portefeuille d'actions estimé à six cent mille euros. À trente-trois ans, partie de rien et sans avoir déclaré le moindre salaire, elle était soumise à l'impôt sur la fortune !

— Elle dissimule au fisc des services sexuels, proposa Zépansky.

— Les billets de cinq cents allument ses clopes ! acquiesça Ferrone.

Sous son allure d'ours mal léché, Granvin ne supportait pas que l'on perçoive les femmes comme une espèce trébuchante qu'il suffisait de sonner.

— Elle a pu hériter de ses parents ou de son beau-père.
— Les trois transpiraient la misère, rappela Bernoux.
— Sa mère s'est peut-être enrichie au Canada, insista Granvin.
— Le restaurant ne lui appartenait pas. La famille du patron a payé le rapatriement des deux corps, informa Bernoux.
— Florence Doriani est une prostituée, affirma Zépansky.
— Je dirai une call-girl de luxe, précisa Ferrone. On n'accumule pas autant de pognon avec des passes à dix euros !

Le brigadier en convint et Zépansky reprit :
— Lieutenant, regardez si les mœurs ou les stups l'ont répertoriée.
— Déjà fait, commissaire. J'ai comparé avec les photos des autres filles. Cette femme est inconnue au bataillon.
— Vos logiciels bidouillés dans le bunker manquent d'imagination. Si elle portait une perruque, ils ne la reconnaîtront pas ! lança Ferrone.

L'attaque sur les programmes conçus et réalisés par lui ou la petite horripilait Bernoux.
— Mon appli est au top ! Et si Cao ne la trouve pas, vous y arriverez encore moins !

Granvin tenta une diversion :
— Elle a retiré du fric à Orléans avant de déménager. Et à trois reprises dans Bourges.
— Montrons son joli minois aux distributeurs automatiques, pour voir s'ils s'en souviennent !
— Capitaine, je me demande si vous le faites exprès ou s'il vous manque une case !

Granvin libéra un fou rire contagieux. Mais l'enquête devait avancer :
— Brigadier, vous partez à Bourges interroger les distributeurs. On ne sait jamais ! Nous devrions arriver à Cler-

mont-Ferrand sur les coups de quatorze heures. Lieutenant, prévenez le commissariat de notre venue et trouvez-nous un hôtel.

Ils prirent possession de leurs chambres et se retrouvèrent dans le patio arboré du Petit Siam.

— Sympa le côté asiatique de la déco, dit Ferrone.

— Oui, le lieutenant nous a dégoté un endroit charmant. Nous avons rendez-vous dans vingt minutes, rappela Zépansky en regardant sa montre.

Le commissaire Fontaine les accueillit dans la cour de l'hôtel de police. Il regretta de ne pouvoir les éclairer. Les faits dataient d'une vingtaine d'années et les inspecteurs chargés de l'enquête avaient déjà quitté le service quand il avait pris ses nouvelles fonctions à Clermont-Ferrand.

Il demanda à un agent de les conduire à la salle des archives. Posé sur une grande table en bois, le dossier du « Suicidé de Chappes » attendait d'être rouvert.

François, Béatrice et Florence habitaient l'appartement au-dessus du bistrot. François se tenait derrière son zinc sept jours par semaine, douze heures sur vingt-quatre. Pendant qu'il faisait bouillir la marmite, Béatrice dévalisait les boutiques de Vichy. Quant à Florence, ses professeurs décrivaient une élève appliquée, sociable, curieuse, sans difficulté particulière.

Les inspecteurs Lentier et Chéneau avaient rédigé des comptes-rendus clairs et détaillés : le 6 octobre 1990 à 2 h 43 du matin, des voisins réveillés par un coup de feu avaient alerté le commissariat de Clermont-Ferrand. Vingt minutes plus tard, Lentier et son adjoint découvraient François Gourthe allongé au milieu d'une mare de sang. Un fusil de chasse reposait en travers de ses cuisses, une hémoglobine visqueuse suintait de sa chemise déchiquetée par l'impact des billes de plombs.

Prostrée sur les marches de l'escalier, ses yeux révulsés d'effroi, le visage blanc comme du talc, Florence ressemblait à l'héroïne d'un film d'horreur. Une ambulance la transporta au CHU de Clermont-Ferrand, et les médecins diagnostiquèrent un état de choc.

Béatrice réapparut le lendemain. Elle affirma avoir passé le week-end chez une amie strasbourgeoise. En fait, elle y avait retrouvé son nouvel amant. D'après les habitants du village, François Gourthe était dingue de sa femme. Il cédait à tous ses caprices, mais elle avait confié à une copine qu'elle n'avait pas tiré le bon cheval et qu'elle changerait de monture si un bel étalon venait se cabrer sous sa fenêtre !

Les accros du zinc relatèrent une journée banale, mais avaient remarqué l'empressement de Gourthe à les mettre à la porte dès le coup de sifflet final alors que le bar restait ouvert jusqu'à deux heures du matin les soirs de coupe d'Europe. Ils évoquèrent une partie de poker, après la fermeture, avec beaucoup d'argent en jeu. Aucun élément décisif ne permit de trancher entre un tripot clandestin et des potins de proximité.

L'instruction rejeta la qualification d'homicide. Béatrice était disculpée avec ses écarts alsaciens et les empreintes sur le fusil appartenaient à François Gourthe. Pour expliquer son geste, Lentier et Chéneau émirent deux hypothèses indémontrables : il avait appris la liaison de sa femme ; il avait craqué à force de crouler sous les dettes. Suicide ou meurtre déguisé ? se demanda Zépansky en refermant le dossier.

Le commissaire et le capitaine montrèrent patte blanche avant de franchir les grilles du Logis paisible. Situé une douzaine de kilomètres au sud de Vichy, le centre offrait à ses résidents un cadre naturel et sécurisé avec son parc de trois hectares à l'abri des regards extérieurs. Sur la pelouse, une quinzaine d'adolescents courrait après un ballon. Entre deux passes ratées, les plus désinvoltes arpentaient le terrain en refaisant le monde. Exclu d'une partie dénuée d'arbitre et d'enjeu, l'unique gardien de but déambulait autour de deux énormes tas de vêtements posés sur l'herbe. On se serait cru dans une colonie de vacances, mais trois blouses blanches chapeautaient les activités de plein air.

Le chignon haut perché, une sexagénaire habillée d'un tailleur bleu marine les attendait dans le hall du bâtiment principal, un château de style Napoléon III. Elle les conduisit à son bureau et les pria de prendre place sur deux crapauds. Comme le reste du mobilier, ils dataient de la construction de la demeure.

— Votre confrère d'Orléans, le lieutenant Bernoux, m'a demandé d'examiner le dossier de mademoiselle Gourthe. Ou Doriani ?

— Doriani ! confirma Zépansky.

La directrice mit ses lunettes pour parcourir le bloc-notes posé près de son téléphone :

— Nous avons admis Florence le 20 octobre 1990, deux semaines après le décès de son beau-père. Le juge Queyrol nous l'avait confiée jusqu'à ses dix-huit ans.

— Sa mère approuvait-elle cette décision ? demanda Zépansky.

— Au début, elle passait voir Florence tous les jours. Mais elle était désemparée devant son mutisme et y a renoncé. Sans soutien psychologique, ce type de situation est ingérable. Cela dit, entre s'occuper de son fond de teint et tenter de renouer le contact avec sa fille, madame Gourthe a choisi la facilité !

— Florence a-t-elle mené une vie normale après avoir quitté votre établissement ?

— Elle seule pourrait répondre à cette question, commissaire. À condition qu'elle ait poursuivi le travail d'introspection esquissé durant son séjour ! Florence masquait ses émotions en présence d'autrui. Lors d'un atelier culinaire, un garçon lui a par inadvertance versé de l'eau bouillante sur le bras. Elle n'a pas réagi, même quand l'infirmière a tamponné sa brûlure avec de l'alcool. Malgré cela, elle n'était pas enfer-

mée dans son monde et ne remplissait pas les critères de l'autisme.
— Elle se montrait saine d'esprit, mais refusait de s'intégrer en simulant un trouble du comportement ? proposa Zépansky.
— C'est plus compliqué, commissaire. Florence ne se soustrayait pas aux tâches obligatoires, comme débarrasser la table ou changer ses draps. Elle participait avec plaisir aux activités sportives. Elle n'avait peur de rien et exprimait ses désirs du regard, avec ses mains ou par écrit. Mais la communication orale était exclue. Avec quiconque !
Zépansky demanda si elle avait été une enfant facile à gérer.
— Oui, répondit la directrice, excepté la fois où nous lui avons administré une forte dose de tranquillisants avant de l'isoler. Elle avait seize ans. Un soir, nous avons entendu des hurlements en provenance de sa chambre. Elle avait taillé avec une lime à ongles l'employé qui avait tenté de la violer ! Après ça, aucun garçon ne s'en est approché. C'était pourtant une belle fille. Même si l'origine de son comportement résulte d'un violent traumatisme, supputer un trouble simulé, pour reprendre vos propres termes, est une hypothèse invérifiable avec ce genre de patient.
— Vous pensez au décès de son beau-père ?
— La fin tragique de leur relation l'a perturbée. C'est certain !
— Vous a-t-elle contactée depuis son départ ?
— Non, mais elle avait laissé un mot dans sa chambre. Je vous le lis. *J'aurai dix-huit piges dans deux semaines, mais je devance l'appel ! J'ai taxé le vélo rouge, une petite compensation au regard de ces cinq années perdues dans cet asile !* Je n'ai rien d'autre à ajouter, commissaire.

Les deux policiers montèrent dans la Laguna.
— Pas commode, la dirlo, frémit Ferrone en tournant la clé de contact.

— Florence Doriani non plus ! Avant de rentrer sur Clermont, on va s'arrêter à Chappes. C'est sur la route.

Ferrone se gara devant l'Équitable. Assis autour d'une table de bistrot campée sur le trottoir, deux retraités en bretelles et béret jouaient aux dominos. Ferrone s'imaginait descendre une anisette en leur compagnie, mais Zépansky ouvrit la porte-fenêtre d'un air décidé.

Une mini-chaîne rendait hommage à Debussy. Devant un assortiment de pâtisseries orientales et un verre de thé à la menthe, deux liseuses avancées en âge commentaient le dernier roman de Jean-Marie Le Clézio. Derrière le comptoir, une femme dans la quarantaine vêtue d'une robe mauve et coiffée d'un foulard aux motifs psychédéliques essuyait des bols chinois. Face à elle, deux armoires auvergnates avaient troqué leurs draps contre une myriade de bouquins. Assis en tailleur, la section bandes dessinées à portée de main, un ado dévorait un manga tout en sirotant un soda.

Le troquet où avait eu lieu le drame avait changé de propriétaire, de nom, de décoration, de clientèle.

— Vous pouvez emprunter un livre si vous consommez.
— Ce ne sera pas nécessaire, mademoiselle, dit Zépansky.
— Madame ! le reprit-elle. Mon mari et moi venons de transformer cet ancien bistrot en café littéraire.
— Avec les péquenots du coin, vous n'allez pas faire recette ! lança Ferrone.
— Les Chappadaires n'ont pas usé leurs habits sur les bancs d'une faculté, mais ils apprécient la culture ! rétorqua-t-elle.

Ferrone réorienta ses propos sur François Gourthe. Elle entendait ce nom pour la première fois et ignorait qu'un drame avait eu lieu dans son établissement.

Zépansky s'immobilisa sur le trottoir, à proximité des deux papys qui piquaient du nez sur leur siège. Il aurait dû s'y attendre. En vingt ans, les souvenirs s'estompent, une nouvelle génération prend le relais.

Ferrone tenta de le remuer d'une boutade :
— Et si on demandait au maire de réunir ses ouailles dans la salle des fêtes ? Un insomniaque a peut-être filmé la scène du crime avec une caméra infrarouge !

Zépansky mâchonnant une phrase apparentée à un reproche, le capitaine changea de registre :
— Si je comprends votre raisonnement, Florence a trucidé son beau-père parce qu'il la sautait pendant les virées de Béatrice. Ça n'a rien d'aberrant si on établit un parallèle avec sa réaction lorsque l'infirmier a voulu la violer.

— D'après les villageois, François Gourthe était fou amoureux de sa femme et ne soupçonnait pas ses écarts. Il n'avait donc aucun motif de se suicider, ou de rechercher une autre partenaire en la personne de sa belle-fille. Cela exclut une vengeance de la part de Florence, mais ne nous dit pas qui a appuyé sur la détente.

— Le sexe et les bouquets de roses, c'est bien gentil, commissaire. Mais Gourthe était endetté et Béatrice se fringuait à la chère. Les fins de mois devaient démarrer à partir du deux ! Chappes ne ressemble pas à une station balnéaire. Son rade de campagne devait lui rapporter des clopinettes. Même s'il y organisait des veillées football pour les sans télé du coin. Ou des parties de poker, ceci restant à prouver. Chaque fois qu'une situation dérape, on découvre une histoire de blé. Derrière, devant, ou sur les côtés ! Un axiome de base, commissaire.

— François Gourthe a écourté une retransmission sportive. Pourquoi aurait-il dédaigné une entrée d'argent supplémentaire si ses dettes le préoccupaient tant ? J'aimerais savoir ce qui l'a fait changer d'avis.

— À moins de l'apprendre de la bouche de Florence, ça restera un mystère. Nous avons quartier libre avant le dîner. On s'envoie un petit apéro au soleil ?

En attendant le mot magique, les deux papys soulevèrent leurs paupières.

— Vous payez votre coup, les gars ? tenta le fumeur de Gitane Maïs. Vous avez l'air moins glandu que les inspecteurs de l'époque, hein, Albert !

— Lentier et son adjoint, c'étaient pas des flèches ! confirma Albert.

— Vous avez dû tourner dans le Muppet Show ! se marra Ferrone. Qu'est-ce que vous buvez ? demanda-t-il en rapprochant les chaises de la table voisine.

Albert, le pouce replié sur la paume, les autres doigts écartés, leva la main. La patronne apporta quatre momies de Ricard. L'inclination d'Albert et de son copain pour l'Égypte ancienne se transmettait de taulier en taulier.

Le pote d'Albert se prénommait Roger. Leurs doubles au repos définitif dans le cimetière municipal, ils avaient échangé les joutes quotidiennes de belote contre des parties de dominos et le ressassement de leurs souvenirs. Le tout ponctué d'une descente régulière d'anisette à peine diluée.

— Une à deux fois par mois, des joueurs de poker se réunissaient chez François, après la fermeture, dit Albert. Pas des types comme nous, à rigoler un bon coup avec la coinche.

— Ces flambeurs laissaient de gros billets sur la table ! François encaissait cinq pour cent des mises, précisa Roger.

— Ce soir-là, il nous a flanqués à la rue dès le coup de sifflet final.

— Il était vingt-trois heures. On en tenait une bonne et on s'est assis sous l'arbre.

Roger montra une placette. Au centre, un chêne couvrait de ses ramures un banc vermoulu.

— On n'allait pas rentrer chez nous tâter du rouleau à pâtisserie ! s'égaya Albert.

— Cinq minutes après, on a aperçu une décapotable passer devant le café, avec quatre types tassés à l'intérieur.

— Ils ont garé leur auto au bout de la rue et sont revenus en catimini.
— Le play-boy a tapoté sur la vitre, entre les mailles du rideau en fer. Ils ont contourné la baraque et sont entrés par la porte de derrière.
— Ils ont vidé les lieux vers deux heures du matin. Deux ont rejoint leur bagnole et celui qu'on connaissait est parti en direction de la boucherie.
— Le conducteur n'a pas allumé ses loupiottes ! reprocha Roger.
Leur physique s'était étiolé au fil des décennies, mais ils avaient conservé une verve d'adolescents. Une moto passa en trombe dans la rue. Ils se turent, le temps de jeter un regard amer au pilote. Zépansky en profita :
— Ils sont arrivés à quatre dans le bar, mais sont ressortis à trois.
— C'est ça, confirma Albert.
— Et on a entendu le coup de feu.
— Vous avez prévenu la police ? demanda Ferrone.
— Avec ce qu'on avait picolé, tu nous imagines téléphoner au commissariat ?
— Vers minuit, ça s'était rafraîchi. Albert est parti chercher du réchauffe-poils. Il habite là, Albert (Roger désigna une masure en face du café).
— J'ai rapporté une bouteille de calva et on s'est pris la pistache du siècle !
— Tu te rappelles quand j'ai vomi dans le caniveau devant les deux flics ? s'esclaffa Roger.
— Vous auriez dû voir la tête de celui avec un imperméable et un chapeau. Humphrey Bogart, la classe en moins ! Chéneau, il se nommait.
— Il voulait nous coffrer pour tapage nocturne et ivresse sur la voie publique ! s'énerva Roger.
— Alors, on a décidé de fermer nos clapets.
— Jusqu'à ce que vous nous offriez à boire !
Ferrone signala à la patronne qu'ils reprenaient la même.

— Depuis quand François Gourthe accueillait-il ces parties de poker dans son café ? leur demanda Zépansky.
— On avait repéré le manège l'année précédente, répondit Roger.
— Toujours les mêmes participants ?
— En dehors du petit copain de la fille du boucher, ça dépendait.
— Comment s'appellent les deux amoureux ? s'enquit Ferrone.
— Le joueur, on l'ignore. La dulcinée, c'est Yolande Mérieux. Pas très fute-fute, mais un décolleté avantageux ! dévoila Albert.
— Elle est partie avec un gars de la ville au lieu de moisir ici, déplora Roger.
— Vous avez son adresse ? demanda Zépansky.
— Elle tient une crêperie à Bénodet.

Par SMS, Zépansky pria Bernoux de lui procurer les coordonnées de Yolande Mérieux et des inspecteurs Lentier et Chéneau.
La réponse du lieutenant arriva pendant que le capitaine cherchait à se garer près du centre-ville. Lentier était décédé et Alain Chéneau avait disparu des radars. Mais il avait trouvé les numéros de Yolande Mérieux et de Christian Pérec, le patron du SRPJ de Clermont-Ferrand durant l'affaire.
Attablé à la terrasse d'une brasserie, Place de Jaude, Zépansky appela en premier Christian Pérec. Le commissaire à la retraite accepta son invitation à dîner. Il habitait à deux pâtés deux maisons et les rejoindrait d'ici une quinzaine de minutes.
Zépansky profita de ce délai pour téléphoner à Yolande Mérieux. Dérangée durant son feuilleton favori, elle commença par rouspéter. Mais le ressentiment d'avoir été bernée délivra les vannes :

— Un beau salaud, le Sylvain ! Quand il a appris que je portais son enfant, il m'a laissée tomber comme une baudruche.

Elle l'avait rencontré dans un bal. D'après ses critères de jeune campagnarde, il était habillé avec élégance. « Et si séduisant avec ses yeux bleu océan ! » Bref, elle avait chaviré. Le soir du drame, il l'avait rejointe dans le garage de ses parents. Ils se bécotaient à l'arrière de l'Ami 6 lorsque des gyrophares transformèrent la rue principale en fête des commères.

Assuré de posséder une frimousse et un talent hors du commun, Sylvain Fossard fantasmait son avenir entre deux projecteurs et trois palmiers. Il balançait à chaque occasion des répliques cultes. Mais le futur Marlon Brando n'entendait pas s'encombrer d'une progéniture, il préférait traîner ses guêtres avec Nico. Tel un grand frère, Nico l'avait initié aux subtilités du bluff et du PMU. Depuis qu'il le fréquentait, Fossard pariait aux courses et organisait des parties de poker dans le bistrot de François Gourthe.

Yolande ne se rappelait pas le nom de famille de Nico. Ni s'il avait participé à la soirée en question. Elle l'avait croisé une seule fois, à la terrasse d'un café, et l'avait trouvé vulgaire : « Ce gars harponnait de son braquemart n'importe quelle fille en mini-jupe ! »

Zépansky avait mis le haut-parleur. Ferrone avait suivi la conversation avec dubitation :

— Je ne vois pas où vous voulez en venir avec cette partie de cartes ! Les joueurs ont quitté le bistrot une heure avant le coup de feu. Ils n'ont pu causer la mort de François Gourthe.

— Sylvain Fossard a pu y retourner ! Et, d'après Albert et Roger, un homme n'en serait pas ressorti.

— Nos deux petits vieux étaient bourrés. Le gars a dû décamper sans qu'ils s'en aperçoivent. Quant à Fossard, pour quel motif serait-il revenu flinguer François Gourthe ?

— Nous irons le lui demander ! Et on visitera son pote Nico. Appelez Bernoux, qu'il se renseigne sur eux.

À vingt heures pétantes, un octogénaire ratatiné dans le costume trois-pièces qu'il portait à son mariage les salua de son feutre. Ils commandèrent un grand salé aux lentilles pour tout le monde, et Zépansky lui précisa l'objet de leur présence à Clermont-Ferrand.

— Lentier n'aurait pas négligé un témoignage capital, affirma Christian Pérec. Il a dû juger que les deux compères étaient des poivrots enclins à raconter n'importe quoi pour se faire mousser.

— L'inspecteur Chéneau a mené les interrogatoires d'Albert et Roger, rappela Ferrone.

Pérec se remémorera son ancien subordonné :

— Alain Chéneau... Un taciturne ! Il est resté une dizaine d'années chez nous. Il coordonnait des actions de prévention auprès des jeunes. En 95, ou 96, il a monté une boîte de gardiennage et on n'a plus jamais entendu parler de lui. S'il était encore des nôtres, Lentier vous aurez renseigné.

Les deux policiers rejoignirent *Le Petit Siam*. Ferrone éprouvait des difficultés à s'endormir lorsqu'il était en déplacement. Il entreprit plusieurs allers-retours entre le minibar et son matelas pendant que Vin Diesel cassait de l'Alien sur Canal+. Une retransmission de curling l'acheva vers trois heures du matin.

Zépansky n'avait pas la tête à regarder la télé. Il s'allongea sur le dessus-de-lit et repensa à l'enquête. Après la partie de cartes, deux joueurs étaient repartis en voiture, et Sylvain Fossard avait retrouvé Yolande Mérieux. Les papys n'avaient pas vu le dernier participant sortir du café. La soirée poker avait-elle dérapé ? Ce quatrième joueur – le dénommé Nico ? – avait-il récupéré la commission encaissée par François Gourthe ? En étaient-ils venus aux mains ?

Une autre hypothèse s'appuyait sur la réaction violente de Florence Doriani envers l'employé du *Logis paisible* qui avait tenté de la violer. Gourthe aimait Béatrice. Avait-il eu connaissance de ses infidélités ? S'était-il vengé en abusant de sa belle-fille ? Florence lui avait-elle envoyé une cartouche dans le buffet avant de maquiller son geste en suicide ? Mais quel rapport entre son décès et la partie de cartes ? Et pour quelles raisons Louis Courtanche, le Chinois et Franck Marthouret trempaient-ils dans ce sac de nœuds ?

Comme aurait pu le dire Maxime Adage : « Les pensées se dispersent dans la brise, les calepins résistent aux tempêtes ! »

Zépansky s'empara de son carnet. Il y consigna l'incontestable :

1) Le Chinois a reçu un coup de pioche au domicile de Florence Doriani avant d'être transporté sur une planche à roulettes au Clos du lac. Il habitait du côté de Vichy, louait une Mercedes sur de longues durées, fumait des Pall Mall bleu. À l'époque de la partie de poker, il était un gamin. Il n'y a donc pas participé.

2) Florence Doriani, une prostituée de luxe, sortait en parallèle avec Sébastien Courtanche (qui n'avait pas les moyens de payer ses services) et Louis Courtanche (dont les affaires périclitaient). « On ? » veut nous faire croire au suicide de François Gourthe, son père adoptif. Florence disparaît le jour de l'assassinat du Chinois. Elle a effectué des prélèvements dans des guichets automatiques à Orléans et à Bourges, mais n'a, depuis, donné aucun signe de vie. Deux lycéens ont chapardé sa voiture. Contrôlés au péage de Saint-Arnoux avec deux adolescentes à bord, ils se farcissent une garde-à-vue car ils détenaient une barrette de haschich. Jacques Demorel s'est arrangé pour que sa fille Lola et sa copine ne figurent pas dans le procès-verbal.

3) Louis Courtanche, le premier mari d'Hélène, pensait redresser ses finances avec le parc de loisir. Il a témoigné contre Pierre Davaut, le précédent maire de La Ferté qu'il a soi-disant découvert à poil dans le bureau d'Axelle Turpin. Lors de la partie de chasse où il a trouvé la mort, il était ivre. En dehors des siennes, les gendarmes n'ont repéré aucune

empreinte digitale sur son fusil, ou de pas à proximité du poste qu'il occupait.

4) Franck Marthouret reprend le projet en main après le décès de Louis Courtanche. Le mois dernier, il épouse Hélène avant de se noyer à bord de sa voiture suite à une queue de poisson. Des traces de peinture provenant d'une Renault vert tilleul ont sali le pare-chocs de sa Volvo.

5) Jacques Demorel et Axelle Turpin (sa maîtresse) montent une machination contre Pierre Davaut, qui est opposé à ce que la commune subventionne les équipements demandés par Louis Courtanche. Devenu maire, Demorel soutient la mouture de Franck Marthouret. Il a investi deux millions d'euros dans sa société immobilière. Le charme et la fortune d'Hélène ne le laissent pas indifférent.

6) Sébastien Courtanche ne partage pas l'enthousiasme familial sur la réalisation du parc de loisirs. Malgré leurs propositions généreuses, il refuse de vendre son terrain à son père et à son beau-père, car il veut aménager la grange en studio d'enregistrement. Il gambade dans la nature après avoir fréquenté Serge Rostov, le créateur d'un virus informatique qui porte son nom. Des experts américains pensent qu'un émule du célèbre hacker a introduit un dérivé du Rostov à partir du siège de la TPIC France.

7) Hélène (Courtanche, puis Marthouret) possède le Clos du lac, excepté la parcelle de Sébastien. Ses deux maris ont essuyé des fins de vie raccourcies, mais elle a des alibis en béton !

8) Des voisins de Florence Doriani ont aperçu une camionnette blanche entrer et sortir de son garage. Selon eux, Florence était une solitaire !

Le commissaire énonça les devinettes soulevées par ses notes :
« Louis Courtanche est-il décédé par inadvertance, ou l'a-t-on aidé ?

Comment s'appelle le chauffard qui a provoqué l'accident de Franck Marthouret ? Est-il étranger à ces évènements ?
Hélène fréquente Jacques Demorel. Attirance de circonstance ? Aboutissement d'une relation souterraine de longue date ?
Où se cache Sébastien ? Dans quel but Serge Rostov s'est-il lié d'amitié avec lui ?
Le trépas de François Gourthe résulte-t-il d'un suicide ou d'un meurtre ?
Comment se nomme le Chinois ? Que butinait-il dans le Loiret ? Qui l'a tué ? Pourquoi chez Florence Doriani ?
Elle ne s'est pas manifestée auprès de la police après le vol de sa voiture. Est-elle à l'origine de ce jeu de massacre ?
La camionnette blanche appartient-elle à l'un de ses complices ? »

Je deviens parano ! s'alarma Zépansky. Si François Gourthe s'était suicidé, si Louis Courtanche avait glissé sur de la mousse, si Franck Marthouret avait perdu le contrôle de son véhicule à cause d'un frappé du volant, à quoi bon élucider des évènements qui s'étaient déroulés, il y a vingt ans, dans un bistrot du Massif central ?
Et que lui importait le sabotage du capitalisme par un passionné de jazz, sabotage sous le haut patronage d'un pirate informatique censé résider au cimetière ?
Le seul crime avéré concernait celui du Chinois. Il venait de passer vingt-cinq jours à rechercher son meurtrier avec l'aide de trois barjots, sympathiques et d'une compétence supérieure à celle qu'il avait côtoyée dans ses précédentes missions.
Quatre policiers sur le coup, mais aucun résultat ! Une épine dans sa carrière d'enquêteur.
Zépansky eut du mal à s'endormir.

11

À part des croissants au petit-déjeuner, Ferrone et Zépansky n'avaient rien avalé de la matinée. Le capitaine s'inquiéta du menu, mais Bernoux continua de s'activer sur son ordinateur et Granvin, accroupi à ses côtés, ne réagit pas.

Un élément perturbateur s'immisçait dans l'enquête !
— Que se passe-t-il ? demanda Zépansky.
Granvin se releva et lui approcha un fauteuil :
— Vous portez la poisse aux personnes que vous recherchez !
Zépansky prit place. Ferrone se posta derrière lui.
— Cet article est paru dans le Parisien du 10 octobre 2005, dit Bernoux en orientant l'écran vers le commissaire.
Suicide aux barbituriques du comédien Sylvain Fossard !
Le drame avait eu lieu dans une chambre du Louxor, un hôtel quatre étoiles situé dans le troisième arrondissement de Paris. Dans une lettre manuscrite retrouvée sur la table de nuit, l'acteur annonçait son intention de mettre fin à ses jours. Après son rôle de petite frappe romantique dans une saga des années 90, ses engagements s'étaient raréfiés. Il ne supportait plus le déclin de sa carrière. Suivaient la photo d'un ex-jeune premier aux dents blanches, une rétrospective de ses apparitions télévisuelles et l'interview d'une partenaire : « Le cinéma français vient de perdre l'un de ses membres les plus joviaux ! »
— Vous avez pu dégoter le dossier, lieutenant ?
Un sifflement moqueur entre les lèvres, Bernoux afficha un rapport estampillé 36 quai des Orfèvres. Zépansky et Ferrone le parcoururent avec attention.
— Le barman a remarqué une jolie brune qui racolait Sylvain Fossard. Il ne l'a pas vu monter dans sa chambre, mais elle a dû s'y rendre en catimini et le gaver de somnifères ! commenta Ferrone.
— Le coordonnateur de l'enquête a eu la flemme de convoquer le personnel pour réaliser un portrait-robot. On

ne saura jamais si Florence Doriani est notre femme ! déplora Zépansky.
— Sur cette photo, je l'ai attifée d'une perruque. Ça intéresse quelqu'un ? fit Bernoux en agitant une feuille de papier glacé.
Zépansky leva son doigt le premier :
— Brigadier, vous passez au Louxor. Espérons qu'un employé physionomiste la reconnaîtra ! Vous irez aussi chez l'actrice qui ne tarit pas d'éloges sur Fossard. Demandez-lui s'il aimait jouer au poker et fréquentait un dénommé Nico.

Granvin se rendit à Paris, Ferrone ouvrit un paquet de biscuits et Bernoux condensa les pérégrinations du brigadier à Bourges. Florence avait choisi des distributeurs non équipés de caméras ; aucun commerçant ne se souvenait l'avoir eu pour cliente.
La malchance leur souriait. Zépansky encaissa sans broncher avant d'exposer sa stratégie :
— Nous n'avons pas les moyens de surveiller tous les établissements bancaires situés dans le Cher et elle peut changer d'air sans nous prévenir. Nous allons bloquer sa carte bleue. Si elle est aux abois, elle se démasquera. Lieutenant, faites le nécessaire.
— J'ai une meilleure idée, commissaire. Ses prélèvements nous indiquent dans quel coin elle se trouve et je sais comment la joindre.
— Vous m'obligeriez en développant !
— Si j'injecte mon programme favori dans les serveurs des principales banques, un texte s'affichera sur l'écran du distributeur dès qu'elle aura tapé son code secret. Comme elle retire du fric tous les trois quatre jours, on pourrait avoir de ses nouvelles sous peu.
Zépansky examina la proposition à sa juste valeur.
— Inscrirez votre numéro de portable et demandez-lui de nous contacter.

Bernoux faisait preuve d'initiatives pertinentes. Zépansky appréciait, mais d'autres aspects de l'enquête le préoccupaient :

— Regardez si un proche de Sylvain Fossard connaît l'individu caché sous l'appellation « Nico ». Renseignez-vous sur le parcours d'Alain Chéneau, après sa démission de la police et vérifiez si l'inspecteur Lentier est bien décédé de mort naturelle. On ne sait jamais !... Que devient l'avis de recherche sur la DS de Sébastien ? Une voiture de collectionneur ne passe pas inaperçue à ce point !

— J'ai alerté les pompistes qui vendent du super et les garagistes susceptibles de réparer des caisses préhistoriques. Mais si la DS sommeille dans une propriété privée et si Sébastien s'est procuré un vélo, on n'est pas près de la revoir !

— Vous savez, lieutenant, cette enquête commence à me taper sur les nerfs. Si on retrouve Sébastien Courtanche pendu à un réverbère et le méconnu Nico écrasé par un TGV, ou l'inverse, je vais piquer une crise !

— Je comprends. Ah, voilà le capitaine avec les pizzas. Vous devriez reprendre des forces, commissaire !

En dépit de l'invasion sournoise des surgelés, Giacomo maintenait la tradition. Les trois hommes engloutirent leurs quatre saisons avec respect et Ferrone mit la cafetière en route.

Telles des pieuvres à l'assaut du moindre renseignement, ils lancèrent des investigations tentaculaires. Mais comme le proclamerait un expert en audit d'une bêtise à faire passer Rantanplan pour un cador de l'économie : « Compte tenu l'optimisation des ressources et la mutualisation des moyens autour d'un projet fédérateur, les résultats obtenus après analyses croisées des données recueillies ne sauraient correspondre aux objectifs conjecturés ! »

Le récit dorénavant ancré dans une problématique de marchés, résumons en plus clair et moins cher. À la fin de l'après-midi, malgré des approches diversifiées – Bernoux sur le réseau, Ferrone et Zépansky sur le bottin –, les trois hommes n'avaient rien d'exaltant à se mettre sous la dent !

Fils unique, célibataire et sans enfant, Sylvain Fossard, le dernier rejeton d'une lignée dont les Oscars n'avaient nominé aucun membre, résidait auprès de ses parents dans le caveau familial.

Les supérieurs du lieutenant Lentier avaient maintes fois reconnu ses compétences et son intégrité. Conscient des débordements de ses collègues, sources de stress ingérables, sauf à les cautionner, Lentier avait mené une carrière pépère sans courir après une promotion. Ça ne l'avait pas empêché de succomber d'une tumeur au cerveau dans sa quarante-sixième année.

Après sa démission des rangs de la police nationale, l'inspecteur Alain Chéneau avait co-créé une société de gardiennage. Il avait revendu ses parts au bout de cinq ans et s'était retiré du commerce sécuritaire.

Point final pour ces trois-là.

Quant au surnommé Nico, ce diminutif de quatre lettres fit tourner plusieurs processeurs en bourrique.

Dépité, Zépansky ordonna un repli général. Il avait l'intention de cuisiner.

Cao pénétra dans l'étable. Penché sur l'évier de la kitchenette, le commissaire remuait avec une spatule des girolles en train de barboter dans une bassine en plastique.

— Qu'est-ce que tu trafiques, Victor ? demanda-t-elle en contemplant le désastre.

— Tu m'as fait peur ! sursauta Zépansky. Je prépare le dîner.

— Tu es en train de les gâcher. Elles perdront leur goût si tu les trempes dans l'eau.

— Comment s'y prendrait-elle, la mademoiselle Je-Sais-Tout ?

— On les brosse avec un pinceau, dans le sens des plis. Mais avant, tu dois les sécher avec du Sopalin. Je peux te montrer si tu veux ?

Zépansky apprit à poêler les girolles.

— Qu'as-tu prévu comme viande ?

— Des escalopes de veau à la crème.

— Tu en as déjà fait ?

— J'ai la recette !

Zépansky exhiba un livre de cuisine.

— Et le dessert ?

— Tarte aux pommes. Maison ! annonça Zépansky.

— Tu es doué en informatique ?

— Je suis au début du niveau un, selon le lieutenant.

— Moi, je suis hyper forte !

— J'ai cru comprendre ! Tu désires en faire ton métier ?

— Tu sais, Victor, en dehors des maths et de la physique, j'aime la littérature, l'histoire, la philosophie, l'économie. Je parle cinq langues. C'est important si tu veux lire les textes originaux. T'inquiète, je ne passe pas ma vie la tête dans les bouquins. Je pratique plusieurs sports, je joue du violon... Et j'ai des tas de copines !

Dans ces cas-là, on élimine, parce que sa médiocrité se sent en danger, ou on protège ce pur bijou que l'humanité a tant de mal à produire.

— Je peux te dire un secret, Victor ?

— Vas-y.

— J'aimerais devenir policier.

— Pardon ?

— J'aide déjà Antoine, tonton et Jean-Marc. Sans mes logiciels, ils sont perdus !

— Au lieu de dire des bêtises...

— Je m'occupe de la tarte et des escalopes, sinon grand-mère va nous faire un infarctus !

Pendant l'apéritif, Granvin relata son excursion à Paris. Les employés de l'hôtel n'avaient pas reconnu Florence sur la photo retouchée par Bernoux. « Des filles super carrossées et prêtes à brader leur anatomie pour une promesse sans lendemain de participer au box-office, il en défilait en veux-tu en voilà dans les couloirs du Louxor ! » avait confié le garçon d'ascenseur. Par contre, l'actrice se souvenait de tours de cartes entre deux prises de vues : « Sylvain était un vrai magicien ! »

Le lien entre l'as de pique planqué dans une manche et la partie de poker dilata les prunelles disponibles. Pour célébrer cette approche collective, Granvin sacrifia une de ses meilleures caisses de Syrah. La Côte-Rôtie de chez Guigal gouleyait sur les papilles, les escalopes aux girolles et la tarte aux pommes reçurent des félicitations sincères et appuyées. Cramoisi de honte, Zépansky allait confesser le rôle majeur de Cao lorsqu'un clin d'œil de la petite entérina leur secret. Personne n'était dupe, mais le commissaire se recyclerait dans la restauration s'il n'inculpait pas l'assassin du Chinois. Et comme on accompagne un copain dans la panade, ils révolutionneraient d'une seule toque les canons de la gastronomie. Interdit de fourneaux, Bernoux gérerait leur site Internet.

À la sixième bouteille, un grain de folie s'abattit sur la ferme. La Mère demanda à son p'tit Georges de l'aider à transporter des bûches. Granvin protesta. L'été approchait, il avait commandé une chaudière à gaz, il n'avait pas fini de manger… Mais une résolution de l'ONU n'aurait pu infléchir d'un pouce cette lubie insensée. Il l'accompagna au fond du jardin où se trouvait la remise à bois, vingt mètres carrés de shingle marron supportés pas une structure en acier. Poursuivis par Cao, ils réapparurent sur la pelouse. Granvin slalomait entre des poteaux imaginaires avec une brouette et Brako aboyait à s'en décrocher la mâchoire. Perchée au-dessus du fagot, La Mère, entre deux éclats de rire, suppliait son fils d'arrêter son cirque. Elle n'avait jamais refait de gymkhana après la naissance de son grand dadais – ils avaient rejoint la maternité en urgence, Le Père ivre mort au volant de la 4L !

Elle arrosa l'évènement avec sa tisane préférée. P'tit Georges trinqua à sa santé :

— Maman, tu te rappelles les courses de brouettes avec Justine (sa sœur) ? Ce qu'on a pu rigoler !

— Vous les poussiez de traviole ! Avec Le Père, on passait notre temps à ramasser les bûches.

Ce beau moment de nostalgie humecta les cornées du brigadier.

Les commémorations réconcilient les tempéraments, mais Zépansky décréta la mobilisation générale :

— Fin du badinage. On retrouve cette brouette ! clama-t-il en enfilant sa veste.

Il se dirigea vers la Laguna. Granvin et Bernoux montèrent à l'arrière. Brako se nicha dans le coffre.

L'accélérateur écrasé jusqu'au châssis, le capitaine occulta l'aiguille du compte-tours. Le trajet dura neuf minutes !

Granvin défonça le portail d'un coup d'épaule et le chien s'empressa de renifler les traces de sang sur les marches.

— Tu es un bon toutou, mon Brako !

Son maître n'avait pas exprimé un compliment recherché. Mais comme ça fait toujours plaisir, Brako flaira chaque centimètre carré du jardin avant de marquer un arrêt au milieu des tulipes.

Dire que l'excavation s'inspira d'une méthode quelconque serait malhonnête ! Mais une petite demi-heure de pelle tournante leur suffit à heurter le socle de la brouette.

Bernoux immortalisa la scène avec l'appareil photo de son téléphone, puis Ferrone et Granvin remontèrent le corps à la surface. Le capitaine voulut appeler le légiste, mais Zépansky s'y opposa.

— Ça ferait avancer le schmilblick de savoir à quel moment elle a rencontré Saint-Pierre ! insista Ferrone.

— Je peux arranger ça ! dit Granvin.

Le cousin de son beau-frère, vétérinaire de son état, ne possédait pas les compétences et le matériel dont disposait la police scientifique. Mais un guérisseur des vaches et des brebis côtoyait également les maux de leurs propriétaires ! tabla Zépansky. De toute façon, il n'avait pas le choix.

En attendant son arrivée, une fourchette, argumentée avec une pertinence vaporeuse, établit le décès entre vingt et soixante jours ! Auréolé de ses dissections d'animaux domestiques, le cousin du beau-frère de Granvin diagnostiqua une fracture de l'os occipital. La mort remontait entre six et huit semaines. Cet « à vue de nez » contenta Zépansky. Personne ne comprit pourquoi il tenait à garder secrète la découverte du cadavre, mais ils obtempérèrent : réussir le concours de commissaire nécessitait une vision globale dont ils étaient dépourvus !

Florence Doriani regagna sa dernière demeure, le trou fut rebouché et les tulipes reçurent le prix du jardin le mieux fleuri. Zépansky chargea Ferrone d'organiser la planque du pavillon. Avec de la chance, l'assassin retournerait sur les lieux du crime pour se faire gauler !

12

Zépansky s'égarait dans les vapeurs de son bol de café. Ferrone le rasséréna :
— Avec la prune, on décolle pour une croisière interstellaire. Et ça se termine par un alunissage en catastrophe.
— La prune n'a rien à voir, capitaine. En relisant mes notes, j'ai réalisé que nous avions loupé une évidence : plusieurs semaines se sont écoulées entre le meurtre de Florence Doriani et la découverte de son cabriolet à Olivet par Joris et Thomas. Quelqu'un l'a donc déposé pendant cet intermède. J'aimerais savoir qui ! Et quand !

Granvin décrocha le pompon dans l'après-midi. Une octogénaire avait remarqué « deux dégaines de gangsters à vous flanquer la pétoche ! » sortir d'une voiture de sport.

Ferrone et Zépansky se rendirent chez elle. Galvanisée par cet afflux inespéré d'auditeurs, elle déblatéra sur les tourments d'une jeunesse désœuvrée et éduquée en dépit du bon sens. À son époque, la discipline vous forgeait son homme !

Zépansky étala les photos de Joris, de Thomas et d'une Peugeot 407 bleu métallisé sur la nappe brodée de fleurs d'une table ronde. La vieille dame reconnut les deux garçons qui avaient garé le cabriolet devant chez elle. Elle ne se souvenait pas du jour et de l'heure exacte, mais, cette nuit-là, elle n'arrivait pas à dormir et avait regardé la finale entre la France et le Brésil. « Pour Zidane, avait-elle rougi. Si bien élevé, en plus ! »

Pendant la pub, elle avait entendu un bruit de moteur et avait observé la rue de derrière le rideau de dentelle qu'elle tenait de sa grand-mère... Bref, elle n'était pas une excitée des commérages et ne passait pas sa vie à épier celle des autres. « Mais vous savez, commissaire, avec tout ce qu'ils nous montrent aux informations, il y a de quoi s'inquiéter ! »

Bernoux éplucha les programmes télé du mois d'avril. Le dimanche 25, à une heure du matin, une chaîne sportive avait rediffusé la finale France/Brésil, pause entre les mi-temps comprise. L'arrivée de Joris et de Thomas se situait donc entre une heure quarante-cinq et deux heures.

Joris et Thomas se dirigeaient vers la boulangerie en face de l'église, mais la Laguna monta sur le trottoir pour s'immobiliser devant leurs baskets. Granvin descendit du véhicule et les jeta sans ménagement sur la banquette arrière avant de poser ses fesses entre les leurs.

— Vous commencez par le début. Sans balivernes, cette fois ! embraya Ferrone tout en reculant.

Joris entama les négociations :

— Les gendarmes ont abandonné les poursuites.

— Ils n'ont rien compris au film ! déclara Ferrone. On leur fait cracher le morceau avant de les confier à la déchetterie ?

— Ce n'est pas ce qui était convenu ! s'indigna Thomas.

— Tu entends ça, Georges ? Ces deux dégourdis ont conclu un accord !

— Moi, c'est le portrait des autres que j'arrange ! avertit Granvin en aplatissant leurs visages pâles contre les vitres teintées.

— Vous n'avez pas le droit, haleta Joris.

— Et si on amenait ces deux barrettes de chocolat à la ferme ? C'est l'heure du goûter ! dit Ferrone.

Joris et Thomas appréciaient les sorties *nature et découverte* sur la ruralité du temps des charrues à bœufs avec dégustation de produits bio. Mais vu les zigotos chargés de l'animation, ils suspectèrent le domaine d'abriter une forteresse imprenable où ne s'appliquaient pas les conventions de Genève. Ils ne pipèrent plus jusqu'au terminus.

Ferrone les traîna dans le bunker et les obligea à s'asseoir sur des tabourets. Bernoux orienta deux spots d'un kilowatt sur leurs visages. L'excursion dans la campagne ensoleillée tournait à la retraite de Russie.

Granvin les cadra entre ses mains comme un chef opérateur :

— Un petit sourire pour le making-of !

— Cette séance de torture servira de référence aux futures générations de barbouzes, extrapola Ferrone en leur pinçant la nuque.

Bernoux alluma une caméra fixée sur un trépied :

— On peut commencer.

— Nous sommes le vendredi 11 juin 2010... Il est dix-huit heures quarante, précisa Zépansky en regardant sa montre. En tant que commissaire de la République, je vais mener les interrogatoires de Thomas Lakdar, né le 15 juillet 1992 à Orléans, et de Joris Devred, né le 23 janvier 1992 à Montargis, tous deux soupçonnés de meurtre sur la personne de Florence Doriani. Jeunes gens, une peine imputrescible de trente ans s'applique en cas d'homicide commis avec préméditation.

— Quand vous sortirez du trou, vos colocataires vous auront emmanché si profond que vous ne pourrez plus poser vos jolies fesses sur un coussin d'air ! paraphrasa Ferrone, tel un vieux briscard sûr de rompre la glace.

L'appréhension du côté obscur de la force généra un dialogue constructif entre les deux parties :

— Le shit, c'était pour notre consommation, se défendit Joris.

— Qui vous parle de haschich ? s'énerva Zépansky. La propriétaire de la 407 est morte et vous êtes les principaux suspects !

Bernoux déroula devant leurs yeux interloqués « Florence chez les lombrics », une galerie de clichés pour fétichistes d'outre-tombe.

— Une déesse pareille, ça s'embaume un minimum ! reprocha-t-il.

Difficile de mesurer l'impact de la vision du cadavre en décomposition. Toujours est-il qu'ils avouèrent tout. De leur trouble lorsqu'ils aperçurent la conductrice de la Peugeot – « Un canon ! », rougit Thomas – embrasser un rouleur de mécaniques, jusqu'à leur arrestation au péage de l'autoroute en revenant de Trouville avec leurs copines.
— Raccompagnez-les chez eux ! termina Zépansky.

Granvin sonna le rassemblement autour du congélo. Les saucisses aux herbes fabriquées par La Mère gagnèrent haut la main.

Après le repas, partagé dans la bonne humeur, Zépansky annonça le programme du lendemain :
— Si nous retrouvons la femme qui a déposé Florence Doriani chez elle, nous...
— On sait qu'elle l'a trimballée dans son Kangoo, l'interrompit Ferrone. Mais rien ne prouve qu'elle l'a amenée à Ardon.
— Les voisins de Florence ont aperçu une camionnette blanche entrer dans son garage, rappela Bernoux.
— Nous n'en sommes pas certains, mais c'est probable ! trancha Zépansky. Quand Joris et Thomas sont arrivés sur le parking à dix-huit heures, le Kangoo stationnait déjà là. La femme est repartie à vingt-trois heures. Où a-t-elle passé ces cinq heures ? Granvin, vous vous en occuperez. Il reste le propriétaire du 4x4. Lieutenant, en limitant nos recherches aux Nissan Patrol immatriculées dans la région Centre, votre ordinateur proposera-t-il un millier de fiches ?
— Ce mode de transport à la mode représente douze pour cent des ventes. Ça paraît un minimum ! dit Bernoux, sans prendre la peine de lancer Intrusion.
— Des tous-terrains noirâtres, je vous en trouve une vingtaine du commissariat à chez Giacomo !
— Merci de nous avoir éclairés sur ce point, capitaine ! Florence Doriani voulait liquider ce type, même si l'inverse

est arrivé ! Et d'après la description de Joris et Thomas, il ne s'agit pas de Franck Marthouret.

— Franck Marthouret et Florence Doriani se connaissaient ? s'étonna Granvin.

Zépansky résuma ce qu'il avait retenu de sa tournée auvergnate.

— Quel rapport avec la mort du Chinois ? ne saisissait pas le brigadier.

— Si je le savais, on sabrerait un jéroboam ! se rembrunit Zépansky.

— Je m'excuse d'insister, commissaire, mais pourquoi Louis Courtanche et Franck Marthouret seraient-ils allés jouer aux cartes dans un village du Massif central ?

— Albert et Roger, les deux papys de Chappes, ont mentionné une décapotable. À qui appartenait cette voiture ? J'ai demandé au lieutenant d'envoyer des images de différents modèles à la patronne du café afin qu'elle les leur montre. Sans hésiter, ils ont désigné une DS 21.

— Sébastien cachait un brelan d'as dans sa tétine ! se poila Ferrone.

— Il était trop jeune. Mais pas son père ! Ce matin, j'ai appelé Suzanne, l'employée d'Hélène. Jusqu'à ce que Sébastien obtienne son permis, Louis Courtanche empruntait régulièrement la DS, *pour décrasser le moteur*. Mais cette fois-là, la révision s'est prolongée tout le week-end. Le lieutenant a récupéré le duplicata d'une contravention établie à Clermont-Ferrand, la veille du drame. Attirés par le standing de la décapotable, Nico et Sylvain Fossard ont dû proposer une partie de poker à Louis Courtanche et Franck Marthouret.

— Et un dépucelage en prime !

— J'en ai peur, brigadier.

— Le nombre de joueurs ne colle pas, dit Bernoux, perturbé à l'idée que les mathématiques deviennent une science inexacte. En comptant Sylvain Fossard, Louis Courtanche, Franck Marthouret, le conducteur du 4×4 et Nico, on arrive à cinq. Or les papys ont aperçu quatre individus pénétrer à l'intérieur du troquet. Cinq moins quatre, il reste un !

— Un mystère de plus à élucider ! admit Zépansky.

13

Granvin se gara sur le parking de Marcilly. Il repéra le chemin de halage et se retrouva devant La Tuilerie. Les murs du restaurant frémirent lorsqu'il franchit la porte. Confronté aux forces de la nature, le chef étoilé lui accorda son précieux temps.

Mathilde Buchet avait travaillé comme serveuse pendant quatre mois. Elle avait trente-deux ans, était dotée d'atouts physiques impressionnants, habitait Beaugency, possédait un Kangoo de couleur blanche. Bref, c'était une enquiquineuse. Il n'avait pas apprécié sa menace de saisir les Prud'hommes s'il ne respectait pas la convention collective !

Granvin lui montra la photo de Florence Doriani. Cette « femme admirable » et un dandy sur le retour avaient dîné dans son établissement le 20 avril, soit trois jours avant la démission de Mathilde. Elle était chargée de la fermeture, ce soir-là.

Zépansky reprenait son souffle sur le palier.

— Courage, commissaire. Un dernier étage et on coffre cette Mathilde !

Assis sur les marches, Granvin lisait un article sur les moulinets de pêche à la mouche.

— Ah, vous voilà. Elle a tiré sa révérence ! dit-il en se relevant.

Zépansky pointa du doigt la serrure.

— Brigadier, à vous de jouer !

Les trois hommes pénétrèrent dans un salon muni d'un coin repas. En dehors des deux marines accrochées sur le papier peint périmé, rien ne valait le déplacement d'un antiquaire. À moins de fabuler sur le Formica des années cinquante ! comme le fit remarquer Ferrone.

Granvin s'empara d'une photo de famille posée sur le buffet. Mathilde semblait avoir dix-sept ou dix-huit ans.

— Elle était mince, à l'époque.

— Elle a grossi ? demanda Ferrone.
— Le restaurateur a vanté ses formes généreuses !
L'appartement sentait la morgue et la pisse de chat. Zépansky ne tenait pas à s'éterniser :
— Si vous avez fini de dégoiser sur les mensurations de miss Loiret, commencez à fouiller les autres pièces !
Ferrone rejoignit le salon avec une pile de documents dans les bras :
— J'ai trouvé des factures et des contrats dans la chambre. On consulte ici ?
— Cet endroit me file le bourdon ! frissonna Zépansky. On embarque.

En foulant le tapis élimé du premier étage, ils croisèrent un septuagénaire en pantoufles et caleçon à pois qui remontait son courrier. Il leur apprit que Pascal Buchet était hospitalisé au CHU d'Orléans. Il ne lui avait pas rendu visite, mais prenait de ses nouvelles par sa fille, partie fin avril en emportant son chat.

— Les Buchet possèdent une fermette dans le Berry. Mathilde souhaitait la mettre en vente. Elle doit s'en occuper, supposa-t-il.

Le CHU d'Orléans ne cocottait pas comme l'appartement de Beaugency. Les arômes chimiques des détergents industriels mélangés aux fragrances particulières des patients en fin de vie exhalaient pourtant des relents similaires.

Après s'être trompés de bâtiment, d'ascenseur, de couloirs, les deux policiers parvinrent à la chambre 412. Mais leur entrevue avec Pascal Buchet s'interrompit avant les présentations. Un infirmier les pria de maintenir la porte ouverte pour faciliter le passage d'un brancard. Recouvert d'un drap, un corps décharné se rattachait au monde des vivants par les râles expulsés de sa gorge.

Zépansky conseillant au secret médical d'aller à confesse, le chef du service expliqua comment Pascal Buchet avait débranché le perfuseur chargé de lui prodiguer son quota de calories et de vitamines durant la nuit. Ils instauraient un protocole de surveillance dès lors qu'un patient refusait de s'alimenter. Mais le manque flagrant de personnel dû à la RGPP (le non-remplacement d'un fonctionnaire sur deux partant à la retraite) les obligeait à restreindre leurs rondes ! Quant à Mathilde, elle n'était pas revenue voir son père et ne répondait pas à leurs messages.

Après cette visite infructueuse, Zépansky demanda à Ferrone de mettre le cap sur le Berry.

Ferrone immobilisa la Laguna au beau milieu de la chaussée :

— Je vais réduire ce GPS en miettes !

Le capitaine avait bien entré la bonne adresse, mais le satellite refusait de les guider à travers champs.

Corne de brume en tête, une moissonneuse les pria de dégager le passage. Ferrone épingla son étoile de shérif et l'agriculteur lui indiqua une épaisse fumée grise, derrière un coteau.

La Laguna slaloma près d'un kilomètre entre des ornières larges comme les roues d'un tracteur. Ils l'abandonnèrent sur le chemin et traversèrent la cour des Jeantier. Sans s'annoncer, Ferrone, son Sig Sauer en éclaireur, tourna la poignée de la porte.

Les deux policiers pénétrèrent dans une sorte de musée du terroir : un cellier/salon/cuisine/salle à manger du bas Moyen-Âge conservé dans son jus.

Léon regardait avec tendresse sa femme lui servir de la soupe avec une louche. Il poussa un « bah ! » étonné en la voyant lancer le contenu vers les deux invités-surprises. Geste spontané dénué de contrôle, un assortiment de légumes s'écrasa au plafond, au-dessus de la tête du capitaine. Zépansky calma le jeu en présentant ses excuses et sa carte de commissaire.

Fervent défenseur de l'hospitalité à la française, Léon leur proposa de s'asseoir autour d'un verre de gnôle. Après d'amères réflexions sur la grande distribution à prix cassés, les Jeantier dévoilèrent la venue de Mathilde aux Boisseaux. Elle leur avait rendu visite une seule fois, lors de son arrivée, et était repartie au bout d'un mois et demi.

D'après Yvette, Mathilde était plus boulotte et moins causante que du temps où elle s'amusait à courir après leurs poules. Léon la trouvait à son goût, mais il restait de la soupe dans la marmite !

Les deux policiers déclinèrent l'invitation à dîner. Ils poursuivirent le chemin jusqu'aux Boisseaux et trouvèrent porte close. Dépourvu de la force et du matériel de Granvin, Ferrone compensa par un acharnement auquel se soumit le chambranle séculaire. L'inventaire des placards et des tiroirs ne leur apprit rien, mais la fine couche de poussière sur les meubles confirma les propos des Jeantier : Mathilde avait quitté les lieux une quinzaine de jours auparavant.

Avant de repartir, ils jetèrent un œil à l'intérieur de la grange. Au centre de la pièce, une machine infernale attendait de transformer tout individu obèse en athlète olympique. Pendant que Ferrone s'efforçait d'actionner l'engin, le commissaire examina entre deux établis un porte-outil de jardin. Une pioche y était suspendue aux côtés d'un râteau et d'une bêche. Il demanda à Ferrone de la décrocher tout en versant sur le sol le contenu d'une poubelle en acier. Des dizaines de sachets vides de produits drainants avec compléments alimentaires et minéraux, mais sans calories.

— Elle est venue suivre un régime. Combien a-t-elle perdu en six semaines ?

— Suivant ce qu'elle s'est goinfrée en douce, je dirai entre huit et douze kilos, répondit Ferrone. Mais elle devait être vachement motivée pour remuer cette merde à ressorts et bouffer ces saloperies !

— En effet ! Quel genre de come-back mademoiselle Buchet nous réserve-t-elle ?

14

Mathilde louait un gîte rural présentant un double intérêt. Il trônait à quatre kilomètres d'Artenay et son propriétaire acceptait le liquide. Le week-end précédent, elle s'était rendue à la Folie douce, la discothèque de Dominique Caportino. Mais aujourd'hui, l'élaboration du plan et les repérages arrivaient à leur terme.

« Allez, Mathilde, on se remue ! » Elle referma le roman de Maurice G. Dantec commencé la veille et versa des sels dans la baignoire. Pendant qu'elle se remplissait, elle rangea le silencieux et le revolver du Chinois dans son sac à main. Elle retira ensuite son tee-shirt, s'enfonça dans l'eau jusqu'au menton et passa les prochains évènements en revue. Ce soir, elle purgerait l'écosystème d'un déchet toxique. Amen !

Après s'être séchée, elle contempla son corps dans la glace. Ces légumes, crus ou cuits à la vapeur, ces viandes blanches sans sauce, mastiquées jusqu'à réduire en bouillie la moindre fibre, ces heures de tortures à courir, ramer, pédaler et soulever des poids avaient fini par payer.

Elle soigna l'emballage avec une robe courte, des collants, une paire de bottines, le tout en noir, et finalisa son apparence de femme fatale avec du rouge à lèvres, un soupçon de fard et deux gouttes de parfum derrière les oreilles.

Elle quitta sa chambre à vingt-deux heures.

Le chercheur de noises n'aurait pas dû déterrer Les Racines du Mal !

La piste de danse ressemblait au métro parisien aux heures de pointe. Mathilde cessa de se déhancher et rejoignit le bar. Dominique Caportino en profita pour lui offrir un cocktail, préliminaire indispensable à une bonne séance de galipettes.

Épaule contre épaule, chacun dans l'euphorie de parvenir à ses fins, ils gravirent l'escalier qui menait aux locaux administratifs. Ils se bécotaient sur le palier lorsque Caportino reçut un appel sur son portable. Il conclut la communication d'un « Monte ! » contrarié, demanda à Mathilde de patienter dans la salle de repos réservée aux employés et rejoignit son bureau.

Si cet imprévu s'éternisait, elle risquait de tomber sur un membre du personnel. Elle vissait le silencieux sur le revolver, déterminée à en finir, mais entendit un couinement. Par l'entrebâillement, elle aperçut un imperméable gris coiffé d'un bonnet noir marcher à pas feutrés. Le gars s'arrêta devant le bureau de Caportino et tapota sur la porte. Le patron de La Folie douce sortit dans le couloir. Ils échangèrent quelques mots, et Caportino se retourna vers la salle de repos. Le type en profita pour le frapper sur la tête avec une matraque. Caportino s'effondra sur le parquet, et l'homme au bonnet le tira par les pieds à l'intérieur de la pièce.

Mathilde hésitait sur la conduite à suivre. Un inconnu était-il en train d'achever le boulot à sa place ? Ou de le saboter ! S'ils en restaient là (une bosse sur le cuir chevelu), élaborer un autre plan prendrait du temps. Sa motivation, tel un régime draconien confronté à une fringale démesurée, s'estomperait sous le poids des complications.

Mais l'intrus accoutré comme un espion causerait un incident diplomatique si elle claironnait : « Cher monsieur, je suis arrivée la première ! Si ça ne vous ennuie pas, vous réglerez vos comptes quand je lui aurai vidé un chargeur dans l'estomac ! » Non, ça ne le faisait pas ! Elle s'abstiendrait de parlottes inutiles en les dégommant tous les deux à la sauvage. Mais le type au bonnet devait dégainer plus vite que Lucky Luke !

Elle allait déguerpir quand deux bonshommes – Laurel et Hardy en permission – surgirent de l'escalier. Dès qu'ils eurent pénétré dans le bureau de Caportino, elle s'éclipsa sur la pointe des pieds.

15

Les huit derniers jours ne figuraient pas au palmarès des enquêtes rondement menées. Une serveuse déguisée en vamp parcourait l'arrière-pays au volant d'un utilitaire ; un aspirant pirate informatique écoutait du jazz dans une Citroën de collection ; un mordu de la quinte flush plumait des pigeons sous un pseudonyme. Trois suspects en cavale et pas un début de piste à l'horizon !

Zépansky essaya de copiner avec plusieurs prostituées et patrons de bar sous la coupe de Vernade – la connivence se carapatait dès la première réplique. Il visita la famille et les proches de Choisy – le défunt commissaire refusait d'évoquer son boulot en dehors de la boutique. Il tenta de fraterniser autour du plat du jour – les policiers d'Orléans se défilaient comme des anguilles !

Pour se changer les idées, il parcourut des brochures ministérielles qui le laissèrent pantois, comme celle étalée sur son bureau : *Enjeux du numérique, limites de la vie privée*.

Requinquer un collègue dont le moral se disloque devant l'incommensurable bêtise omniprésente devint la priorité absolue. La Mère lui apprit à distiller la prune. Bernoux lui permit de consulter son dossier sur le complot. Granvin l'initia à la pêche au brochet. Cao lui enseigna l'abc de la programmation. Ferrone dégagea son nez avec des effluves de césar, de grenache, de mourvèdre. Huit jours à frayer dans le brouillard entre deux bitures !

L'envie d'appeler Josiane tournicotait en boucle dans sa tête, mais les tympans ultra-sensibles de Granvin sonnèrent la fin de la récré :

— J'ai surpris une conversation entre Vernade et ses cireurs de pompes.

Ferrone réagit le premier :

— Raconte !

— Les frères Staviani ont commis une grosse bévue à la discothèque.

— Du genre ? demanda Bernoux.
— Je ne sais pas. Ils m'ont aperçu et se sont mis à parler bagnoles.
— Lieutenant, voyez de quoi il retourne ! ordonna Zépansky.

Bernoux rameuta les troupes dix minutes après :
— Dominique Caportino, le patron de La Folie douce, a rendu l'âme durant la nuit de vendredi à samedi ! Et devinez qui dirige l'enquête ? Le samedi matin, Vernade et ses équipiers avaient interpellé les frères Staviani. Le lendemain, le juge d'instruction les avait placés sous écrous à la maison d'arrêt d'Orléans. Plusieurs employés avaient vu les frangins gravir l'escalier principal de la discothèque vers une heure et quart, et le redescendre une quarantaine de minutes plus tard. À deux heures, le responsable de la recette avait pénétré dans le bureau de Dominique Caportino. Il l'avait trouvé étendu sur le dos, pieds et mains joints comme pour une prière. Un sourire angélique égayait ses traits inertes. Son torse, transpercé par trois balles de 7,65 mm, témoignait de la bonne réception du message. Personne n'avait entendu les coups de feu, mais le niveau sonore dégagé par les vingt-quatre enceintes de la salle aurait couvert l'explosion d'un dépôt de munitions. Fait accablant, Matteo Staviani avait un pistolet Walther PPK dans la poche de sa veste, et des traces de poudre sur sa main gauche. Comme il était gaucher, il se retrouvait accusé du meurtre. Son frère, de complicité.

Avec leurs antécédents, les Staviani ne reverraient pas les vertes forêts de Sologne avant une trentaine d'années. Sauf s'ils avaient la télé dans leur cellule et s'enquillaient Chasse et Pêche lors d'insomnies causées par le remords.

— Aller le buter dans son repaire au moment où l'affluence atteint son paroxysme, y a que deux cornichons dans un bocal pour trouver ça subtil ! les blâma Ferrone.

— Ils ont débarrassé la planète d'un drôle de zouave et recevront une médaille en taule, ajouta Granvin.
— D'une paire de zouaves ! corrigea Bernoux. Lors de ma visite à La Folie douce, j'ai remarqué un jeu de cartes sur le bureau de Caportino. C'est peut-être une coïncidence, mais l'équivalent italien de Dominique se dit Domenico, avec Nico pour diminutif. Dans la mesure où un joueur de poker en trop s'est invité, je parie que Nico et le patron de la discothèque sont une seule et même personne !

Bernoux illuminait les ténèbres environnantes. Zépansky souhaitait disposer une couronne de laurier sur sa tête, mais le lieutenant préféra ranimer son ordi. Dominique Caportino était né à Vichy, le 13 juillet 1962. Après l'orphelinat et une collection de petits délits, il avait commencé une carrière de videur dans des boîtes de nuit sur la Côte d'Azur. En 1994, il avait écopé de deux ans ferme pour proxénétisme, le temps d'apprécier le confort des Baumettes. Dès sa sortie, il était monté à Orléans où il avait pris en gérance la salle de sport des frères Staviani. Trois ans après, le club déposait le bilan et il achetait La Folie douce.

— Il a dû piocher dans la caisse pour acquérir la discothèque. Et ça leur est resté en travers de la gorge ! supputa Granvin.

— Le contraire serait surprenant, acquiesça Bernoux.

— Florence a voulu le tuer, rappela Zépansky. D'un côté, nous avons Sylvain Fossard et Dominique Caportino, les locaux de l'étape. De l'autre, Louis Courtanche et Franck Marthouret, deux Orléanais venus se défouler en Auvergne. Les quatre se sont retrouvés le 6 octobre 1990 à Chappes, dans le bistrot de François Gourthe.

— En dehors de cette partie de cartes, ils ont en commun de fertiliser les sols, ajouta Ferrone. Si Florence Doriani a accompli une vengeance, voici l'ordre chronologique : un, elle barbiturise Sylvain Fossard dans un quatre étoiles ; deux, elle plombe Louis Courtanche en forêt ; trois, elle se fait lobotomiser sur un parking par Caportino, lui-même rectifié par les Staviani. Mathilde Buchet a perforé le Chinois, même si nous ne savons pas pourquoi ces deux-là sont reliés à tout ce beau monde. Quant à Franck Marthouret, s'il a été victime d'un banal accident de la route, nous avons tout résolu.

— Les conclusions hâtives desservent la vérité, capitaine. La mise en examen des Staviani n'a aucun sens. Durant une dizaine d'années, ils hésitent à buter Dominique Caportino. Et quand ils finissent par se décider, ils se débrouillent pour qu'aucun doute ne plane sur leur culpabilité. D'après ce que vous en dites, ce ne sont pas des lumières. Mais là, ils frisent le trou noir ! Ils nous ont alertés sur un lien éventuel entre La Folie douce et la mort du Chinois. Si Dominique Caportino a appris que Florence Doriani n'avait pas succombé à ses blessures, il a probablement envoyé le Chinois à Ardon pour terminer le boulot à sa place.

— Et notre Chinois est tombé sur Mathilde qui ne se promène jamais sans sa pioche, plaisanta Bernoux. À ce propos, le sang retrouvé sur la lame appartient bien au Chinois.

— Comment Caportino s'est-il procuré l'adresse de Florence ? demanda Ferrone.

— S'il a effectué le rapprochement avec la partie de cartes, il a consulté l'annuaire, répondit Zépansky.

— Elle n'y figure pas dans l'annuaire !

— Je ne sais pas, capitaine ! Enfilez votre blouson, on va à la discothèque.

La Folie douce, un cube en aluminium décoré en engin spatial, accueillerait dans la soirée près de cinq cents passagers. Cette jeunesse traitait son mal-être avec une centaine de décibels et un mélange d'alcool et de substances illicites. En attendant, une femme de ménage aspirait les déchets des précédents voyageurs.

Derrière le comptoir, deux serveurs vérifiaient la propreté des tuyères et le niveau des carburants avant le prochain vol. Ils se la jouaient parrains de Chicago, mais n'étaient bons qu'à extorquer une dizaine d'euros à des gamins contre un cocktail cent pour cent discount. Ils avaient remarqué une rousse en chaleur. Elle frétillait des fesses comme si elle voulait lever une tribu de gorilles. Des chimpanzés lui tournaient autour, mais le commandant de bord leur rappela qui était le roi de la jungle. Cette amazone (Mathilde après régime, shampoing colorant et maquillage intensif) était montée dix minutes avant les Staviani se faire sauter par Tarzan. Les barmen ne savaient à quel moment elle avait quitté l'établissement. À leur décharge, le comptable avait semé la panique en annonçant le décès de Caportino.

— Vous disposez d'une vidéosurveillance ? demanda Zépansky.

— Dans le bureau du patron. On y accède par l'escalier, juste après la cabine du DJ.

Derrière une table ovale, une baie vitrée sans tain offrait une vue plongeante sur la piste de danse. Caportino pouvait fliquer son petit monde ou regarder la vingtaine d'écrans qui retransmettaient les images des couloirs et des extérieurs de la boîte de nuit rien qu'en faisant pivoter son fauteuil. Il devait néanmoins lever ses fesses pour aller se vautrer sur le canapé-lit avec les bécasses qui acceptaient de le dorloter !

Ferrone se dirigea vers les rayonnages métalliques qui supportaient les magnétoscopes assignés à chaque caméra :

— Les cassettes sont demeurées à l'intérieur.

— Si personne ne les a trafiquées depuis le décès de Caportino, les enregistrements de la soirée de vendredi y figurent. On les embarque ! déclara Zépansky.

— Vous êtes sûr ?

— Cela vous pose un problème ?

— Vernade risque de réprouver nos interférences.

— On n'interfère pas, capitaine, on complémentarise ! Vous saisissez la nuance ?

— Puisqu'un néologisme couvre nos écarts de langage, je m'incline, sourit Ferrone en s'emparant des cassettes. Mathilde a dessoudé le patron de la discothèque, selon vous ?

— Si elle a pris le dessus sur le Chinois, je ne vois pas ce qui aurait pu l'empêcher de tuer Dominique Caportino.
— Le sketch du bourreau bénévole est tiré par les cheveux, non ?
— Les motivations à la source de nos actes sont imprégnées d'un tourment irraisonnable, capitaine. Précaire équilibre du corps et de l'intellect, l'âme humaine jongle sur un fil.
— On se met minable au troquet le plus proche ou je vous dépose direct chez un psy ?
— Allons plutôt travailler l'inconscient des Staviani !

— Cette maison d'arrêt expire le sinistre, jugea Zépansky.

Campé au nord-ouest d'Orléans, un mur de pierres haut de cinq mètres muni d'un porche étroit ceinturait un bâtiment grisâtre en forme d'Y. D'un coup de klaxon, Ferrone réveilla le plancton de garde en train de somnoler à l'ombre d'une guérite bleue. Le type releva sa carcasse, examina la carte tricolore du capitaine, actionna la barrière et indiqua un petit préfabriqué, passage obligé pour les visiteurs.

Zépansky n'eut pas à téléphoner au ponte de l'ombre. Le courrier signé du ministre de l'Intérieur suffit à procurer un lumbago à tout le personnel du pénitencier. Un gardien les conduisit dans le grand bureau du dernier étage. Le directeur les y accueillit d'une amabilité craintive. Zépansky lui communiqua ses instructions et il débarrassa le plancher.

De derrière une fenêtre, le commissaire regarda avec circonspection la cour carrée, seule excursion comprise dans le séjour, et s'intéressa à une toile dressée sur un chevalet. Sur un fond gris (la cour), une dizaine de rectangles jaunes surmontés de boules roses (des détenus) défiaient des parallélépipèdes noirs à la Kubrick (les miradors). Le directeur s'était lancé dans l'abstraction carcérale, sourit Zépansky.

L'arrivée des Staviani interrompit l'analyse picturale. Plantés au milieu de la pièce, les frangins arboraient les traits ravagés par des décennies passées à maintenir la concurrence à distance. Émile Staviani, un échalas sans rien à soutenir, déployait les attributs du parfait abruti. Matteo, son frère aîné sosie de Danny DeVito, se targuait d'un rictus malicieux comme s'il avait déchiffré le contresens de l'univers.

Entre quatre fauteuils scandinaves en skaï rouge, une desserte proposait un large éventail de boissons alcoolisées. Zépansky renvoya le gardien à son tour de ronde, pria les frangins de s'asseoir et prit place de l'autre côté de la desserte.

Ferrone, debout derrière le commissaire, spécula qu'ils avaient dû en baver avec Ma Staviani. Par curiosité, il leur demanda s'ils avaient des frères et sœurs.

— Notre mère attendait des quadruplés ! dévoila Émile, tassé sous le poids de l'émotion.

Un trémolo de solidarité dans la voix, Matteo le relaya :

— L'accouchement s'est déroulé sur le plancher d'un fourgon cellulaire. Avec deux matons pour sage-femme ! Nous sommes les seuls rescapés.

Ferrone prétexta une envie urgente. Un rire de débile résonna dans les couloirs du bâtiment. Il regagna le bureau du directeur et s'installa dans le fauteuil libre avant d'attaquer bille en tête :

— Qu'est-ce qui vous a traversé le ciboulot pour aller flinguer Dominique Caportino devant plusieurs centaines de témoins ? C'est pas possible d'être con à ce point-là !

Dit comme ça, les frangins se sentirent en confiance. Ils ne cherchèrent pas à circonvolutionner :

— On aurait dû y réfléchir à trois fois. Mais on ne pouvait laisser cet enfoiré nous envoyer le Chinois sans réagir ! dit Matteo.

— Il nous avait dépouillés d'une jolie somme ! râla Émile.

— Et l'autre empaffé qui nous demande de passer pour qu'on règle ça tous les quatre !

— Il jouerait les médiateurs !

— Dès qu'on sera libéré, il regrettera d'être venu au monde !

— Messieurs, du calme ! Un whisky, vous tenterait-il ? proposa Zépansky.

Décidément, ces policiers-là déployaient des manières plus civilisées que l'empaffé cité plus tôt, apprécièrent les Staviani.

Zépansky leur servit du Ballantine's avant de poursuivre :
— Je vais vous conter ce que je sais. Vous m'arrêterez si je me trompe. Cela vous convient-il ?

Les frangins levèrent leurs verres.
— En 1999, Dominique Caportino devient le directeur de votre centre de remise en forme, reprit Zépansky. En 2002, l'établissement fait faillite. À mon avis, il a amassé de quoi acheter La Folie douce en détournant une partie de vos recettes.
— Une sacrée partie ! intervint Matteo. Le chiffre d'affaires atteignait les deux millions par an.
— Tu confonds avec les bénéfices ! Sans compter ce qu'on gagne avec l'hôtel et les...

Matteo lui jeta un regard glacial. Émile serait privé de dessert pendant les vingt-cinq prochaines années s'il ne la bouclait pas sur le champ.

Ferrone relança le déballage :
— Les passes au-dessus du bar où vous enregistrez les paris, nous en sommes informés. On s'en fiche !

Soulagé, Matteo continua :
— Notre oncle s'occupait du club, à cette époque. Après son deuxième infarctus, on a engagé Caportino.
— Vous le connaissiez déjà ? demanda Zépansky.
— Non. Mais on nous l'avait dépeint comme quelqu'un de sûr.
— On ?
— Une de nos relations.
— Écoutez les gars, si voulez sortir de ce pétrin, arrêtez de tergiverser ! dit Ferrone. Quelle relation ? L'empaffé que vous avez évoqué ?

Émile, un addict de la pâtisserie, laissa l'initiative à Matteo. Ce dernier réfléchit un long moment. Un procédé complexe censé décortiquer toutes sortes d'implications souterraines saturait ses synapses.

— Nous ne sommes pas des balances ! se décida-t-il.

Les Staviani cracheraient leurs Valda avec parcimonie, estima Zépansky. Il joua son joker :

— Nous allons procéder d'une autre façon. J'énonce des noms et vous hochez la tête. Le commissaire Patrick Vernade !

Pris par surprise, les frangins n'agitèrent leurs museaux dans aucun sens, mais une série de tics défigura leurs visages burinés par les coups bas.

— Si j'ai bien saisi, Patrick Vernade vous a recommandé Dominique Caportino qui s'est enrichi sur votre dos, poursuivit Zépansky. Vous ne vérifiez pas les comptes ?

— Le chiffre d'affaires déclinait, expliqua Matteo. La conjoncture défavorable nous…

— En trois ans, nous avons perdu une centaine d'adhérents ! le coupa Émile.

— Nous étions débordés avec l'ouverture d'un nouveau club à Tours. On s'est laissé endormir par Caportino, finit de répondre Matteo.

— Après avoir patienté toutes ces années, vous agissez sans vous fabriquer un alibi. Je ne vous félicite pas, soupira Ferrone.

— C'est à cause du Chinois ! déclara Matteo. Il traînait dans notre bar à écouter les conversations. Un soir, Émile a remarqué le micro qu'il portait derrière l'oreille et on a chargé deux de nos gars de lui rappeler les règles du jeu dans un endroit isolé.

— Fred et Jacky ne sont jamais revenus ! s'émut Émile.

— Personne ne le connaissait par ici. Caportino l'avait forcément recruté dans le but de nous buter. Remarquez, nous ne sommes pas restés les bras croisés à attendre le corbillard ! On a rameuté six cousins de Corse pour nous aider à

éliminer Caportino et le Chinois. Un matin, quelqu'un a balancé des sacs poubelles dans notre jardin. À l'intérieur, on a retrouvé nos cousins en pièces détachées !
— Les potes de Caportino ne sont pas des poupons en landaus. Un vrai puzzle ! se fendit d'une larme Émile, un hyper sensible que toute cette violence inutile déprimait.
— Nous avons balisé en apprenant le décès du Chinois par le journal. Caportino ne passerait pas l'éponge !
— On a cru qu'il se tiendrait à carreau si vous étiez sur le coup ! C'est pourquoi nous vous avons laissé un message.
— Par la suite, Vernade nous a contactés. Il désirait un arrangement à l'amiable ! ricana Matteo. Le rendez-vous était fixé à une heure du matin, à la discothèque. Mais lorsque nous sommes entrés dans le bureau de Caportino, Vernade l'avait déjà bâillonné et ligoté.
— Il nous a menacés avec son arme. On a dû se mettre à genoux !
— Il en a profité pour nous matraquer le cockpit !
— Après avoir repris connaissance, on a trouvé Caportino sur le sofa, raide comme un piquet. Et Matteo tenait dans sa main le flingue qui avait servi à le canarder. On ne s'est pas attardé, mais les dés étaient pipés ! déplora Émile.
— Le pistolet m'appartenait. Cet empaffé a dû me le piquer un jour où il passait récupérer sa comme.
— Vernade, il en touche beaucoup des « commes » ? demanda Zépansky.
— Sur tous les bizness malhonnêtes du département, répondit Émile.
— J'imagine que Caportino lui postait une petite enveloppe ! extrapola Ferrone.
— Avec Caportino, on parle d'une association, corrigea Matteo.
— Le commissaire Vernade perd deux de ses sources de revenus dans l'histoire ! sourcilla Zépansky. Qu'est-ce qui l'a poussé à tuer son associé et à vous faire porter le chapeau ?

— Il a peut-être eu peur que nos bisbilles dégénèrent et que son nom apparaisse !

Après un dîner agrémenté de récriminations inintéressantes pour un non titulaire de la police nationale, l'enquête reprit le dessus :

— Si on convainc les Staviani de témoigner, Vernade restera à l'ombre un paquet de temps, déclara Ferrone.

— Ne nous emballons pas, capitaine. Entre un commissaire bien noté et deux truands fichés pour toutes les déclinaisons du mot délit, sur qui s'abattra le glaive de la justice, d'après vous ? D'autre part, Vernade a pénétré dans la discothèque sans se faire remarquer. Il n'apparaît sur aucune cassette.

— Il les a effacées, émit Granvin.

— Personne n'a trafiqué les bandes. Et je vais vous le prouver ! affirma Bernoux en se levant.

Après un aller-retour au bunker, il étala deux feuilles A3 sur la table :

— Comme ça m'a intrigué, je suis repassé à la discothèque pendant que vous interrogiez les Staviani. J'ai pris des photos, mais commençons par une vue aérienne de la zone industrielle d'Artenay.

Le lieutenant désigna les points essentiels de sa démonstration avec une tige à brochette :

— Voici La Folie douce et son parking en U. L'ensemble forme une enclave ceinturée de murs. Celui de gauche est mitoyen avec une grande surface. Ceux de droite et de derrière n'offrent aucune possibilité d'accès. Les sept pastilles rouges indiquent l'emplacement des caméras fixées à l'extérieur du bâtiment. Trois sur la façade, deux sur chaque mur latéral. Les endroits coloriés en bleu représentent leurs champs de couverture. Pour éviter de figurer sur les enregistrements, Vernade doit arriver par le parking de l'hypermarché et escalader cette ligne jaune. Elle correspond à quatre-vingts centimètres du mur d'enceinte non pris en compte par les caméras. C'est suffisant pour un homme agile comme lui. Le mur franchi, il le longe sur une vingtaine de mètres et entre dans la discothèque par ce gros trait marron, une porte de service qui se déverrouille à l'aide d'un badge. Derrière la porte, un escalier en colimaçon débouche entre le hall central et le bureau de Caportino. L'unique caméra du premier étage est positionnée face à l'escalier principal, celui emprunté par Mathilde, Caportino et les Staviani. Si Vernade a réussi à ouvrir la porte blindée, il a pu rejoindre Caportino sans laisser de trace sur les vidéos. Caportino a dû fanfaronner avec son installation dernier cri et Vernade en a repéré les failles.

— S'il possède un badge, cela élucide son incursion en toute discrétion, dit Zépansky.

— À condition d'adhérer à la version des Staviani, douta Granvin.

— Ils ne sont pas stupides au point d'engendrer la bêtise du siècle qui les plongera au trou pendant trente ans, intervint Ferrone. Je crois à leur histoire de médiation.

— Moi aussi ! souscrivit Zépansky. Patrick Vernade a voulu faire d'une pierre deux coups. Je m'explique. Il réalise que le Chinois travaille pour Dominique Caportino et se doute que nous arriverons à la même conclusion. Une fois dans nos filets, Caportino se déboulonnera au sujet de la protection qu'il lui impose. En outre, il connaît les griefs des frères Staviani contre Caportino. Tout cela me paraît parfaitement combiné. Un, il liquide Caportino pour l'empêcher de révéler leurs accords. Deux, les Staviani vont payer les pots cassés à sa place. Cerise sur le gâteau, le juge lui confie l'enquête !

— Ce salopard va s'en tirer ? n'en revenait pas Bernoux.

— Je le crains !

— Pourquoi Mathilde est-elle passée à la discothèque le même soir ? demanda Ferrone.

— Elle est venue parlementer avec Caportino avant de repartir sans créer d'esclandre, supposa Zépansky.

— Ou elle pensait l'éliminer, mais quelqu'un l'a devancée, émit Granvin. Dans ce cas, elle a assisté à la scène.

— Les Staviani n'ont croisé personne dans le couloir, rappela Zépansky.

— On se remue ? s'impatientait Ferrone.

— On attend un miracle ! espéra Bernoux.

Le Tout-Puissant convoqua un concile pour débattre du bien-fondé d'une intervention céleste. De leur côté, les quatre policiers reprirent tout à zéro.

16

Les déceptions s'accumulèrent. Mathilde Buchet et Sébastien Courtanche continuaient de jouer à cache-cache ; Zépansky ne savait comment coincer Patrick Vernade (pour le meurtre de Dominique Caportino), Jacques Demorel et Axelle Turpin (pour leur magouille contre Pierre Davaut, l'ancien maire de La Ferté) ; il ne connaissait pas les identités du Chinois et du chauffard qui avait chassé Franck Marthouret d'une départementale, par ailleurs d'un goudron agréable.

Pour couronner le tout, un courrier à en-tête du directeur régional lui rappela son appartenance à une organisation séculaire dont les préséances lui échappaient. Neuf stagiaires se relayaient devant le pavillon de Florence Doriani à Ardon, l'immeuble de Mathilde Buchet à Beaugency et l'hôpital de la Source à Orléans. Ils étaient ravis d'écouter la radio en tétant une canette, mais les fonctionnaires qui se cognaient la paperasse à leur place tiraient la tronche. Zépansky s'évertua à justifier son dispositif et un compromis d'une semaine modéra les esprits.

Les vérifications de chaque piste s'effectuaient dans une morosité grandissante, jusqu'à ce qu'un corollaire et le divin miracle se partagent la une.

— Commissaire, je viens d'avoir au téléphone le type qui a racheté les parts d'Alain Chéneau dans la société de gardiennage, dit Bernoux. Ils étaient associés, à l'époque. Il n'a rien dit d'intéressant sur Chéneau, mais on a papoté du curriculum vitæ de leurs vigiles. Ils engageaient des brutes ! Il a cité en exemple David Cheng, un gars bâti comme un menhir recruté par Chéneau. Ils avaient dû s'en séparer à cause de la forte antipathie qu'il suscitait parmi les autres employés. David Cheng est né le 21 juin 1978 à Clermont-Ferrand.

— Chapeau, lieutenant ! s'inclina Zépansky.

— Mais je n'ai pas trouvé son adresse ! Sinon, j'ai contacté les lieux d'hébergement référencés dans le Puy-de-Dôme. Lors de leur périple, Louis Courtanche et Franck Marthouret sont descendus *Aux Deux Volcans*, une auberge entre Clermont-Ferrand et Vichy. Par chance, la grand-mère a conservé les registres au sec. Et vous savez quoi ? Sur la note de Marthouret, elle avait facturé le remboursement d'une ordonnance. Il se plaignait de violents maux de ventre et elle avait dû appeler un médecin. Franck Marthouret n'a donc pas participé à la partie de poker puisqu'il se tordait de douleur dans son pieu.
— Double chapeau ! le félicita Zépansky. On met le paquet sur Alain Chéneau et le dénommé...
— Cheng, commissaire. David Cheng. Il y a trois ans, une femme nous a précédés dans nos recherches. Je parie mon stock de clés USB sur Florence Doriani !
Zépansky ne misa pas un bouton de chemise contre le lieutenant.

Alain Chéneau avait découvert Florence en état de choc devant le cadavre de François Gourthe. Comment avait-il pu participer à la partie de poker et se retrouver en compagnie de l'inspecteur Lentier sur la scène du crime ? Zépansky n'avait pas la réponse ! Mais si Chéneau était le quatrième joueur, ça expliquait la présence de David Cheng dans le Loiret. Il l'y avait envoyé pour éviter à Caportino de subir le même sort que Florence avait réservé à Sylvain Fossard et Louis Courtanche. Planqué quelque part, tirait-il les fils de cette troupe de marionnettes ?
Quant à Franck Marthouret, il était venu à Clermont-Ferrand avec Louis Courtanche, mais ne s'était pas rendu à Chappes puisqu'il était patraque. Pourtant, il avait rejoint les trois autres au paradis des flambeurs. Ce manque de logique triturait les méninges de Zépansky !

Les questions sans réponse s'empilaient lorsque le Tout-Puissant accéléra l'enquête. Un garagiste de Caen avait remorqué une DS décapotable immatriculée dans le Loiret. Il avait donné une vague description du conducteur (un trentenaire aux cheveux mi-longs), mais avait reconnu le passager, Robert Dilane, un chanteur de folk music qui se produisait fréquemment dans un restaurant de Creully.

Laissant Bernoux et Granvin collecter des informations sur David Cheng et Alain Chéneau, Ferrone et Zépansky partirent décrasser leurs poumons dans le Calvados.

Ils arrivèrent à Creully vers dix-neuf heures. La cité médiévale avait du charme avec son église du XIIe siècle, ses remparts, son château fort acquis par Colbert – le ministre de Louis XIV décéda sans jamais y avoir retiré ses souliers, leur apprit le lieutenant.

Une crêperie et une pizzeria se disputaient les touristes au budget serré. Les deux policiers s'attablèrent à la terrasse du Saint-Martin, l'hôtel-restaurant mentionné par Bernoux. Une femme dans une cinquantaine enveloppée apporta la carte. Elle leur recommanda la terrine aux foies de volaille, le filet mignon façon Vallée d'Auge et un Menetou Salon.

— En hiver, ça doit manquer d'animations ! lui lança Ferrone.

— Ne croyez pas ça ! s'agaça-t-elle. Le samedi soir, on propose un dîner spectacle. Si vous n'avez pas réservé, inutile de vous pointer !

— Des spectacles de quelle nature ? demanda Zépansky.

— Musiques diverses, lectures à voix hautes, prestidigitateurs... On évite le rock à cause du bruit et des toxicos.

— Et les chanteurs de country ?

— Un gars du coin se produit durant la saison.

Zépansky lui montra la photo de Serge Rostov.

— Celui-ci ?

— Tiens, Robert s'est laissé pousser les cheveux et la barbe. Et il est habillé comme un traîne-savate, trouva-t-elle à redire. Il est toujours impeccable lorsqu'il vient chez nous !
— Ça plaît ce qu'il joue ?
— Notre clientèle féminine l'adore !
— Vous connaissez l'adresse de ce Robert Dilane ?

Suivant les indications de la serveuse, ils prirent la direction de Martragny et traversèrent les champs de blé et d'orge de l'arrière-pays. Un chemin de terre les amena devant un manoir lugubre et imposant. La pleine lune projetait sur la façade les ombres crépusculaires des marronniers qui bordaient la cour, des escadrilles de chauves-souris décollaient des avant-toits.

Mais ils n'avaient pas gaspillé quarante litres de gazole pour se laisser subjuguer par la bande-annonce de Dracula chez les Normands. Ferrone tourna un anneau en fer, et ils pénétrèrent dans un hall éclairé par les flammes tremblotantes d'une demi-douzaine de bougies empalées sur les branches d'un candélabre. Deux portes à double battant montaient jusqu'au plafond. Ils se dirigèrent vers celle d'où provenait de la musique, l'écho de leurs pas se répercutant sur la voûte en pierre.

Devant une cheminée monumentale, Serge Rostov et Sébastien Courtanche, en immersion profonde dans le monde des fondamentales et des harmoniques, étaient affalés chacun sur un canapé. Une admiration partagée laissa John Coltrane égrener ses longues improvisations modales jusqu'à la fin du morceau.

— *Live at the Village Vanguard*, soupira Sébastien. C'est le meilleur !
— Je préfère *À Love Supreme*, émit Zépansky.
— Un autre chef-d'œuvre !... Serge, nous avons de la visite !

Rostov céda son canapé aux deux policiers, et se rendit derrière un minibar. Il en revint avec une bouteille de calva trente ans d'âge et quatre verres à liqueur. Le tout sur la table basse, il versa le nectar sans lésiner avant de s'asseoir en tailleur :
— Monsieur le divisionnaire hors classe, capitaine, à la vôtre ! Vous êtes venu vous oxygéner en bord de mer ?
— Une promenade de santé ne figure pas dans nos intentions, monsieur Rostov. Par contre, vous avez récupéré des couleurs après votre tragique incinération !
— J'ai tourné en rond dans ma cellule pendant dix-huit mois, et les contrôleurs judiciaires ne m'ont pas lâché la grappe après ma libération. Le grand air commençait à me manquer ! J'ai préféré m'éclipser et repartir à zéro. Enfin, presque ! Pendant que vous dîniez au Saint-Martin, la serveuse m'a appelé. Vous allez nous arrêter ?
— On verra, répondit Zépansky avant d'avaler une gorgée du calva. Sublime !
— La prune de La Mère peut aller se rhabiller ! confirma Ferrone.

La pomme fermentée selon les règles n'empêcha pas le commissaire de maintenir le cap. Il tendit à Sébastien une photo de Mathilde Buchet. Le fan de Coltrane ne trouva aucun rapport entre cette fille et le virus qu'il avait introduit dans les serveurs de la TPIC.

Il lui passa un cliché de Florence Doriani.
— Qu'elle aille au diable ! rugit Sébastien.

Florence l'avait abordé lors d'un concert. Pour canaliser un coup de foudre comparable à une bombe H, il l'avait invitée chez lui. Suivirent dix-sept jours, cinq heures et vingt-deux minutes d'extases absolues à swinguer sous la couette. Et des mois d'antidépresseurs à remonter la pente après avoir lu la lettre qui lui annonçait la fin de leur idylle !

— Une attirance pour un autre homme pourrait-elle expliquer son soudain changement d'attitude à votre égard ? demanda Zépansky.

— Nous étions toujours fourrés ensemble. Je m'en serai aperçu !
— L'avez-vous présentée à vos parents ?
— Un dimanche, je l'ai emmenée au domaine.
— S'est-elle entendue avec votre père ?
— Ils ont joué au tennis dans la matinée, et on a tous rigolé pendant le déjeuner. Pourtant, c'était difficile de dérider mes vieux en petit comité !
— Vos parents entretenaient-ils des liaisons extraconjugales ?
— Mais c'est quoi cet interrogatoire sur Karine et ma famille ! s'énerva Sébastien. Vous gérez un club de rencontres ou vous êtes venus à propos de la TPIC ?
— J'essaye d'élucider plusieurs meurtres. Répondez à ma dernière question et je vous expliquerai l'objet de notre visite !

Sébastien déglutit une lampée de calva en regardant les moulures du plafond. L'effet de l'alcool amoindrit ses réticences :

— J'ai observé une détérioration. Progressive. De moins en moins de gestes tendres. Tout du moins en ma présence. De là à tenir compte de certaines rumeurs ! Ma sœur Sophie a essayé de m'en toucher un mot, mais je l'ai envoyée promener !

Soudain, Ferrone percuta ce que l'entrée en matière du génial informaticien signifiait :

— Rostov, vous pourriez préciser le plan du divisionnaire hors classe ?

— J'ai simplement énoncé vos grades respectifs, capitaine.

Un épais nuage noir zébré d'éclairs menaçants se positionna au-dessus de la table basse. Sébastien se resservit un calva. Zépansky vida le sien en se demandant si la minute de vérité allait sonner. Ferrone se referma comme une huître devant le coutelas d'un ostréiculteur exempté de quota.

Rostov détendit l'atmosphère :

— N'ayez crainte, capitaine, le commissaire est venu débarrasser Orléans de sa bande de ripoux. Si je peux parler à sa place (Zépansky signala à Rostov de poursuivre), il a d'autres chats à fouetter que vos extravagances et celles de vos deux collègues.

Ferrone prit le temps d'intégrer, mais il en avait lourd sur la patate :

— Je me doutais bien que votre obstination à retrouver l'assassin du Chinois était du pipeau. Les pontes vous ont envoyé chez nous pour enquêter sur le décès de Choisy. Sur votre liste de canards boiteux, Georges et moi devions figurer en première ligne !

Tiraillé entre les contraintes d'une mission secrète et la complicité d'une équipe qu'il appréciait, Zépansky décida de jouer franc jeu :

— Mon intervention à Orléans consistait en effet à déterminer si le commissaire Choisy avait loupé une marche par distraction, ou si on l'avait aidé à dégringoler l'escalier. Le ministère m'avait transmis une dizaine de dossiers. Le vôtre, ceux du brigadier et de Patrick Vernade sortaient du lot. Mais mon opinion est faite. Je compte sur votre équipe pour coffrer notre ami des mœurs. Quant à l'enquête sur le Chinois, je ne quitterai pas le Loiret sans l'avoir résolue dans son intégralité ! Cela vous convient-il ?

Ferrone décortiqua les paroles du commissaire. Un panachage de grimaces et de tics déformait son visage. Il inspira un grand coup et fit craquer les articulations de ses doigts avant de trinquer.

Mais un détail restait à élucider :

— Rostov, comment connaissez-vous mes fonctions au sein du ministère de l'Intérieur ?

— Bernoux vous a raconté sa tentative de m'intégrer dans son club de Mickey, des gars inoffensifs, aimables et d'un niveau supérieur aux utilisateurs lambda de Windows. Mais leurs programmes d'intrusions sur le Net, j'en ponds un en me brossant les dents ! En ce qui concerne Steve Milton, le seul informaticien capable de saisir la portée de mes recherches, il va comprendre sa douleur !... Pour en revenir à votre question, oui, j'ai accès aux disques durs de Bernoux qui croit les protéger avec ses pare-feux d'amateurs ! Cela dit, la dernière version de Cao est particulièrement retorse. Elle est douée, cette petite !

— Cela vous permet-il de suivre les péripéties de notre enquête ?

— Le lieutenant a disséminé un nombre hallucinant de caméras pour couvrir chaque recoin de la ferme. Je vous reçois cinq sur cinq. Vous avez une sacrée descente quand vous liquidez la prune de La Mère !

Sébastien, Ferrone et Zépansky étaient abasourdis : une unité d'élite de la police française participait depuis des semaines à une émission de télé-réalité ! Serge Rostov en était le producteur et l'unique spectateur.

— Vous dites avoir piégé l'américain, ne comprenez pas Zépansky.

Rostov se dirigea vers un secrétaire. Il en rapporta une lettre recommandée et la remit à Ferrone avant de se rasseoir :

— Il y a trois mois, je me suis envoyé ce courrier. Vous rappelez-vous votre entrevue avec Bertrand Rouquier, lors de votre visite à la TPIC, commissaire ? Consultez vos notes sur les Américains, je vous prie.

Zépansky sortit son carnet. Il parcourut le passage en question :

— D'après les propos de Bertrand Rouquier, le virus provenait de Sydney, de Tokyo ou de Paris. Les ingénieurs de WebSafe ont stoppé sa propagation au bout de huit jours.

— Excellent ! Décachetez l'enveloppe, capitaine, et lisez-nous la carte postale, s'il vous plaît.

Un chimpanzé coiffé d'un chapeau d'Indien en plumes, un calumet de la paix entre les pattes, tirait la langue. Ferrone lui rendit la pareille, puis il retourna la carte et la rap-

procha de son nez pour déchiffrer le texte à l'écriture minuscule :
— Steve Milton mettra une semaine pour juguler la diffusion du virus. Après avoir éliminé le Japon et l'Australie, il accusera le site de La Défense d'avoir commis son introduction, mais sans pouvoir le démontrer. Le lecteur de ce document me doit un million de dollars !
— Capitaine, aboulez l'oseille ! pavoisa Rostov.
— Vous avez anticipé les démarches de l'Américain et en combien de temps il arriverait au résultat que vous escomptiez, applaudit Zépansky.
— Exact. Il est balèze, je le reconnais. Mais c'est un méticuleux, incapable d'envisager la moindre impasse. S'il détenait un zeste d'intuition, il aurait trouvé la bonne réponse en deux heures !
— Quel dessein vous anime, Rostov ? Le ridiculiser ? Tester vos récents travaux dans un but précis ?
— Les deux !
En 1992, le MIT recherchait un professeur pour son département de génie électrique et informatique. Lors de l'entretien de recrutement, Milton avait insinué que Rostov, son principal concurrent, était un espion russe ! Avec un nom pareil, la suspicion l'emporta sur la raison ! Par la suite, Milton avait monté sa boîte d'antivirus et Rostov l'empêchait de s'endormir sur ses lauriers !
— Ça m'amuse d'affoler le réseau informatique, reprit Rostov. Ces trente dernières années, l'être humain s'est laissé asservir par un système d'exploitation sans équivalent dans aucune autre civilisation. Au lieu de mener le djihad contre des gratte-ciel, les terroristes devraient suivre des cours de programmation, ils pourraient anéantir l'Occident avec quelques lignes de codes ! Je ne me prends pas pour le docteur Folamour à califourchon sur une unité centrale prêt à sauter sur la Silicon Valley, commissaire. Détruire la Terre n'est pas mon objectif, je me contente d'instiller aux populations les méfaits de l'épuisement des ressources. La crois-

sance camoufle le non-sens de la fuite en avant dans laquelle nous entraînent nos gouvernants.

Sans forcer, Rostov embrigada deux nouveaux sympathisants à La Cause. La bouteille de calva appela les Veuves Clicquot en renfort, Zépansky s'épancha sur ses déconvenues, Rostov narra les circonstances de son faux trépas...

17

Son passage à la discothèque avait déclenché ses insomnies. Attentive au moindre bruit, Mathilde craignait de voir débouler le type au bonnet. Ou le spectre de Caportino ! Les Buisseaux ! Si elle devait livrer bataille, autant s'octroyer l'avantage du terrain. Prise d'un mauvais pressentiment, elle s'était résolue à appeler les Jeantier. La police les avait interrogés avant de fouiller la baraque de ses parents. Si les flics avaient parcouru trois cent cinquante kilomètres pour la trouver, ils ne se priveraient pas d'inspecter les hôtels et les gîtes autour d'Orléans !

Elle avait libéré sa chambre en glissant quelques billets supplémentaires au propriétaire, histoire d'altérer sa mémoire, et était partie se terrer dans l'ancien atelier de son père, un box de dix-huit mètres carrés situé dans la zone industrielle d'Ingré. Heureusement, elle n'en avait pas résilié le bail après son hospitalisation. Sinon, elle dormirait à l'arrière du Kangoo !

Plantée devant l'ordinateur de Florence Doriani, elle analysait en boucle cet imbroglio qu'elle avait cru démêler à sa façon. Elle s'était énervée à juste titre après l'arrivée non programmée du Chinois dans sa vie privée. De là à se frotter au patron de La Folie douce, il y avait un gouffre dont elle avait mal jaugé la profondeur. Et si les flics avaient relié la mort du Chinois et ses zigues, ils disposaient de l'immatriculation de la camionnette ! Avaient-ils découvert Florence sous les tulipes ? Quelle que soit la réponse, la sellette se profilait !

Dans *La partie continue*, Florence racontait les circonstances du suicide de son beau-père et ses conditions d'internement au Logis Paisible. Elle y dévoilait également ses préparatifs concernant les exécutions de sa mère et de son amant au Canada, de Sylvain Fossard, Louis Courtanche et Dominique Caportino. Mais dans le chapitre dédié au Ripou, le quatrième homme, elle s'était contentée d'annotations

243

sans lien apparent : 1996 – démission – gardiennage – Clermont – vente – départ – FNAC – polar – 2004. Mathilde devait le retrouver avec pour seule hypothèse de départ qu'il lisait des romans policiers et avait travaillé à la FNAC de Clermont-Ferrand en tant que vigile ou veilleur de nuit entre 1996 et 2004. Le Ripou ! Florence Doriani parlait-elle d'un flic ? Le portrait du commissaire Vernade était paru dans le journal. Il ressemblait comme un clone au type au bonnet. Après avoir assassiné Dominique Caportino, allait-il conclure la série en l'envoyant six pieds sous terre ?

Elle se lamentait sur son sort lorsque la sonnerie du téléphone retentit. Elle avait jeté son mobile et celui de Florence afin qu'on ne puisse les tracer. Qui connaissait ce numéro ? Un vieux client de son paternel galérait avec sa télécommande ! se rassura-t-elle avant de décrocher.

— Allô, mademoiselle Buchet ! clamât une voix autoritaire. Je suis le professeur Portman.

— Que se passe-t-il, docteur ?

— L'état de votre père s'est amélioré. Il vous réclame !

Une Peugeot 205 bloquait l'entrée de l'hôpital. Ses propriétaires, un couple de personnes âgées, n'assimilaient pas les explications du gardien. Mathilde aurait pu trouver la situation comique, mais elle remarqua, à une vingtaine de mètres derrière la barrière, un jeune homme qui observait sa camionnette avec insistance. Il se dirigea vers la loge en parlant dans un talkie-walkie, et elle fit marche arrière pour réintégrer le trafic de l'avenue de La Porte Madeleine. Sans perdre de vue ses rétroviseurs, elle sortit d'Orléans et s'arrêta sur le bord de la route au bout d'une dizaine de kilomètres. Elle s'en voulut d'avoir fantasmé un dénouement heureux. Les flics avaient débarqué aux Buisseaux et planquaient devant l'hosto. Avaient-ils connaissance de l'appartement de Beaugency ?

Victor Zépansky traquait le meurtrier du Chinois et lui avait transmis un message bienveillant par l'intermédiaire de l'écran du distributeur lorsqu'elle avait retiré de l'argent. De là à lui faire confiance ? Quant à Patrick Vernade, celui qui avait assassiné Caportino, il s'était débrouillé comme un chef pour faire porter la toque aux frères Staviani. S'il l'avait aperçue à la discothèque, elle devenait le témoin à éliminer. Ça sentait le roussi ! pensa-t-elle en se rendant à Beaugency.

Une Ford Mondeo grise stationnait à deux pas de son immeuble. En plein cagnard, un binoclard, ses fesses posées sur le capot, un crayon en bouche, se torturait les méninges avec un sudoku. Il avait un grain. Ou l'étau se resserrait !

Elle prit quatre fois à droite, et se retrouva dans sa rue. Le type avait disparu, mais la voiture était garée à la même place. Assise derrière le volant, une femme aux cheveux courts mâchouillait un sandwich. Un relais-poulets avait eu lieu pendant le tour du pâté de maisons. Outre le pavillon de Florence (Mathilde était passée devant l'impasse la semaine précédente), l'hôpital d'Orléans et l'appartement de Beaugency étaient surveillés. Bien ou mal intentionnés, les flics mettaient le paquet pour la retrouver ! De combien de temps disposait-elle avant la découverte du box ? Un jour ? Une heure ?

Elle devait déménager sans tarder. Trouver un hôtel peu tatillon sur le règlement. Pas loin d'ici. Le payer en liquide.

Réfléchir à la suite des évènements, au moyen de récupérer ses affaires, de voir son père...

18

Deux têtes de déterrés pénétrèrent dans la salle de réunion. Granvin comprit aussitôt qu'un IPN squattait leur crâne. Il surdosa le filtre à café, remplit une cruche d'un mélange d'aspirine et de citrate...

Puis Ferrone relata leur virée normande et Zépansky demanda au lieutenant ce qu'il avait glané sur David Cheng.

Un matin d'hiver, des éboueurs avaient ramassé le petit David devant l'opéra de Vichy. Un assortiment de torchons et de serviettes enveloppait son corps, une tétine craquelée pendouillait au bout de ses lèvres gercées. Le juge pour enfants le plaça dans l'orphelinat qui avait accueilli Dominique Caportino. À cause de leur différence d'âge, les deux hommes n'avaient pu s'y fréquenter. Mais l'établissement, en partenariat avec la police, organisait depuis les années soixante des rencontres entre ses pensionnaires et d'anciens détenus.

Le baccalauréat en poche, Cheng troqua les bancs de l'école contre les strapontins des boîtes d'intérim. Cette alternance de petits boulots et de chômage précéda son passage à la société de gardiennage d'Alain Chéneau. Il mena ensuite une vie de célibat consacrée à des travaux confidentiels rétribués par d'illustres inconnus. Sans gamin, sans ami, sans feuille d'imposition, sans contentieux avec la justice, il était devenu transparent comme un plexiglas sorti d'usine.

Bernoux continua avec le cas de l'ex-inspecteur Chéneau. Entre 1979 et 1991, ses supérieurs l'avaient chargé d'une mission de prévention auprès des orphelins classés, dans des circulaires anonymes, parmi les délinquants potentiels. Il était le lien entre David Cheng et Dominique Caportino puisqu'il les avait tous deux rencontrés en prêchant la bonne parole du Garde des Sceaux.

Rien n'entacha son parcours dans la norme – école de police, mariage à l'église, deux enfants, reconversion lucrative..., jusqu'en 2001 et une radieuse matinée d'automne. Ce

jour-là, il brûla son carnet d'adresses, remplit son baluchon et déguerpit sans faire suivre son courrier. Sa femme trouva une lettre sur la table de la cuisine. Les routines lui pesaient, son boulot, ses potes, sa famille entravaient son épanouissement personnel. Mais il reconnaissait être un mauvais époux, un père absent. À titre compensatoire, l'enveloppe renfermait un chèque de cent mille euros pour l'éducation de leurs marmots. Depuis, il avait rompu tout contact, même si ses filles ressentaient sa présence. Une berline aux vitres teintées ralentissait en arrivant à leur hauteur, sans jamais s'arrêter !
— Pascal Buchet loue un local au nord d'Orléans, ajouta Bernoux. Des abonnements à EDF, France Télécom et La Générale des eaux courent toujours.
— Une vraie garçonnière, apprécia Granvin.
— En route ! fit Zépansky.

La zone commerciale d'Ingré, alternance de parkings et de préfabriqués recouverts de tôles ondulées, s'étalait sur quatre-vingt-six hectares. Ils abandonnèrent l'artère principale bordée d'enseignes de la grande distribution, longèrent des entrepôts et se retrouvèrent entre deux rangées de box en parpaing naturel.
— Voici le 26 ! indiqua Ferrone.
Zépansky frappa plusieurs coups sur le volet roulant, et Granvin confirma ses talents de crocheteur. Des bocaux de tailles diverses reposaient sur des étagères. Une taraudeuse, un voltmètre, un fer à souder équipaient un plan de travail.
Au milieu du local, le capitaine contourna une vingtaine de tubes cathodiques entassés les uns sur les autres :
— Venez voir, Mathilde s'est aménagé une niche !
En le rejoignant, Zépansky heurta de son coude une vieille antenne de salon. Un chat noir, en train de roupiller sur le pied en marbre pour en capter la fraîcheur, se réfugia au fond de la pièce.
— Passez-moi ce bazar au peigne fin ! ordonna Zépansky.

Un téléphone filaire et un ordinateur portable reposaient sur une table de bridge.
— La ligne fonctionne, relata Ferrone en raccrochant le combiné sur son socle.

Il examina les quotidiens – récents – et les vêtements étalés en vrac sur le drap-housse qui recouvrait un tapis de sol.

Pendant ce temps, Granvin jeta un œil aux affaires de toilette et aux ustensiles de cuisine qui garnissaient deux planches fixées au-dessus d'une plaque électrique et d'un évier.

— Ça n'a rien d'un relais château, mais il dispose de l'essentiel, dit Ferrone.

— Et il n'a pas de problème de voisinage ! ajouta Granvin.

— Examinez les armoires à l'entrée et cette barricade qui bouche le passage ! ordonna Zépansky en s'emparant de l'ordinateur.

En cherchant une place, Mathilde remarqua un break Laguna stationné devant son box. Elle se gara entre deux cousines du Kangoo, se dissimula derrière un panneau publicitaire et épia les indésirables.

Une demi-heure plus tard, trois hommes sortirent du local. Le plus âgé transportait l'ordinateur de Florence, le plus imposant un sac en plastique. Ils montèrent dans leur véhicule et mirent les voiles. Elle se précipita à l'intérieur, et lâcha un « Merde ! » rageur : ils avaient embarqué le pistolet enfoui dans le bac à boulons.

Débarrasser le lino en vitesse. Trouver une autre piaule. Avec les biftons en sa possession, une paire de draps se ferait un plaisir de l'accueillir !

Zépansky compulsait l'ordinateur de Florence Doriani sur la table de la terrasse.
— On progresse ! se réjouit-il en refermant *La partie continue.*
— Ça dépend sur quel sujet, nuança Bernoux.
Ils avaient des certitudes. Florence Doriani avait déclenché les hostilités en carbonisant sa mère et son Jules. Le Jules en question avait convaincu Béatrice d'émigrer au Canada et de laisser sa fille au Logis Paisible. Florence lui en avait tenu rigueur ! Elle avait ensuite empoisonné Sylvain Fossard, fusillé Louis Courtanche et tenté d'éliminer Dominique Caportino. L'ex-inspecteur Chéneau était mêlé à cette intrigue, même si Florence ne citait pas son nom. Et si l'on accréditait la déposition des frères Staviani, le commissaire Vernade avait assassiné Dominique Caportino.
Et des doutes sur l'implication de Mathilde et le responsable des tonneaux de Franck Marthouret.
Sur ce dernier point, Bernoux exécuta un arrêt sur image :
— Vous avez vu la voiture sur la vidéo ?
— Quelle voiture ? Sur quelle vidéo ? fit Zépansky.
— Ouvrez le dossier nommé *Sébastien Courtanche*... Vous y êtes ?... Cliquez sur *Domaine.div* !
Zépansky regarda avec attention les vingt secondes du film numérique sans saisir où Bernoux voulait en venir. Dans la cour du domaine, Sophie Crozier rangeait une valise dans le coffre d'une Renault Scénic. Son mari était déjà accroché au volant. Sur le perron, Manu embrassait son oncle et ses grands-parents. Un simple retour au chacun chez soi après une journée en famille.
— Je ne remarque rien de particulier, dit Zépansky.
— La Scénic est vert tilleul, comme les traces de peinture retrouvées sur la Volvo de Franck Marthouret ! Crozier n'a pas dû digérer que Marthouret jette sa candidature de directeur au panier.
— La voiture est à lui ?

— Elle appartient à sa femme. Mais c'est lui qui conduit. Et puis, c'est un violent, le Roland ! Tenez, voici un compte-rendu d'un urgentiste de Montargis.

Le brigadier ne laissa pas Zépansky le lire. Il pria les deux adeptes de la souris de déblayer leur haute technologie. Place à du sérieux : un rôti de veau dont La Mère, de toute son autorité – les dents grincèrent plusieurs fois ! –, avait surveillé la cuisson.

— Elle veut becqueter avec nous ! prévint Granvin.

— Elle est d'une humeur massacrante, ajouta Cao en disposant les couverts sur la table.

Dîner avec La Mère mettait les sang-froid à rude épreuve. La prune hydraterait le menu, ils s'en doutaient. Mais quelle dose leurs gencives allaient-elles encaisser ?

— Le commissaire, il a enfin résolu sa devinette ?

Le ton moqueur exprimait combien Zépansky se montrait incompétent à ses yeux. La question méritait une réponse circonstanciée :

— On avance, madame Granvin.

— Mon grand m'a promis de repeindre le salon ! Vous pourriez accélérer le mouvement ?

Là-dessus, La Mère demanda à Bernoux de la servir. Elle n'avait pas laissé ces commis de cuisine tout juste bons à louper une purée en sachet massacrer le repas. Sans ses conseils (proches du harcèlement psychologique, suivant le compte-rendu de Ferrone), la bidoche aurait versé dans le corned-beef.

— La fille que vous recherchez, vous avez fini par l'arrêter ?

— Nous avons inspecté plusieurs endroits où elle a séjourné, mais on a toujours un train de retard, madame Granvin.

— Mettez une annonce ! On a vendu le tracteur de mon mari en deux jours.

— Ça ne suffira pas, madame Granvin. Et si on convoque la presse, elle risque de paniquer.

— Ah bon ! s'étonna La Mère.
— Un policier corrompu veut la tuer.
— Si ça se trouve, ils sont deux ! s'aventura Bernoux.
— Mais vous êtes le gentil commissaire et elle ne le sait pas.
— En effet, madame Granvin.
— Arrêtez ce cirque avec votre Madame Granvin à tout bout de champ ! Et passez-lui un message à travers un évènement dont le monde entier causera, mais qu'elle seule comprendra. Vous pigez, Monsieur le Commissaire ? Jean-Marc, ressers-moi un coup. Ça assèche de s'occuper de tout !

19

Ferrone et Zépansky foulèrent le paillasson des Crozier à midi trente. Sophie n'avait pas le temps de s'entretenir avec eux. Elle déjeunait avec son fils qu'elle devait ensuite conduire au collège. Mais Zépansky n'était pas pressé et Ferrone déposerait Manu pendant leur discussion.

En attendant, il voulut examiner le garage. Sophie s'étonna de cet intérêt subit pour un assortiment de tournevis et de clés à pipe.

— J'aimerais jeter un œil à votre Scénic, insista Zépansky.

— Elle est dans la rue, sur la droite en sortant. Le garage est réservé au Duster de mon mari. Le matériel entreposé dans le coffre vaut une fortune !

Zépansky fit signe au capitaine de l'accompagner à l'extérieur.

— Regardons si cette Scénic est impliquée dans l'accident de Franck Marthouret, dit-il en foulant le trottoir.

Les deux policiers examinèrent la Renault, et Ferrone établit le constat :

— L'enfoncement sur l'aile arrière droite est récent, la tôle n'est pas corrodée.

— Appelez une remorqueuse. Je vais voir si le gamin a terminé son hamburger.

Manu engloutit une dernière cuillerée de sa Danette au chocolat, enfila son Eastpak et rejoignit Ferrone. Les fenêtres de la Laguna grandes ouvertes, ils réanimèrent le quartier avec *Nothin' But the Blues* de Johnny Winter.

Sophie proposa à Zépansky la chaise libérée par son fils. Le lave-vaisselle en route, elle retira son tablier et s'assit en face de lui.

— De quel sujet voulez-vous parler, commissaire ?

— Madame Crozier, je vous avais demandé votre emploi du temps pour le soir de l'accident de monsieur Marthouret. Vous aviez répondu que vous étiez au domaine. Maintenez-vous votre version des faits ?

— Vous doutez de ma parole ?

Zépansky soupira :

— Mon travail consiste à deviner les cachotteries des gens. De préférence à leur domicile plutôt qu'au commissariat !

— À quelle heure êtes-vous arrivée chez votre mère ? Et par quel moyen ?

— Manu et moi avons pris le car. Nous avons débarqué au domaine vers dix-huit heures.

— Votre mari ne vous y a pas amenés ?

— Roland nous a récupérés le dimanche, après le café.

— Vous utilisez les transports en commun pour aller là-bas ?

— Normalement, je m'y rends en vélo. Mais par mauvais temps ou si Manu m'accompagne, je me sers de ma voiture. Ce jour-là, Roland devait livrer une pompe sur un chantier. Le Duster était en panne. Il avait besoin de la Scénic.

— Il en possède un double des clés ?

— Comme moi j'en ai un du Duster.

— Où était-il au moment de l'accident ?

— Ici. Il regardait un match de foot.

— Votre mère dispose d'un téléviseur en état de marche. Il aurait pu vous rejoindre après son rendez-vous.

— Mon mari recevait un collègue. Il n'aurait pour rien au monde décommandé cette séance bière et ballon rond ! Écoutez, commissaire, Roland n'avait aucune envie de passer les quatre jours de l'Ascension avec sa belle-mère et Franck Marthouret.

— La présence d'un « collègue » à cette soirée foot représente-t-elle une simple supposition de votre part ?

— Avant de jouer au bridge, il devait être vingt et une heures, j'ai appelé Roland pour lui demander d'emporter la guitare de Manu. Notre fils désirait interpréter sa dernière composition à sa grand-mère. Durant notre conversation, Roland a indiqué où se trouvait le décapsuleur.

— Avez-vous entendu la voix d'une autre personne ?

— Non, juste l'aparté de Roland.

Plusieurs coups de klaxon agressèrent les tympans de Sophie :
— Que se passe-t-il dehors ?
— Nous transportons votre véhicule au centre d'expertise. S'il est impliqué dans l'accident de Franck Marthouret, votre mari devra justifier qu'il n'en était pas le conducteur ce soir-là.
Sophie alla regarder par la fenêtre de la cuisine. Sa Scénic, l'avant soulevé par une dépanneuse de la police, s'engageait sur la chaussée.
— N'importe quoi ! enragea-t-elle, sans qu'on sache si elle se référait au sort réservé à Roland ou à sa voiture.
— Votre frère nous a raconté...
— Comment va-t-il ?
— Il est en excellente santé. D'après lui, votre mari en voulait à monsieur Marthouret de ne pas l'avoir nommé directeur du parc.
— Son entreprise n'atteindrait jamais la taille requise pour répondre à des contrats importants. Roland le savait et souhaitait se diversifier dans les activités de loisirs. Que la tournure des évènements lui ait déplu est compréhensible ! De là à tuer Franck, il y a un monde !
— Un homme contraint de rabattre ses prétentions peut réduire l'univers à une portion de départementale. Monsieur Crozier a deux gardes à vue pour coups et blessures à son actif !
— Il avait bu. Des bagarres sans conséquences entre supporters déçus.
— Le 7 mars 2006, un interne de l'hôpital de Montargis vous a cousu trois points de suture. Dans son rapport, il mentionne que vous aviez glissé sur une serpillière. Pourquoi avez-vous menti, madame Crozier ?
Ses nerfs l'abandonnèrent. Fini la superbe, place aux larmes amères d'une femme battue dans le secret d'une société protégeant ses tares. Oui, son mari s'irritait pour des fu-

tilités. Et quand il avait un coup dans l'aile, elle servait de punching-ball avant le passage à l'acte.

Zépansky entoura Sophie de ses bras en espérant lui insuffler un peu de chaleur et de courage, de quoi tenir dans ce merdier indécrottable.

Après une brève conversation téléphonique avec Granvin, il demanda à Ferrone de faire un détour par Vannes avant de rejoindre Orléans.

Le bureau de Ferrone ressemblait à une salle de boxe.

Dans un coin de la pièce, Roland Crozier exprimait son mécontentement à gorge déployée. Ses cheveux noirs coiffés en brosse rehaussaient un visage anguleux. En son milieu, deux billes d'ébène encadraient un nez aplati. Le tout surplombait un physique de troisième ligne en manque d'entraînement. Roland n'avait pas apprécié le zèle viril avec lequel Granvin l'avait séquestré dans cet asile d'aliénés. Le brigadier-chef camperait moins les fiers-à-bras lorsque le procureur de la République l'enverrait se peler en plein hiver sur un carrefour !

Dans l'angle opposé, Granvin se retenait de venir le mettre KO. Appuyés contre une cloison, Ferrone et Bernoux prenaient les paris.

Au centre du ring, Zépansky rappela les règles du jeu :

— Monsieur Crozier, je suis encore bien disposé à votre égard. Mais ma patience a des limites. Je vous conseille de nous dire la vérité dans les plus brefs délais.

— Je ne comprends pas la raison de ma présence dans ce poulailler ! s'emporta Roland.

— Nous avons retrouvé des traces de peinture sur le pare-chocs de la Volvo. Elles proviennent de la Scénic de votre femme. Crozier, je vous soupçonne d'avoir prémédité l'accident de monsieur Marthouret.

— Mais vous êtes tous mabouls, ma parole ! Je passais la soirée chez moi avec un ami !

— Quel ami ?
— Une personne qui partage mes préoccupations.
— Pensez-vous me satisfaire avec ce style de réponses ? se fâcha Zépansky. Je vais vous aider à revoir votre copie ! En épousant la fille, vous escomptiez devenir l'associé du père. Mais vous vous rendez compte que Louis Courtanche vous mène en bateau. Comme par hasard, il s'emmêle les bottes et se tue avec son arme. Lors de cette partie de chasse, votre poste se tenait à une cinquantaine de mètres du sien ! Capitaine, combien de temps mettriez-vous pour retourner à votre place après avoir perforé l'œsophage de monsieur Courtanche ?
— Si je positionne le fusil sous le corps et reviens sans lambiner..., je dirai entre vingt et trente secondes.
— Crozier, le capitaine Ferrone vous octroie dix secondes de marge pour reprendre votre souffle. C'était tentant d'aller zigouiller votre beau-père !
— D'après les conclusions de l'instruction, il était saoul et personne ne s'était approché de son poste avant la découverte de son cadavre par Berthelot et Casagrande.
— Je vois que vous avez suivi l'enquête avec attention ! Soyez rassuré, je ne vous rends pas responsable de sa mort. En fait, je considère la fin tragique de Louis Courtanche comme une répétition générale. Une prise de conscience, si vous préférez. Après son décès, des ailes commencent à vous pousser, mais la relance inattendue du projet par Franck Marthouret anéantit vos espoirs. Quinze jours plus tard, il rejoint Louis Courtanche au paradis. Ces similitudes laisseraient perplexe tout bon commissaire !
— Mon seul crime consiste à avoir fréquenté une caste qui me méprise. Ces aristos n'ont pas levé le petit doigt et mon beau-père n'a fait appel à mes services qu'en dernier recours !

Louis Courtanche traversait une mauvaise passe. Les réhabilitations de sites industriels qui avaient assuré sa fortune n'avaient plus le vent en poupe et il n'arrivait pas à boucler le financement du parc de loisirs, une centaine de millions d'euros. Roland Crozier lui avait alors proposé d'utiliser son entreprise de maçonnerie. Ses ouvriers ayant accepté de convertir un tiers de leur salaire en actions de la société, le coût des travaux diminuait de vingt-cinq pour cent et il devenait le directeur général du parc. Courtanche approuva l'arrangement, mais sa mort remit tout en cause. Malgré ses difficultés, Louis Courtanche déposait soixante-quinze millions d'euros sur la table. Par la suite, Crozier envisagea de reprendre le programme à son compte. Son beau-père lui avait présenté un groupe d'investisseurs et Roland pensait réunir une somme équivalente grâce à eux. Mais au moment de passer au tiroir-caisse, ces types qui brassaient des milliards avaient déjà asséché leurs tirelires. Dans ces conditions, son apport personnel ne suffisait pas et les banques refusèrent de lui prêter les soixante-quinze millions nécessaires.

L'année suivante, Crozier rencontra « l'ami qui partageait ses préoccupations. » Avec leurs seuls fonds propres, et en se restreignant à la parcelle censée revenir à Sophie, ils avaient monté un projet plus réaliste. Là-dessus, Franck Marthouret s'était radiné avec des études de marché plein son attaché-case !

— Marthouret vous a bel et bien grillé en proposant à Hélène une association sans commune mesure avec la vôtre, lança Zépansky.

— Évidemment ! En lui passant la bague au doigt, il récupérait le Clos. Il a donné deux ou trois coups de fil et le financement des travaux fut bouclé avec les anciens partenaires de Louis. Ô miracle, ils étaient de nouveau en quête de placements ! Pour certains, vous fourrer des bâtons dans les roues est une seconde nature !

— Franck Marthouret, par exemple ?

— Je ne suis pas un assassin !

— Et lorsque vous violentez votre femme après vous être saoulé comme un pochtron, vous êtes le bon Samaritain ?

— Sophie vous a servi son baratin habituel ! Mais vous a-t-elle raconté comment elle a mis le paquet pour me séduire ? J'avais beau la trouver immature avec ses rêves de princesse capricieuse, j'ai bêtement succombé à ses charmes ! Nos rapports se sont dégradés à partir de notre troisième année de mariage. Je la désirais comme un fou, mais elle m'envoyait paître à chacune de mes avances ! J'envisageais de divorcer quand son père m'a fait miroiter la possibilité de collaborer à ses futurs chantiers. J'ai cru qu'il tiendrait parole ! Alors oui, il m'arrive de péter un câble avec Sophie. Cette garce m'a lancé son grappin pour je ne sais quelle raison... Et elle a réussi à monter Manu contre moi !

— Tout ça est fort gentil, monsieur Crozier, mais vous n'avez pas d'alibi. L'ami présent à votre domicile pendant l'accident de Franck Marthouret s'apparente à un fantôme !

Le fantôme se prénommait Charles. Roland Crozier l'avait croisé lors d'un repas de chasse et ils en étaient venus à parler du parc de loisirs. Quelques mois après, Charles l'avait recontacté. Il avait touché un héritage conséquent et cherchait une opportunité de faire fructifier son capital. De son côté, Crozier devait persuader Hélène de transmettre à Sophie la moitié du Clos. Par la suite, ils se donnèrent rendez-vous dans des cafés.

Le soir de l'accident de Franck Marthouret, Charles était arrivé chez Roland vers dix-neuf heures.

— Avait-il organisé cette réunion ? s'enquit Zépansky.

— Charles avait téléphoné à mon bureau, la veille. En fin de matinée.

— Et vous, vous l'appeliez ?

— Non, il ne m'avait pas laissé son numéro.

— Cela ne vous a pas étonné ?

— Je n'ai pas pensé à le lui demander. Ni lui à me le donner !

— En résumé, le dénommé Charles, dont vous ignorez la biographie, enfile sa veste après la première mi-temps d'un match de football. Il vous serre la main et vous abandonne devant votre poste de télé à vingt-deux heures. Soit trois-quarts d'heure avant le bain forcé de Franck Marthouret. Or, ce matin, le capitaine Ferrone et moi-même avons parcouru le trajet entre votre pavillon et Vannes. Avec une circulation dense – ce n'est pas le cas après vingt heures – et en respectant les limitations de vitesse, nous nous y sommes rendus en vingt-huit minutes. Crozier, si vous n'avez rien d'autre à ajouter, vous êtes dans de beaux draps !
— On essaye de me compromettre, commissaire. Vous devriez plutôt vous intéresser aux adversaires du projet. Comme mon beau-frère, qui refuse de vendre sa parcelle !
— Mauvaise pioche ! Contrairement à vous, Sébastien a un alibi et ne conduit pas une Scénic vert tilleul avec une aile arrière droite enfoncée.
— Elle est à Sophie !
— Le soir de l'accident, votre femme jouait au bridge chez sa mère. Cinq personnes l'ont confirmé. Crozier, le juge d'instruction décidera de votre mise en examen. Je vous conseille d'engager un bon avocat. Brigadier, ramenez ce monsieur dans sa cellule.
— Je ne l'ai pas tué ! brailla Roland dans le couloir.

Le calme revenu, Zépansky demanda son avis à Ferrone.
— On en a condamné à mort avec moins de preuves et ça ne me gênerait pas de débarrasser la Voie lactée de ce tocard. Mais si on présente au juge une aile froissée et une candidature de directeur à la poubelle, ça fera léger !
— J'abonde dans votre sens, capitaine. Il ne répare pas la Scénic et le prétendu Charles l'aurait quitté trois quarts d'heure avant le décès de Marthouret. Quitte à inventer un bobard, autant y mettre un minimum de cohérence.
— On recherche l'investisseur de secours ?

— Si Roland a rencontré ce Charles lors d'une partie de chasse, c'est parce que quelqu'un l'y a invité ! Envoyez le brigadier se procurer les noms des mordus de la gâchette auprès d'Hélène. Et demandez au lieutenant de vérifier les communications reçues au bureau de Crozier la veille de l'accident.

Granvin servit une paella accompagnée d'un petit rosé de Catalogne. L'atmosphère ibérique stimula Zépansky :

— Lieutenant, ce coup de fil entre Charles et Roland Crozier ?

— Le jour en question, à onze heures cinquante, la secrétaire de Crozier lui a transféré un appel émis d'une brasserie située dans le troisième arrondissement de Paris. Près de l'angle du boulevard Sébastopol et de la rue aux Ours. D'après elle, cette communication ne concernait pas son boulot.

— Et toi, Georges, les paras du dimanche ? ricana Ferrone.

— Hélène n'a gardé aucun souvenir d'un Charles dans leurs rangs.

— Il se prénomme autrement ! proposa Bernoux.

— S'il existe ! dit Granvin.

— Roland Crozier a été manipulé, estima Zépansky. Qui voudrait blanchir une grosse somme dans une affaire honnête ?

— Les frères Staviani. Ou Dominique Caportino, avança Bernoux.

— N'oublions pas cet enfoiré de Vernade ! compléta Ferrone.

— Nous montrerons leurs photos à Crozier, espéra Zépansky.

20

Roland Crozier se réveilla en plein cauchemar. Une pharmacienne lui fourguait son stock d'écrans total alors qu'il avait peu de chances d'attraper des coups de soleil dans les années à venir.

Quand Granvin le conduisit dans la salle de réunion, il ne la ramenait plus. Huit visages tapissaient le tableau blanc. Zépansky l'invita à attribuer les traits morphologiques du fameux Charles à l'un d'entre eux. Crozier déploya une moue dédaigneuse en identifiant Sébastien, et pointa du doigt le portrait de Patrick Vernade :

— À part ce gars dont la photo est parue dans La Dépêche – un article sur un crime dans une discothèque, je crois –, je ne reconnais personne ! Charles est moins grand, plus enveloppé, mais tous les deux possèdent ce regard d'inquisiteurs propre à votre corporation !

En principe, Roland aurait dû recevoir une beigne de la part de la corporation tout entière. Bernoux préféra imprimer le visage d'Alain Chéneau, du temps où l'ex-policier exerçait à Clermont-Ferrand.

— Celui-ci vous évoque-t-il des souvenirs ? demanda le lieutenant.

Roland devait trouver les sept erreurs. Il examina le cliché avec minutie :

— Charles ne porte pas la moustache. Mais ils ont un air de famille. Comme un père et son fils !

Zépansky disposa trois chaises devant le tableau blanc couvert de notes. Il sonna le rassemblement général, s'empara d'une règle et commença sa démonstration :

— Messieurs, voici l'enchaînement des faits tel que je l'entrevoie. Après le décès de François Gourthe, Florence Doriani est placée au Logis paisible, jusqu'à sa majorité. Le jour de sa sortie, Alain Chéneau, planqué dans un coin, arme son revolver. Mais la petite a devancé l'appel. Il ne la retrouve pas,

261

s'affole, démissionne, mais garde un œil sur ses anciens complices, de crainte qu'ils commettent un impair. En 2005, il apprend la mort de Sylvain Fossard. Deux ans après survient celle de Louis Courtanche. Le doute n'est plus permis : Florence est partie en croisade. Il intervient alors sur deux axes. Un, il entre en contact avec Roland Crozier. Sans le savoir, Roland lui donne toutes sortes d'informations au sujet de Franck Marthouret. Entre autres, les horaires de ses déplacements réguliers. J'y reviendrais ! Si Florence suspecte Marthouret d'avoir participé au viol, elle l'épinglera à son tableau de chasse. Rien de gravissime. Mais si elle n'écoute pas les dialogues comme elle l'a fait avec Sylvain Fossard et Louis Courtanche, Marthouret plaidera non coupable. Des aigreurs d'estomac l'avaient cloué au lit pendant la partie de poker. Dans ce cas, elle changera de cible, ce qui panique notre ex-collègue ! Deux, il demande à David Cheng de protéger Dominique Caportino. Protection éloignée, mais le patron de la Folie douce échappe au guet-apens de Florence. Par l'intermédiaire de Vernade, Caportino déniche son adresse. Il envoie le Chinois à Ardon s'assurer de son trépas. Mauvaise décision ! Mathilde Buchet, une opportuniste non prévue dans la distribution initiale, met un terme aux agissements de l'honorable David Cheng. Il n'y a plus de doute : Florence est en vie, prête à continuer sa virée macabre. Caportino se retranche dans sa discothèque et Chéneau choisit d'en finir avec Marthouret en se servant de Roland Crozier. Il s'invite chez lui, emprunte la Scénic et se rend à Vannes. Marthouret y passe tous les jeudis après avoir dîné à l'ehpad de Sully, avec sa mère. Il le suit, lui fait une queue de poisson et l'envoie dans le décor avant de rapporter la Scénic près du pavillon des Crozier. Soit la police retient l'implication du routier, un autre figurant intégré à la dernière minute, soit Roland devient le suspect idéal, car il ne pourra prouver la venue d'Alain Chéneau à son domicile. Et il a un mobile connu de tous : diriger le parc de loisirs malgré le manque d'estime que lui ont porté Louis Courtanche et

Franck Marthouret. Mobile que Chéneau va exacerber en lui baratinant qu'il va récupérer le projet grâce à son aide. Depuis, Vernade a buté Caportino. Sur ce dernier point, je ne vois pas de rapport avec la partie de poker. En tout cas, Chéneau reste seul en liste avec une énorme épine dans le pied : Florence Doriani, dont nous n'avons pas signalé le décès. Florence, c'est-à-dire Mathilde Buchet. Nous devons la retrouver avant lui. S'il confond notre petite serveuse avec Florence, il l'empaquettera sans hésiter ! Qu'en pensez-vous ?

On entendit une mouche voler autour de la pièce..., jusqu'à l'intervention du capitaine :
— La hors classe, c'est le must ! reconnut-il.
— Respect ! salua Bernoux.
— Bien ficelé ! ajouta Granvin.
— Je vous remercie ! Et à part ça ?
— La Scénic, il la sort d'où, Chéneau ? Il demande les clés à Roland ? lança Ferrone en regardant le rond de fumée qu'il venait d'expulser monter vers la stratosphère.
— Il a dû les dérober pendant sa visite, supputa Zépansky.
— Comment les remet-il à leur place ?
— Je ne sais pas, capitaine !
— Pour un ex-flic, ce type de serrure se crochète en deux secondes, affirma Granvin.
— Le garage est réservé au Duster et la Scénic dort dans la rue. Chéneau pouvait l'emprunter derrière son dos, compléta Zépansky.
— Pour retrouver Mathilde, on met nos cartes de visite dans une canette qu'on balance à la mer ?
— Capitaine, vous êtes irrécupérable !
— Une réflexion de La Mère m'a donné une idée tirée par les cheveux. On risque de passer pour des imbéciles ! sourcilla Bernoux en se tournant vers le commissaire.
— Allez-y, lieutenant. Au point où nous en sommes !

Le chat se décomposait devant sa gamelle vide, et Mathilde avait réglé son sort au dernier carré de chocolat. Elle laissait la télé allumée, même si les émissions n'apportaient pas de réponses convaincantes à ses interrogations. Elle avait envisagé de se rendre à la police. Mais elle avait tué le Chinois. Et le commissaire Vernade l'accuserait de complicité avec les Staviani si elle révélait avoir été témoin de son forfait. Quant au Ripou, il devait être à l'affût pour lui causer du pays. Mauvaise idée !

Assise en tailleur sur le dessus de lit, son cerveau tourna au ralenti, jusqu'à ce que la présentatrice des actualités régionales attire son attention. Dans la matinée, un embouteillage monstre avait paralysé le centre d'Orléans. Les caméras montrèrent des files de voitures à l'arrêt sur le quai de la Madeleine avant de se rapprocher du foyer de tout ce chambard. Devant le pont George V, un type costumé en père Noël distribuait des coupures de cinq cents euros à un rassemblement spontané de quidams agglutinés autour de lui. L'avidité sans borne de cette foule débridée le dévalisant du moindre billet, il récupéra de nouvelles liasses dans une brouette accrochée à l'arrière de son scooter.

Le cirque dura jusqu'à l'intervention de la police. Un grizzli en uniforme et la doublure de Fonzie – le gentil loubard dans la série *Happy Days* – embarquèrent le père Noël. La circulation reprit son cours et une fringante journaliste interviewa un grand rondouillard dans la cinquantaine. Après avoir relevé l'efficacité des forces de l'ordre, le commissaire Victor Zépansky expliqua la raison de cet évènement incongru. Sous l'emprise de l'alcool, le pseudo père Noël avait dupliqué des milliers de billets. Il avait emprunté la brouette de madame Flomathi pour les transporter jusqu'à cette banque éphémère. Une pioche faisait partie du lot et le commissaire remettrait le tout à sa propriétaire. En main propre ! Suivit un gros plan sur la brouette et la pioche avec un numéro de téléphone en surimpression.

Mathilde décortiqua ce canular de poivrot. La brouette ! La pioche ! Madame Flomathi, un assemblage des prénoms de Florence et du sien ! Le hasard ou un message à son intention ? Zépansky ! Ce type, qui avait fouillé le box de son père et l'avait contactée grâce aux écrans des distributeurs, paradait devant les caméras. Était-il un complice de Vernade, l'assassin de Caportino ?
Elle sortit une pièce de la poche de son pantalon. Pile, elle resterait sous ses couvertures.

Bernoux décrocha :
— Commissaire, on vous demande, dit-il en lui tendant le combiné.
— Merci, lieutenant... Victor Zépansky. Qui est à l'appareil ?
— Mathilde Buchet, répondit une voix vacillante.
— Où résidez-vous ?
— À Blois. Hôtel Beau Séjour. Chambre 4.
— Nous venons vous chercher avec un break Laguna bleu foncé. N'ouvrez à personne en attendant !

La Laguna s'arrêta devant le Beau Séjour. Granvin sécurisa le parvis de l'hôtel, Ferrone se chargea de transporter le matou, et Zépansky accompagna Mathilde à la réception afin qu'elle règle sa note. Ils l'emmenèrent ensuite à la ferme. Tant que certains protagonistes vagabondaient dans la nature, ils la garderaient sous haute protection.
Bernoux l'installa sur la mezzanine perchée au-dessus de son bureau. Il dormirait sur le canapé qu'il avait déplacé de façon à surveiller sa porte d'entrée. Les importuns seraient mal inspirés, foi de Bernoux !
Mathilde trouva la ferme grandiose, Bernoux d'une prévenance délicieuse, le reste de l'équipe affable. Elle caressa Brako avec conviction, qu'il ne croque pas son chat dans la minute, et les rejoignit sur la terrasse.

— Ça y est, ils vous ont récupérée, l'accueillit La Mère. Ils en étaient malades ! Comme vous étiez partis en vadrouille et que le gentil lieutenant confond les aubergines et les asperges, je me suis occupée du repas.

La Mère avait sorti le grand jeu : quenelles de brochet, gratin dauphinois, clafoutis aux abricots. Que du lourd !

Mathilde se détendit au fil des digressions sur les politicards de droite comme de gauche...

Le commissaire commença à la questionner sur son implication dans cette histoire. Mais La Mère s'adressa à Cao :

— Allez ma p'tite. Au lit ! Demain matin, on cueille les cerises.

Cao ne voulait pas perdre une miette de l'enquête. Elle promit de monter la première en haut de l'échelle. Devant son regard à déstabiliser Hannibal Lecter, La Mère céda.

Mis à part l'argent liquide planqué dans une consigne automatique à Orléans, Mathilde répondit avec franchise.

Ferrone la félicita de s'être sortie indemne de sa confrontation avec David Cheng. Granvin lui exprima son admiration pour les treize kilos perdus en six semaines. Cao ponctua le récit de ses aventures d'une multitude de « waouh » et de « yeeesss ». Bernoux se contenta de contrôler son palpitant qui battait la chamade.

Le front plissé, Zépansky n'affichait pas le même enthousiasme :

— Votre déposition ne suffira pas.

— J'ai aperçu Vernade assommer Dominique Caportino avant l'arrivée des frères Staviani !

— Des membres du personnel ont témoigné que vous gravissiez l'escalier de la discothèque en étreignant Caportino toutes les deux marches. Et vous vous seriez contentée d'observer son meurtre sans quérir de l'aide ! Vous étiez choquée, vous aviez envie de rentrer chez vous, cela se conçoit. Mais, les jours suivants, prévenir la police est demeuré le cadet de vos soucis. Les avocats de Vernade martèleront votre complicité avec les Staviani et vous serez condamnée ! Quant à Alain Chéneau, il reste en roue libre.

L'arrestation de Vernade disparaissait du programme.

Une chape de plomb recouvrit la ferme, les mauvaises résolutions accaparèrent les esprits. Granvin lui fracasserait le crâne à coups de hache. Ferrone lui viderait une dizaine de chargeurs dans l'estomac. Bernoux prendrait le contrôle de l'ordinateur de bord de sa bagnole. Zépansky rendrait son insigne puisqu'il était incapable de remplir sa mission.

Mathilde les rassembla sur un projet moins suicidaire :

— Florence commentait ses lectures dans un fichier Excel. Une annotation étrange concerne un bouquin dont elle mentionne les initiales de l'auteur, A.C., mais pas le titre.

— Lieutenant, passez l'ordinateur à Mathilde !

Elle y accéda en trois clics et déclama :

— Ta dédicace orne cette couverture d'une prophétie funeste. Montpar 1604.

— Florence Doriani brassait du houblon bien avant les gars de chez Kro ! lança Ferrone.

Mathilde laissa s'écouler quelques commentaires comparables, puis elle suscita un engouement tangible autour de la table :

— Si on considère la phrase au premier degré, Alain Chéneau lui aurait griffonné ces mots à la FNAC Montparnasse un 16 avril. Cette FNAC invite des auteurs pour promouvoir la sortie de leurs livres. Ils auraient pu s'y rencontrer.

— Sous un autre nom, Alain Chéneau serait devenu un écrivain à succès et Florence l'aurait reconnu lors d'une séance d'autographes ? s'interrogea Zépansky.

— En effet.

— Trop fort ! lança Bernoux, le béguin au bord des lèvres.

— Ça vaut le coup de vérifier ! Lieutenant, le télétravail nous préserve-t-il des bouchons franciliens ?

Bernoux alluma son portable. Une vue aérienne du sarcophage de Tchernobyl remplaçait sa page d'accueil. La mèche d'une mine géante se consumait et l'engin sauta dans un fracas assourdissant. Des décombres fumants, un grand type – Jacques Tati en position transat, les jambes sur le guidon de son vélo – jeta une enveloppe sur un tas de cendres. Il salua le destinataire de sa casquette avant de s'élever (revoir E.T.) au-dessus des nuages radioactifs.

Le visage de Bernoux reflétait tous les degrés du désarroi. Granvin se dépêcha de lui donner une prune. Cao se posta derrière son dos et lui massa la nuque :

— Serge t'envoie une blague, le rassura-telle. Vas-y, clique sur la lettre !

Bernoux déplaça le curseur et le pli délivra son message sur toute la largeur de l'écran.

— Cool ! Je vais consulter mes mails, dit Cao.

— Cao, une minute ! la retint Zépansky par le bras. Tu connais Serge Rostov ?

— Il m'envoie des équations coton. Si je résous la prochaine, j'intégrerai son école. Papa et maman ont donné leur accord. Serge paye tous les frais.

— Vous étiez au courant, brigadier ?

— Première nouvelle !

— Moi, je l'étais, dit La Mère. Mais on ne me demande jamais rien !

Pendant ce temps, Bernoux, à deux doigts de la crise cardiaque, avait lu le message de Rostov.

Blême, il les mit au parfum d'une voix chevrotante :

— Il a introduit un logiciel espion dans mes ordis et me laisse un seul indice pour le localiser. Interdiction d'appeler Cao à l'aide !

Le lieutenant étant né un 2 novembre, le crash de ses disques durs se produirait à deux heures et onze minutes du matin. S'il réussissait à débusquer l'intrus à temps, Rostov le prendrait en stage intensif. Englué dans des sentiments contradictoires – la chance inespérée de travailler avec Le Maître, la peur de ne pas être à la hauteur –, il se dirigea vers le bunker comme une âme en peine. Les prochaines heures décideraient de son avenir.

21

Les salutations distinguées de Rostov apparurent sur les écrans du bunker à 1 h 55. Durant le petit-déjeuner, Bernoux arbora les traits tirés mais épanouis du type qui a échappé au big bang en compagnie du cinquième élément. Mathilde avait participé au déblocage de l'unité centrale. Assise sur ses genoux, elle subtilisa sa tartine en l'embrassant sur la joue.

Entre deux câlins, ils avaient épluché les documents contenus dans les classeurs de Florence, une cliente régulière de la FNAC Montparnasse. Un récépissé du service après-vente attestait qu'elle y avait récupéré un ordinateur le 16 avril 2004.

La photo d'Alain Chéneau en poche, Granvin alla jouer au Memory avec les employés de la FNAC. Mathilde, Ferrone et Zépansky se rendirent à Ardon pour inventorier la bibliothèque de Florence.

Perché sur un tabouret, Ferrone examina les rangées du haut. Zépansky, celles du milieu. Mathilde, assise en tailleur, celles du bas. Parmi la centaine de bouquins dédicacés, ils écartèrent les auteurs consacrés, se répartirent les autres (une vingtaine chacun) et se lancèrent dans une séance de lecture en diagonale. Le premier à établir un lien entre l'écrivain-policier et Florence Doriani serait dispensé de corvées ménagères pendant une semaine.

Au douzième pavé, Mathilde mit fin au calvaire :
— Ce polar correspond ! fit-elle en l'agitant. Dans la banlieue de Limoges, un ingénieur chimiste organise des parties de poker dans son salon. Un espion industriel va le piéger en utilisant trois joueurs professionnels. L'ingénieur perd ses liquidités, sa voiture, sa baraque, et les types lui proposent d'échanger sa dette contre la formule d'une molécule révolutionnaire. Après des menaces et un bref examen de conscience, il accepte le marché. Les trois crapules n'avaient

pas déguerpi lorsque son épouse rentre à l'improviste. Et là, deux pages arrachées !...
— La suite ? s'impatienta Zépansky.
— L'espion essaye de récupérer la formule, mais il n'arrive pas à joindre les loubards. Il flaire l'embrouille, se rend chez l'ingénieur et trouve son cadavre recroquevillé sur les carreaux de la cuisine. La femme de l'ingénieur pleure dans le salon. Il va la consoler et lui promet de retrouver les assassins de son mari. Entre deux coups de feu, ils s'accouplent pour fêter Noël avec leurs bambins.
— Dans les pages manquantes, les trois loubards doivent violer la nana, présuma Ferrone en faisant signe à Mathilde de lui passer le bouquin.
— Comment se nomme le James Ellroy du Limousin ? s'enquit Zépansky.
— Max Fournier ! répondit Ferrone.
— Sa photo illustre-t-elle la couverture ?
— Non ! Mais sa maison d'édition est située 17, rue aux Ours, à deux pas de la brasserie d'où le fameux Charles a appelé Roland Crozier !
— Capitaine, transmettez au brigadier le pseudonyme d'Alain Chéneau, et demandez au lieutenant de dénicher son adresse. Mathilde, vous conduisez. On rentre à la ferme !

Google n'avait tissé aucun lien intime avec Max Fournier, le SDF du polar. Mais les archives de la FNAC Montparnasse confirmèrent qu'il avait rencontré des adhérents le 16 avril 2004.
Le dénouement paraissait proche. Le commissaire contacta la maison d'édition, mais l'éditeur invoqua la confidentialité dont jouissaient ses auteurs, ainsi qu'un irrésistible sentiment d'incrédulité sur la véritable identité de son interlocuteur. Sur ce, il raccrocha.
Zépansky enfila sa veste :

— Capitaine, si le brigadier est encore à Paris, dites-lui de nous attendre devant la maison d'édition. Et mettez le gyrophare en mode « plus plus plus » !

Les trois policiers firent une entrée fracassante dans le bureau de l'éditeur. Ferrone le fouilla, Zépansky lui confisqua son mobile, Granvin lui passa les menottes. Le bonhomme pensait se sortir de ce mauvais pas en leur refilant l'adresse de Max Fournier, mais ils le déposèrent au commissariat du troisième arrondissement. Le capitaine y avait maintenu le contact avec un gars de sa promotion. Après des civilités dues au bon vieux temps, Ferrone lui demanda de le confiner en cale sèche, sans lui laisser la possibilité de téléphoner. Il justifia le tout en balançant ce bobard :
— Tu sais ce que ce débile nous a pondu ? « Des poulets de votre espèce, j'en embroche cinq par jour et file les restes à mon clébard ! »
— Il se contentera des rats affamés du troisième sous-sol ! jura le collègue sur la tête du préfet.

Pendant ses quarante-huit heures de garde à vue, l'éditeur aurait le loisir de méditer sur les déséquilibres de la chaîne alimentaire !

L'équipe au grand complet épluchait des cocos de Paimpol sur la table de la terrasse. Le repas promettait les louanges du Michelin, mais Zépansky surfait sur une vague de spleen :
— Rédiger ses mémoires sous un pseudonyme n'est pas un motif d'incarcération ! Les seules pièces à charge contre Alain Chéneau consistent en des fichiers Word que n'importe qui aurait pu écrire ! Le juge m'enverra promener si je demande sa mise en examen alors que tout condamne Roland Crozier ! On peut oublier son arrestation ! Vous avez une idée ?
— Je propose de boire une bière, dit Granvin.
— Rapporte un pack ou deux ! approuva Ferrone.

« L'idée » germa au fil des bocks. Bernoux la formula en piquant les saucisses du soir avec Zépansky.
— Lieutenant, chapeau au ras du sol !

22

Alain Chéneau portait ses cinquante-cinq printemps comme un charme. Ses yeux pétillaient d'esprit, il maîtrisait l'art du camouflage et n'exhibait aucun signe de richesse. Après son retrait du secteur sécuritaire, il s'était découvert un talent d'écrivain et comptait une dizaine de romans publiés sous le pseudonyme de Max Fournier. Mais l'incognito engendrait des inconvénients. Il figurait dans la colonne des disparus et la SRE ne lui versait pas sa retraite de lieutenant de police ; pour récupérer ses droits d'auteur, ses seuls revenus, il devait se rendre en Suisse tous les six mois.

Il louait par-dessous la table une agréable meulière près de Rambouillet. Entre deux chapitres, il se baladait en forêt avec son chien ou papotait avec ses voisins, des gens réservés qui ne se préoccupaient pas du passé des autres. Une vie pépère exempte de délinquants, sans pressions hiérarchiques, à l'écart d'une famille étouffante. Il surveillait néanmoins les parcours de ses enfants. Sa fille cadette venait d'obtenir l'agrégation de lettres modernes et il en éprouvait une immense fierté.

Il affichait de bonnes dispositions quand il reçut de la visite.

La partie de poker menteur que le commissaire s'apprêtait à jouer causerait des dommages irréversibles. En attendant, les éclairs zébraient le ciel et les rafales cinglaient son visage. De quel côté penchera la météo ? s'interrogea Zépansky. Malgré les supplications du brigadier, il avait décidé d'affronter Alain Chéneau seul à seul. Ferrone lui avait conseillé d'emporter un revolver, mais il l'avait rembarré d'un distique que n'aurait pas renié le dalaï-lama : « Le pouvoir des mots ma devise, le son du canon ma hantise. »

Il appuya sur la sonnette en tournant la tête vers le visiophone encastré. Une impulsion électrique déverrouilla la serrure.

— Entrez et longez le couloir, commissaire ! crachota le haut-parleur.

À travers un gazon fraîchement tondu, une allée bordée de géraniums menait au pavillon de l'ex-inspecteur Chéneau.

Zépansky pénétra dans le salon. Un célibataire endurci occupait les lieux, pensa-t-il en découvrant, au milieu d'un foutoir conséquent, un mobilier fonctionnel et confortable.

En short et chemisette à carreaux, son dos calé dans un Voltaire, ses chaussettes posées sur un coussinet, un verre de whisky en main, Chéneau accueillit Zépansky d'une raillerie :

— C'est gentil d'être venu deviser par ce temps pourri. Si vous m'aviez prévenu, j'aurais commandé des petits fours et frappé le champagne. Victor Zépansky bredouille après six semaines d'enquête, ça s'arrose, non ? Je vous en prie, mettez-vous à l'aise. Et servez-vous ! dit-il en désignant du doigt une bouteille de Chivas.

Zépansky avait besoin de se décontracter. Il ôta sa veste, se versa une double dose et s'assit, face à Chéneau, sur le fauteuil jumeau.

— Vous essayez encore de m'attribuer la mort d'une grappe de nullités que personne ne pleure ? reprocha Chéneau en distribuant les cartes.

— Entre l'indifférence qui règne ici-bas et l'évaporation des témoignages due aux menaces, je manque d'éléments pour vous faire comparaître devant un tribunal. Cela dit, vous devriez vous méfier d'une femme que vous avez connue dans des circonstances dramatiques. Elle a pratiqué envers vos anciens acolytes une idée toute personnelle de la loi du talion. Une boîte de somnifères pour un œil, deux cartouches contre une dent ! Elle a démontré une patience infinie pour régler de vieux arriérés. Mais, ces temps derniers, elle accélère le cours de l'histoire !

Zépansky ne s'attendait pas à ce que Chéneau réagisse à ses propos en remplissant un bol de biscuits apéritifs.

— Continuez, commissaire. J'adore les sagas à base de vendetta ! dit l'ex-inspecteur en lançant l'emballage vers une corbeille à papier.

— Ne vous réjouissez pas trop vite, Chéneau. Vous finirez par commettre une erreur et Florence Doriani ne vous loupera pas ! prédit Zépansky en blindant.

— Prenez un Bretzel avant d'être paf ! proposa Chéneau en poussant le bol vers Zépansky.

— Au lieu de jouer au plus malin, réfléchissez deux minutes. Les membres de mon équipe l'ont interceptée devant la discothèque, bluffa Zépansky. Elle avait l'intention d'assassiner Dominique Caportino, mais nous l'avons convaincue de collaborer.

— Tiens donc !

— Je suis au courant de votre rencontre le 16 avril 2004, pendant la promotion de votre polar ! relança Zépansky.

— Ah, un petit rebondissement ! L'audience remonte ! sourit Chéneau en payant pour voir.

— Ce jour-là, Florence récupère son ordinateur à la FNAC Montparnasse. Max Fournier y présente son dernier livre. Elle s'approche, vous reconnaît, part chercher un exemplaire de votre bouquin et revient vous demander un autographe. Votre dédicace sur la page de garde restera parmi les plus lyriques tentatives de négociation : « Que ces mots apaisent ton tourment ! »... Vous devenez pâle, Chéneau. Êtes-vous abattu d'avoir travaillé avec deux branquignols ? Dominique Caportino la laisse inconsciente sur un parking au lieu de l'achever ! Cheng le redoutable se fait poinçonner la tête par cette femme affaiblie ! Florence avait découvert votre nom d'emprunt. Elle aurait pu commencer par vous. Peu importe, l'intrigue sera bouclée dans les prochains jours !

Impassible durant cette dernière tirade, Chéneau remua ses fesses jusqu'à un secrétaire en acajou. Zépansky regretta de ne pas avoir pris une arme, mais l'ex-policier rapporta une boîte de cigares. Après avoir proposé un Montecristo au commissaire, il déclara :

— Mon cher Zépansky, si je peux me permettre cette familiarité, votre esbroufe de débutant est pitoyable. Florence pourrissait déjà sous ses tulipes avant votre arrivée à Orléans. Et si vous pensez me duper avec cette Mathilde Buchet métamorphosée en Florence grâce à une perruque et un régime miracle, vous me sous-estimez !

Chéneau ramassa la mise. Zépansky accusa le coup :

— Vous saviez pour Mathilde ?

— David Cheng m'a raconté dans quelles circonstances une belle rousse avait tiré sur Dominique Caportino. Le lendemain, il s'est rendu au parking de Marcilly. La 407 et le corps de sa propriétaire avaient disparu, mais Caportino possédait le numéro de la plaque minéralogique. Un protégé de Vernade qui travaille au service des immatriculations lui a procuré l'adresse de Florence Doriani à Ardon. Il y a dépêché David. Et là, l'impensable arrive. David Cheng, un gorille capable de torpiller un régiment de parachutistes à lui tout seul, se fait descendre par Florence, alors que Caportino l'avait butée trois jours auparavant ! Un sacré tour de passe-passe !

Zépansky leva les yeux au ciel.

— Comme j'apprécie la magie, je suis allé chez elle, poursuivit Chéneau. J'ai remarqué des traces de sang sur les marches. J'ai fouillé la baraque, mais je suis reparti sans avoir résolu cette énigme. En apprenant le décès de Caportino, j'ai réalisé que j'avais loupé un indice, et j'y suis retourné. Un de vos stagiaires était garé devant le pavillon. Si vous voulez mon avis, l'école de police néglige la préparation des nouvelles recrues. Ils sont désarmés face aux remarques désobligeantes de la population et aux vexations quotidiennes qu'ils subissent de la part de leurs aînés. Si vous ne renforcez pas l'encadrement psychologique, ils continueront de vomir des informations enrobées de rancœur sur la place publique !

— Je transmettrai vos judicieux conseils aux autorités compétentes, sourit Zépansky. Vous avez sympathisé. Et après ?

— La veille, il avait passé quatre heures à surveiller un immeuble de Beaugency. Le lendemain, il remettait ça avec l'hôpital d'Orléans. Vous en avez déployé du personnel pour retrouver cette serveuse !... Bref, j'ai réalisé que Florence avait succombé à ses blessures et que Mathilde Buchet était entrée par hasard dans le scénario. En furetant sur les berges du Bourillon, j'ai découvert le restaurant où elle travaillait. Elle avait l'habitude de garer sa voiture sur le parking et avait dû assister à la scène. Qu'elle ait amené Florence à Ardon reste incompréhensible à mes yeux. Toujours est-il qu'elle a trucidé David. Je me suis demandé pourquoi vous ne dévoiliez pas le décès de Florence. En fait, vous cherchiez à gagner du temps parce que vous n'arriviez pas à relier ces morts entre eux. Et maintenant, que comptez-vous faire ?

Zépansky avait sa petite idée, mais il laissa Chéneau mélanger les cartes.

— Appeler à la barre le squelette d'une call-girl qui s'est farci quatre ou cinq tarés et repose dorénavant en paix dans son jardin ? Que d'avoir couru après des chimères vous insupporte, je le conçois. De là à m'accuser d'avoir assassiné François Gourthe, Sylvain Fossard, Louis Courtanche, David Cheng et Dominique Caportino, qui ne sont plus en état de soutenir vos allégations, vous devriez y réfléchir à deux fois. Pardonnez-moi l'expression, commissaire, mais vous allez passer pour un con !

— En effet, je ne peux rien contre vous, Chéneau. Mais parlons de l'accident de Franck Marthouret. Vous vous êtes débrouillé pour nous mâcher la piste Roland Crozier. Demain, nous lui révélerons la source de ses ennuis et le relâcherons ! Restera-t-il les bras ballants, d'après vous ? demanda Zépansky en rachetant de quoi se mettre à niveau pour la donne décisive.

— Vous me la baillez belle ! ricana Chéneau. Roland est persuadé de réaliser ses ambitions grâce à moi. Mais supposons que vous arriviez à l'ébranler. Que dira-t-il ? « Mon super pote souhaitait tamponner Franck Marthouret. Alors je lui ai passé les clés de la Scénic et j'ai regardé la fin du match en attendant son retour ! » Avec ce témoignage de la dernière chance corroboré par lui seul, j'entrevois le désappointement du juge d'instruction. Quant à vous, à force de vous entêter, vous deviendrez la risée de la profession !

Chéneau contrôlait la partie et Zépansky jouait les faire-valoir. Le commissaire essaya un autre angle d'attaque :

— Bravo, Chéneau ! Un plan sans faille. Mais avant de vous laisser à votre pleine et entière satisfaction, expliquez-moi pourquoi vous n'avez pas liquidé Florence.

— Je pensais l'éliminer dès sa sortie du Logis paisible. Elle a eu un sacré flair en se tirant avant son anniversaire ! J'ai bien essayé de la retrouver, mais elle ne tenait pas un journal intime sur Internet ! Après le décès de François Gourthe, Béatrice est partie au Canada avec son amant. Au printemps 2000, la rubrique nécrologique m'apprend qu'elle va être enterrée dans son village natal, un bled près de Vichy. Vous connaissez la cause de sa mort ?

— Aucune idée ! mentit Zépansky.

— L'auberge qu'elle tenait du côté de Chicoutimi a flambé. Brûlée vive, la Béatrice ! Son gars, pareil ! J'ai téléphoné au flic québécois chargé de l'enquête. Pour lui, plusieurs litres d'alcool éthylique prévus pour élaborer de la gnôle illégale avaient provoqué l'incendie. Vous en connaissez beaucoup des restaurateurs qui distillent du Calva dans leur cuisine ? Florence avait une affection sans borne pour son beau-père. J'en ai conclu qu'elle s'était rendue dans les Laurentides pour rectifier Béatrice et venger la mort de François Gourthe.

— La mère de Florence était impliquée ? s'étonna Zépansky.
— C'est une longue histoire.
— J'ai tout mon temps ! déclara Zépansky en distribuant les cartes.

Béatrice dirigeait son petit monde par le bout du nez. François Gourthe trimait comme un galérien pour lui payer les dernières fringues à la mode et Sylvain Fossard grillait les feux rouges pour venir la chercher sur sa Norton dès qu'elle le sonnait. Elle détestait la province et avait des goûts d'aristocrates. Mais mener la grande vie à Paris requérait du financement !
Elle avait conçu une arnaque pas piquée des hannetons. Fossard devait appâter son mari avec une partie de poker à cinq mille francs la cave de départ – environ mille euros. Gourthe jouait comme un manche et ne s'en cachait pas. Vu ses revenus, il ne pouvait se permettre de flamber une telle somme, mais Fossard la lui avancerait. Et lui en reprêterait. Les pertes de Gourthe devaient endormir la méfiance des trois pigeons qu'il avait racolés, elles les inciteraient à se recaver. Quand Fossard récupérerait le tout, ils se partageraient les gains.
Gourthe avait remarqué avec quelle habileté Fossard plumait une tablée. Sans soupçonner que Fossard et Caportino étaient de mèche et qu'il était le dindon de la farce, il accepta de marcher dans la combine. Mais Fossard laissa Caportino emporter le pot. Gourthe avait flambé quatre-vingt-dix mille francs. Caportino menaça de l'étriper avec sa lame s'il ne lui signait pas une reconnaissance de dette à régler dans les trois mois. Gourthe ne pouvait l'honorer qu'en vendant son café.
Sur ces entrefaites, Florence, vêtue d'un tee-shirt rétréci au lavage, pointa son joli minois. Gourthe la ramena dans sa chambre, et Louis Courtanche la déshabilla du regard pendant qu'elle montait l'escalier. Puis il proposa de continuer la partie. Courtanche était un coutumier des grosses mises.

Sans envisager un instant qu'ils affrontaient un retors de première, les deux nigauds pensèrent le dépouiller en un rien de temps. Cinq donnes suffirent à Courtanche pour ramasser le pognon et la reconnaissance de dette.

La vision de Florence à moitié nue avait surexcité ses hormones. Il proposa à Gourthe de lui refiler le bout de papier contre un moment au lit avec la petite. Gourthe considérait Florence comme sa propre enfant, il traita Courtanche de tous les noms. À partir de là, ça a dégénéré. Caportino cassa la gueule de Gourthe et récupéra la reconnaissance de dette ; Courtanche grimpa dans la chambre de Florence.

Avant de mettre les voiles, Caportino laissa un mot sur le zinc. Il accordait quatre-vingt-dix jours à Gourthe pour trouver la somme. Sinon, leur différend se réglerait dans le sang !

François Gourthe n'avait pu empêcher le viol de sa belle-fille adorée et il serait contraint de brader son café pour s'acquitter de son dû. Béatrice en profiterait pour le quitter !

— Gourthe a perdu les pédales. Il a chargé son fusil de chasse et s'est fait sauter le caisson. Il s'est bien suicidé, commissaire.
— Comment vous êtes-vous retrouvé à cette table de poker ? demanda Zépansky.
— Franck Marthouret avait choppé un méchant virus. Après son désistement, Caportino a cherché un remplaçant. Il ne voyait en moi qu'un joueur lambda, incapable de gagner contre Fossard et lui. Sans connaître leur magouille, je suis venu à Chappes par mes propres moyens.
— Des témoins ont aperçu quatre personnes dans la DS.
— Et ça vous tracasse ! Je ne souhaitais pas qu'un couche-tard remarque ma voiture. Je me suis garé à l'entrée de Saint-Beauzire, un hameau à deux kilomètres de Chappes, et ils m'ont pris au passage. Je me suis éclipsé vers minuit, avant d'y laisser mon costume ! De toute façon, je devais rentrer au

commissariat retrouver Lentier. Nous étions de garde. Satisfait ?

— Vous êtes allé à Chappes pendant vos heures de service pour jouer au poker ! n'en revenait pas Zépansky.

— Je sais, nous contournions le règlement. Mais Clermont-Ferrand ne regorgeait pas de bandits prêts à mettre la ville à feu et à sang. Et nous n'étions pas connectés à Internet, à l'époque. Comme on s'ennuyait ferme, nous inventions des interventions externes. Nous passions à tour de rôle un moment agréable au lieu de poireauter dans nos vétustes locaux !

— Vous n'avez donc pas participé au viol.

— Je ne mange pas de ce pain-là, commissaire ! Ce que je viens de vous raconter, je le tiens de Caportino. Courtanche était un vrai vicelard. Quant à Fossard et Caportino, ils avaient vécu une mauvaise soirée. Ils avaient loupé leur coup et Courtanche les avait soulagés d'un sacré paquet de biftons. Les neurones imbibés, ils étaient prêts à tout pour se refaire.

— Ils se sont dédommagés en agressant Florence !

— Ils se sont contentés de la maintenir pendant que Courtanche déchargeait ses chromosomes. Les voisins nous ont appelés et je suis revenu sur les lieux avec Lentier. Je ne craignais rien puisque j'étais parti avant l'apparition de Florence. Mais j'avais commis une grossière erreur en oubliant de reprendre mon chapeau. Après avoir constaté le décès de Gourthe, je l'ai récupéré sur la patère de l'entrée et me suis retourné pour dire au revoir à Florence. En le voyant sur ma tête, elle m'a lancé un regard à vous pétrifier sur place !

— Vous attendiez-vous à une vengeance de sa part ?

— Deux ans après sa virée au Canada, le commercial de la boîte m'informe qu'une femme avait téléphoné pour demander des renseignements : « Cette agence de gardiennage sert-elle des clients importants ? Votre directeur est-il un ancien policier ? » J'ai tenté de la joindre, mais elle avait laissé des coordonnées bidon. Ça m'a foutu les miches à zéro. Si Florence avait traversé l'Atlantique dans l'intention d'immoler sa mère, je ne donnais pas un kopeck de ma peau !

— Cela vous a amené à vendre vos parts de la société et à changer d'identité.

— Je n'avais pas le choix ! Florence pouvait surgir à tous moments. J'ai cherché si une Florence Gourthe, ou Lartigue, le patronyme de son père, avait un logement, un travail… Rien ! Et, deuxième grosse erreur, je n'ai pas pensé au nom de sa grand-mère paternelle : Doriani !

— Vous auriez dû prévenir les autres. À quatre, on se sent invincible pour affronter une jeune femme ! le provoqua Zépansky en faisant tapis.

— Marrez-vous ! Douze ans s'étaient écoulés. Pour eux, il y avait prescription ! Mais j'ai construit ma nouvelle vie en restant sur mes gardes. Lors de ma prestation à la FNAC Montparnasse, le cours de l'histoire s'est accéléré, comme vous dites. Une rousse magnifique s'est approchée, mon bouquin en main… Et j'ai ressenti un malaise. L'espièglerie dans son regard, son affabilité forcée. Mon imagination me jouait-elle des tours ? En quatorze ans, une adolescente a le temps de changer ! J'ai écrit la dédicace que vous avez citée. Elle n'a pas bronché en la lisant et s'est contentée d'un merci des plus neutres avant de repartir avec mon livre… Et puis, en octobre 2005, Sylvain Fossard décède d'une overdose de barbituriques. Deux ans après, Louis Courtanche reçoit une volée de plombs. Ça suintait le morbide ! J'ai alors conseillé à Caportino d'embaucher David Cheng. Avec David comme garde du corps, la balance devait pencher en faveur de Caportino. Mais voilà, Mathilde a débarqué… Le magnétophone, dans la poche de votre chemise, il déforme votre veste ! Vous savez, commissaire, il me reste quelques notions de mes anciennes activités. J'ai posé un brouilleur ! Passez-nous le joli bruit de fond que vous comptiez faire écouter à l'audience, se moqua Chéneau en reprenant du whisky.

Zépansky sortit l'enregistreur numérique et appuya sur « play ». Une composition de signaux parasites – sirènes, ouragans, déflagrations diverses – résonna dans la pièce.
— Vous êtes un adversaire redoutable. Santé, Chéneau !
— Commissaire, à la vôtre !
Les deux hommes burent dans un respect mutuel, et Zépansky tenta de remplir les cases vides :
— Puisque cette conversation restera confidentielle, m'autorisez-vous une dernière question ?
— Vous épargner une torture inutile est mon credo, se délecta Chéneau.
— Quel rôle tient Patrick Vernade dans cette histoire ?
— Vous ne laissez jamais tomber avant d'avoir tout résolu. Monsieur le divisionnaire, je vous admire. Se coltiner une équipe de loufoques pour enquêter sur un Chinois dont tout le monde se fout, félicitations ! Mais j'ai compris que votre véritable objectif consistait à élucider les circonstances du décès de Choisy. Me serais-je trompé ?
— Un sans-faute !
— Merci ! Florence avait beau être morte, vous auriez fini par remonter le cours du temps avec le risque que Caportino se déculotte sous la pression. Mais je n'aime pas user de violence et préfère que d'autres se chargent des basses œuvres. Dans la mesure où David Cheng était hors course, les petites mains se raréfiaient ! Comme les Staviani ne pouvaient le museler, je me suis rabattu sur Vernade, un accro des primes non déclarées. Entre nous, il ne se prend pas pour de la merde ! Je savais par David qu'ils étaient en cheville et j'ai concocté un stratagème dont je suis assez fier. J'ai raconté aux Staviani que Caportino prévoyait de les liquider pour s'approprier toutes leurs affaires et j'ai dit à Vernade que ce même Caportino ne sponsoriserait plus ses petites sauteries.
— Vernade vous a cru ?
— David m'avait dévoilé un bizness de Caportino sur lequel Vernade n'encaissait pas un rond. Lorsqu'il l'a appris de ma bouche, avec preuves à l'appui, il est devenu fou de

rage. J'ai saisi l'occasion pour lui proposer un marché. Il butait Caportino et déférait les Staviani. De mon côté, je reprenais la discothèque et les différents commerces des frangins en lui versant une commission supérieure à ce que ces trois gus lui refilaient. Évidemment, Vernade s'est figuré qu'il gagnerait sur tous les tableaux. Et rectifier un type ou deux ne lui a jamais fait ni chaud ni froid. Surtout s'ils affichent des velléités de restreindre ses pourboires... Ou d'examiner ses revenus ! Je pense à ce brave Choisy, au cas où vous auriez un doute.

— Mes neurones vous remercient ! Que comptiez-vous faire après ?

— Un transfert de compétences ! Une fois Caportino hors circuit, je me serais occupé de Vernade avant qu'il ne tombe dans votre escarcelle.

— Chapeau ! Il me reste à vous saluer.

Zépansky enfila la veste de son costume. Chéneau lui lança sur un ton taquin :

— Repassez quand vous voulez, commissaire !

— Une dernière confidence ! ajouta Zépansky. Depuis que vos intrigues envahissent les rayons des libraires, la technologie a progressé ! Le brouilleur que vous avez installé, notre spécialiste informatique l'a qualifié de « boulier pour australopithèque » ! Pendant que vous promeniez votre chien, il s'est permis de retirer un cristal de votre lustre et d'accrocher une micro-caméra à la place. Elle retransmet dans nos locaux cette causerie fort instructive.

— Zépansky, vous m'impressionnez ! le flatta Chéneau après avoir jeté un vague coup d'œil au luminaire. Mais cette conversation enregistrée sans mon accord est irrecevable par un jury !

Zépansky dévoila sa dernière carte :

— Vous devenez bien tatillon sur la procédure, mon ami ! Je ne vous traduirai pas en justice et me contenterai d'envoyer le fichier à ce cher Vernade. Comment interprétera-t-il le passage où vous imagez avec délicatesse l'admiration que vous lui portez ?

— Vous n'allez pas faire ça ! s'effondra Chéneau devant la quinte flush à l'as de pique.

— Je vais me gêner ! Si je vous arrête, vous vous en tirerez l'un et l'autre. Je ne peux rien prouver et, vous l'avez rappelé, cet entretien filmé à votre insu est imprésentable. Mais si je laisse Vernade régler vos différends, la moquette virera au rouge. Au pire, nous accueillerons le survivant éventuel dans nos modestes locaux. Voilà, Patrick Vernade va payer pour les obsèques du commissaire Choisy. Et vous, pour ceux de Franck Marthouret. Nous passerons sur votre silence qui a permis à trois salopards d'échapper à la justice. Chéneau, ce fut un plaisir !

Zépansky se dirigea vers la sortie en remerciant le croupier. Il avait joué serré et avait gagné. Ferré comme un rat, Alain Chéneau avait néanmoins tiré un lot de consolation : la meute assoiffée de sang menée par Vernade ne manquerait pas de lui rendre visite.

Le commissaire se sentait comme un croque-mort en train de mesurer les cadavres après un duel. Il tourna la poignée et l'ancien policier, abasourdi dans son fauteuil, lui adressa ces dernières paroles :

— Monsieur le divisionnaire, vous méritez votre réputation !

Patrick Vernade n'aimait pas se salir les mains, il préférait déléguer. Mais les « quatre mouches à merde » chargées de rectifier Alain Chéneau demeuraient injoignables. Inutile de nier l'évidence : quand on employait des bons à rien, fallait pas s'étonner que le boulot soit à recommencer !

Vernade ressortit d'un placard son artillerie personnelle et se rendit chez Chéneau. Par-dessus le mur du jardin, il lança un steak haché façon Phénobarbital devant la niche du chien. Le clébard rêvant d'un os de dinosaure, il démontra ses qualités de varappeur avant de crocheter en douceur la serrure de la porte d'entrée.

Le choc des Titans eut lieu entre 13 h 7 et 13 h 8. Prêt à en découdre, Alain Chéneau se tapissait derrière son fauteuil. Sans sommation hypocrite, son Glock déchargea six pralines. Trois se logèrent dans les poumons de Vernade. Équipé d'un micro Uzi, le patron de la brigade des mœurs arrosa le salon jusqu'à son dernier souffle et l'ex-policier reconverti en auteur de polars dégusta sa part de pruneaux.

épilogue

Zépansky avait rempli sa mission sans soulever de vague. Vernade et ses disciples recevraient une décoration posthume pour avoir mis fin aux agissements de Max Fournier, un écrivain paranoïaque jugé responsable des morts de Sylvain Fossard, Louis Courtanche, David Cheng, Franck Marthouret et Dominique Caportino.

De sous ses tulipes, Florence Doriani prétendait à un monde meilleur.

Les frères Staviani s'en tireraient avec trois années à l'ombre.

Mathilde n'irait pas au ballon à cause d'un malheureux coup de pioche. L'équipe décida même de lui offrir une récompense – les fringues de Florence Doriani ne manqueraient à personne !

Ça se fête !

Ferrone rangea deux bouteilles de champagne dans le frigo de la terrasse. Il retrouva le commissaire sur la pelouse :

— Qui prépare à manger, ce soir ?

— Mathilde, répondit Zépansky en lançant un bout de bois à Brako. Elle est sympathique cette fille !

— Bernoux a peut-être trouvé sa moitié.

— Capitaine, ç'a été un vrai plaisir de travailler avec vous. Nous nous sommes chamaillés comme deux funambules sur une ligne à haute tension, mais j'ai fini par vous apprécier.

— Avec toutes ces balades en voiture à écouter du rock progressif, on a appris à se connaître ! Vous repartez demain après-midi ?

— D'autres lieux requièrent ma présence.

— Ben moi, je n'en ai pas terminé !

— Que voulez-vous dire ?

— Que ce salopiaud de…

— Apéro ! hurla Granvin en débouchant une bouteille.

Les multiples péripéties de l'enquête animèrent le repas, et la prune frappa les esprits. Granvin monta La Mère ivre morte à l'étage, Cao se connecta avec ses copines, Mathilde et Bernoux rejoignirent le bunker en chancelant sous le ciel étoilé.

Ferrone et Zépansky demeurèrent à table.

— Je vous ressers ?

— Avec plaisir, capitaine. Le salopiaud dont vous parliez, on pense au même ?

— Probable !

— Vous avez élaboré un plan ?

— Comme on ne peut l'affronter de face, je vais canonner son point faible, la sainte-nitouche de La Ferté. L'idée, c'est de négocier avec les Staviani. On abandonne les charges s'ils déposent contre Axelle Turpin et Jacques Demorel !

— Pardon ?

— Elle tapinait pour eux et c'était son client. Vous voyez le topo ? La presse en fait ses gros titres, ses amis le livrent en pâture, son parti l'évince, sa fille le renie... Il est cuit !

— Même avec un demi-litre de prune, votre plan sent l'amateurisme ! Vu le souk que nous avons mis dans leurs affaires, les Staviani ne collaboreront pas. Et si par hasard vous arriviez à les convaincre, ce sera leur parole contre celle du maire et d'Axelle Turpin, qui vous poursuivront pour harcèlement. Trouvez autre chose !

— Vous avez une meilleure idée ?

— Peut-être !

Les pelleteuses s'en donnaient à cœur joie. Le chemin qui menait à la grange avait disparu sous une épaisse couche de glaise. Ferrone contourna plusieurs monticules de terre avant de garer la Laguna à côté de la DS.
Attablés face au lac, Rostov et Sébastien les attendaient.
— On a acheté du pain, des rillettes, du camembert et du Pouilly, indiqua Rostov.
— Parfait ! approuva Zépansky en s'asseyant. Sébastien, j'ai une bonne nouvelle à vous annoncer. Roland demande le divorce. Sophie va retrouver sa liberté.
— Comme celle de vivre avec Bruno Koch, intervint Ferrone.
— Pourquoi dites-vous ça, capitaine ? s'étonna Sébastien.
— Vous ne vous êtes jamais interrogé sur sa ressemblance avec Manu ?
Sébastien crispa ses mâchoires, les détendit, fit craquer les jointures de ses doigts, expira... :
— Ça restera entre nous ?
En signe de validation, Ferrone leva son verre. Solidaires, Zépansky et Rostov l'imitèrent.
— Ma mère avait organisé une fête gigantesque pour les dix-huit ans de Sophie, avec feu d'artifice, grand orchestre, bain de minuit, alcool à profusion... Vous auriez vu la nouba ! Mais je n'avais pas envie de louvoyer entre les amis de ma sœur et ceux de mes parents et j'ai invité Bruno, qui coucherait à la maison. Le lendemain, il devait attraper le car de treize heures et je suis allé le réveiller vers midi. Sophie dormait dans son lit. Toute nue ! Je suis ressorti de la chambre, j'ai refermé la porte et j'ai crié à Bruno de se dépêcher, comme si je n'avais rien remarqué. Voilà !
Durant ces confidences au bord du lac, la bouteille avait rendu l'âme, comme le commenta Ferrone.
— On nous a livré une trentaine de caisses d'appellations différentes, dit Rostov. Elles se reposent derrière les sacs de plâtre. Faites-vous plaisir, capitaine ! Sébastien, tu peux l'accompagner ?

Rostov se retrouva en tête à tête avec Zépansky :

— Vous aviez l'air perturbé au téléphone. Pourtant l'enquête est résolue.

— Vous avez raison. Vernade ne salira plus la réputation de la police nationale. Mais une controverse couve et Ferrone s'apprête à commettre une grosse bêtise pour y remédier.

— Qu'insinuez-vous ?

— Il n'a pas digéré la façon dont Jacques Demorel l'a traité. Si les deux autres lui prêtent main-forte, ça partira en vrille !

— Rassurez-vous, je vais priver vos protégés d'une éventuelle bavure. L'élu du peuple et sa maîtresse dormiront bientôt en cellule !

Devant la perplexité du commissaire, Rostov enchaîna :

— Vous aviez raison : Axelle Turpin a joué au yoyo avec l'ascenseur. Ça lui a permis de converser avec Jacques Demorel avant de vous recevoir dans son appartement.

— Comment le savez-vous ? s'étonna Zépansky.

— Je pensais avoir tout prévu avec l'intrusion du virus, mais la découverte d'un cadavre sur la parcelle de Sébastien m'a poignardé dans le dos. Si la police le soupçonnait de ce crime, l'enquête établirait un lien avec la TPIC. Pour l'innocenter, je devais trouver l'assassin de David Cheng. La mise sur écoute de toutes les personnes impliquées de près m'a paru une bonne idée. Faites-moi confiance, Bernoux recevra de quoi calmer le capitaine !

Zépansky se sentit plus léger. Mais il restait du lest dans son esprit insatiable :

— Des dizaines d'informaticiens travaillent au siège de la TPIC. Qu'est-ce qui vous a amené à poser votre dévolu sur Sébastien ?

— Durant ma période de gloire, j'ai parcouru la planète en valorisant les choix technologiques d'un fabricant de microprocesseurs. Croyez-moi, les notes de frais dépassaient l'entendement ! Et une multitude de femmes ravissantes animaient les fins de soirées, si vous me comprenez ?

— J'imagine !
— J'ai rencontré Florence Doriani lors d'un séminaire à Osaka. Elle disait s'appeler Karine, à l'époque. À l'occasion de mes conférences, nous nous sommes revus. Ça collait entre nous, et je lui ai offert une bague au cours d'un dîner aux chandelles. Le lendemain, elle avait plié bagage !
— Vous ne l'avez pas recherchée ?
— Elle avait fourni des faux papiers à son employeur. J'ai eu beau passer le réseau au crible, je n'ai abouti à rien. J'ai essayé de l'oublier en m'investissant dans le Rostov. Trois ans après ma libération, je l'aperçois dans un club de jazz, à Paris. Elle discutait avec Sébastien, qui n'avait pas le profil de ses clients habituels. Je ne me suis pas manifesté et les ai suivis après le concert. Une attitude puérile, je le reconnais ! Finalement, elle a laissé ce pauvre Séb à la dérive et j'ai reperdu sa trace... L'année dernière, j'ai fait une fixation sur Steve Milton. Comme je connaissais le rôle de Sébastien à la TPIC, je me suis déguisé en hippy pour entrer en contact avec lui.
— Vous êtes devenus inséparables !
— Quand les grands esprits se rencontrent, les chantres du profit ont du mouron à se faire !
— Vous comptez désintégrer la planète ? demanda Zépansky en fronçant les sourcils.
— Même pas peur ! grimaça Ferrone en posant une bouteille de Chablis sur la table.
— On va simplifier, expliqua Rostov. Le manque chronique de patience et de moyens constitue le principal handicap de Sébastien. Or, moi, j'en ai à revendre ! J'ai racheté le Clos à Hélène et j'ai dédommagé Sophie de sa part d'héritage. Vous voyez les travaux, près du lac ? On construit deux bâtiments. Le premier abritera les locaux de SERSEB, notre label phonographique.
Sébastien prépara des toasts aux rillettes en se mêlant à la conversation :

— Si on peut mettre la pâtée aux majors de l'industrie du disque, on ne s'en privera pas !
— Et le second ? demanda Zépansky.
— Un institut pour surdoués, poursuivit Rostov. Nous hébergerons une vingtaine d'enfants de nationalités différentes. Dont Cao !
— Une sorte de Fondation ! précisa Sébastien.
— Vous leur enseignerez la psychohistoire ? se marra Ferrone.
— Nous les préparerons à compenser le manque d'anticipation de nos dirigeants, répondit Rostov.

Zépansky enfourna sa valise dans un casier. Il retrouva Ferrone sur le quai et les deux policiers fumèrent une cigarette devant le TER à destination de Paris.

— Maintenant que vous avez nettoyé Orléans, où vous envoient-ils ?

— Je ne sais pas, capitaine. Mais Josiane m'a réservé une bonne surprise.

— Sans blague !

— Elle a accepté de discuter autour d'une fondue. Nos relations vont peut-être se réchauffer !

— Je vous le souhaite.

— Et vous, avec la journaliste ?

— Elle tourne un reportage sur l'épaisseur de la banquise. Nos relations vont sûrement se refroidir !

— Au fait, Rostov va vous offrir un cadeau.

— Son dernier virus en avant-première ?

— Il a enregistré une conversation téléphonique entre Axelle Turpin et Jacques Demorel. C'est court, mais suffisant pour empaqueter votre ami le maire et sa copine !

Un coup de sifflet retentit. Zépansky monta dans la voiture. Il se retourna en soulevant son chapeau :

— Bonne chance, capitaine.

Ferrone lui cria avant la fermeture des portières :

— Si vous repassez dans le coin, venez goûter la prune. La Mère essaye une nouvelle recette !